追不回的永恆

三民叢刊 87

彭歌著

三民書局印行

前記

追不回的永恆，是現代人共同的感慨。人生似乎太匆遽、太短暫，再沒有甚麼稱得起是「永恆」的東西。

但我們仍然嚮往於一貫之道、恆常之理。生命裡總應該有些永久性的價值；然而，這樣的期待似乎渺乎難求。這是一個如索羅金所說的「藝術侏儒的世界」。且不只藝術，在別的範圍裡也同樣可以聽到這樣的嘆息。

我們不甘於這樣隨波逐流，所以，還要繼續的追求，不管是否還能追得上。這「追求」本身就具有積極的意義。

《追不回的永恆》這集子，是《聯合報副刊》上「三三草」專欄的結集，包括民國八十一年和八十二年兩個年份，共一百零一篇。這兩年，從中國到世界，都有著許多大變化；我個人則是很「認真地」開始了退休後的歲月，很認真地寫作。

這蕪文百篇，雖不足以言經世文章、道德學問，但其中包括著歷年來信之不疑的原則：溫柔敦厚，與人為善，但仍有所期許、有所追求——就說是「止於至善」吧。

永恆不可得，至善也不可得，無論如何，我們仍保持著這樣的熱情、善意，期待著更光明的未來。

八十三年三月二十日

追不回的永恆

前記

第一輯

第二輯

第一輯

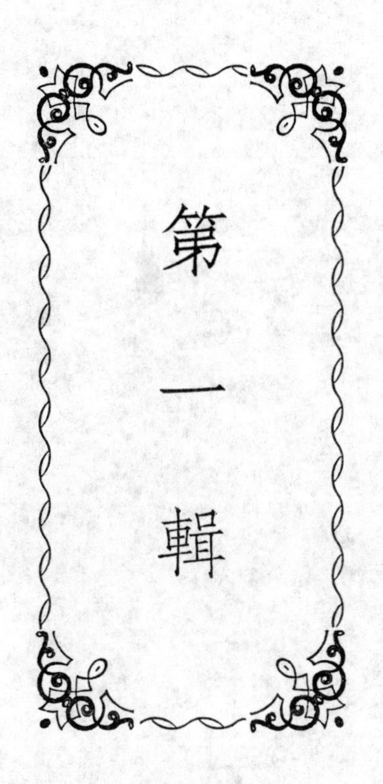

追不回的永恆

人生在世，好像是疾行趕路的旅人，一直朝前走。但有時也不免停下腳步，時而回顧往昔，時而瞻望來茲。人類因此才有歷史，並且有了懷古思鄉之情。人生於是多采多姿，無端地顯得這樣複雜、這樣歡喜，又這樣不可解的悲哀起來。

小說家雷馬克說過一句刻骨銘心的話：「二十世紀乃是難民的世紀。」雷馬克是德國人，身經兩次世界大戰；在戰場上負過傷，當過戰俘，後來逃到美國去。《西線無戰事》、《凱旋門》，以及我譯的那本《奈何天》，寫的都是在戰爭和動亂陰影之下被破壞、被扭曲的眾生群相。廣義而言，我們也屬於這「難民族」。

難民生涯不僅是逃難，不僅是爲了躲避戰火而從一處異鄉到另一處異鄉；難民的心理特色卽所謂「無根之感」，現代人無論在衣食住行上能享受多少舒適與豐盈，內心深處卻是越來越空虛——甚麼都不可靠，甚麼都是旋起旋滅。

沒有永恆的信仰，更沒有永恆。

人都變得這樣鼠目寸光、心胸狹小；只管自己短暫的安樂，自私自利不僅是最有效的謀生之道，更成了時尚與「美德」。不這樣怎麼活得下去？

近日重讀俄裔社會學者索羅金的舊作，五、六十年之前，他已以洞微知著的識力，批判了西方感性藝術過度成熟之後，暴露出來的種種危機。

原創性的巨人似為過去時代所專有，今天則是一個藝術侏儒的世界。

文學、音樂、美術，幾乎無不如此。

藝術價值本來是一種極其崇高的目標，眞、善、美、上帝、永恆，都有其一貫之道、恆常之理。

可是，在二十世紀的幾場大風波之後，如索羅金所說，「今天流行的藝術正與此相反，主要只是供應暢銷市場需要的商品而已。」藝術品有價，但「無價的藝術」渺然難尋。

現代感性藝術退化的一個特徵是，「表現焦點集中在病態的人物與事態上。」中古時代半神性的英雄，在文藝復興時代回復到有血有肉的凡人。到今日，芸芸眾生的正常生活不復值得關切，於是淪爲變態人和「次人類」(subhuman) 的世界。

索羅金所稱之「次人類」，包括殺人兇手、狂徒、性變態、娼妓、奸狡的政客、貪婪的巨商、瘋狂的青少年、藝術與科學販子、宗教騙徒，以及各式各樣的衣冠禽獸。從我們自己的閱讀經驗裡，不能不痛苦地承認，他的判斷很精確，幾十年前的看法，到今天依然如此。

雷馬克和索羅金都是在歐洲出生，因戰亂而卜居美國，在文學創作和學術研究上有卓越的成就而享名於世。他們都已去世，從他們的作品中可以體會得出來，他們的生命是有成就的，不過，他們的心情是寂寞的。

不管他們如何調適自己的生活，如何在異國天地裡開拓新的道路，在靈魂的隱微之處，拋不掉的還是那所謂「難民錯綜」吧。那種不安的、內疚的，而又無可如何的枉然之嘆。

文學式的懷鄉，此時此地有了新的詮釋。不再是北京的宮禁重重、龍樓鳳閣，不再是臺北的大廈連雲、車如流水。不管經過多少風霜摧折，千秋萬世，中國必定巍然屹立，永在人間。

然而，從前的中國，從前的文學藝術，從前的偉大與光輝，可能一去而不返——追不回的永恆。外國不會再有莎士比亞、托爾斯泰，中國的杜甫、李白、曹雪芹，恐怕也繼起無人。

「人生豈得常無謂，懷古思鄉共白頭」。我所懷念的，已超越了地理的疆域、時間的長流，而是那似近實遠、依稀縹緲的文學之故鄉。

文學與人生互爲影響，相輔相成。追求高尚而剛健的文學，對我而言，不只是一段失落的夢，亦更是一種鄉愁。

八十二年七月八日

山居春意

今年，我在一處遙遠的山村裡靜靜地度過了春節，對於中國人來說，春節才眞正是「一元復始，萬象回春」的一天。然而，左右前後，舉目所及，但見異類，春節乃至春王正月，對他們都並沒有甚麼特殊的意義可言。

也許正因爲如此，春節就變得越發重要而且可愛起來。不知道這是由於無可救藥的民族主義呢?或只是因爲我已經這麼老，老到了懷戀一切舊的、傳統的、快要抓不住的東西。

說是山村，其實只能算小小丘陵罷。門外有一條蜿蜒道路，有一個大概是西班牙語的名字。沿路走去，早晨就迎著燦麗的陽光，晴空萬里無片雲，據說雲自山谷中出生，隨風飄向大海去了。在山環轉彎處，往往可以眺望到海灣，以及海灣上的長橋。前幾天，晨霧瀰漫，橋上亮著燈光，像一條精工鑲嵌的玉帶。

信步而行，很少碰到行人。有之則是早起遛狗的老年人。他們那樣喜歡狗，令人不可思議。超級市場裡有整整一個「區」，賣各種風味的狗食罐頭，還有爲了讓狗磨牙的塑膠骨頭、香腸。爲獵戶出版的購物指南畫册上，有狗族專用的床榻臥墊、口罩和防寒的衣服。最爲匪夷所思的是，還有專爲各式獵犬做的鞋，也分了大中小的尺碼、上中下的質料，最貴的一種似乎和牠主人的一雙靴子相差無幾。

漸漸我就懂得了，這無非是由於這裡的老年人特別寂寞。而狗是人的最好的朋友。

村子的一頭，名爲丹桂園，但看不到甚麼丹桂，也或許品相不同，我看到了也不認識。一大片草地，一層青霜，幾株老樹，經冬不凋，不知爲甚麼，我倒覺得有些中國文人的水墨畫的風味。

沿大路向相反的方向走，地名水晶泉，當然也看不到水晶，看不到泉。只是小小市集，有菜市場、有銀行、有花店酒店、有一個一人班但效率很不錯的郵局。買報紙要用硬幣，像玩吃角子老虎一樣。本地的報紙三角五分，《紐約時報》七角五分。我仔細比較過若干次（像莫斯科政變那一段），硬是看《紐約時報》划得來。

市集裡轉一圈，大概有一、二十家店鋪，經常是靜悄悄的，經濟蕭條罷？但好像也看不出有人特別著急，日子反正還是要過吧。

居然有一家貨眞價實的中國餐館。點過一味左公鷄，那是左宗棠都想像不到的烹調法，介乎中西之間而很難歸類。但那老闆娘彬彬有禮，「我們也是臺灣來的。」就覺得很親、很有道理。

山村與外間鮮少來往，親友的書信成為大事。晚間竟可以看到衛星傳來的電視新聞，「這就跟在臺北一樣了。」加上還有中文報紙（比臺北的報篇幅來得多），有足夠的材料讓人興奮一回、生氣一回了。

閒下來便有很多時間讀書，新春該是讀詩的時候，信手一翻，是杜甫的一首五絕：

萬國尚戎馬，故園今若何。
昔歸相識少，早已戰場多。

杜工部流落夔府，題詠〈復愁〉十二首，這是其中之一，戰亂之餘，無限悲慨，田廬化為戰場，故舊相識者稀，把他的傷慟的感觸放大若干倍，也許就是我們這一輩人的遭遇。世界大趨向是朝著和平去發展，但願中國人和中國人的關係，都能和平演變，春滿人間吧。

八十一年二月十一日

風雪行

出門上路的時候，晴空如洗，一望無雲，應該是度假出遊的好天氣。

我們是被一對年輕夫婦說服了，

「好好利用這段假期，迎接一九九三年。」

在情感上，他們有些像我們的女兒女婿那樣子，雖然我們沒有女兒。

從住處到太浩湖邊，車行四個半小時。大約一半路程是在深山裡盤旋。嵐光湖影，相映成趣。山間雖有積雪，但沿路所見的蒼松翠柏，都很有精神，不畏風霜，頂天立地。

南太浩湖畔的旅店客滿，我們住在雷諾市的假日飯店。雷諾是所謂「全世界最大的小城」。以結婚、離婚手續簡便出名，此外便是遊樂場所，內華達州除了早年有些銀礦之外，沒有甚麼產物。賭博公開化便成了它開闢財源的唯一手法。

第二天一早，我們攀上了玫瑰峯，那兒有一個滑雪場。我年輕時很喜歡運動，各種球類都能玩玩，只是滑雪一道，從未嘗試過。這峯巒高度六千多呎，四望白雪皚皚，罡風獵獵，捲起陣陣隔夜凍僵了的積雪，像大漠狂飆中的飛砂。

遙遙望見年輕人從山坡上滑下來再爬上去，很辛苦也很快樂。就像芸芸眾生的今生今世，明知最後終是徒勞，但還是要不停地爬上去，不停地滑下來，不停地呼嘯歡叫，旁若無人，來不及回顧和懷念。

穿著臺灣帶來的鴨絨外套，和就地取材、一尺來高的雪靴，在雪地裡跑來跑去，手足都凍僵了，頭上冒熱汽，很久很久沒有這樣興奮了。

下午去看一場中國特技團的表演。他們在這兒表演兩週，這天是最後一場，觀眾不多。我們是爲了給中國人捧場，也讓小孩子看看「中國人眞有一套本領」。許多驚險、許多笑鬧，孩子果然哈哈大笑——也許他因此能記得一點兒「中國」吧。

第三天吃過早飯就下山，預報氣象已知要變天，沒想到變得那樣快。十點鐘開始，鵝毛大雪漫天鋪地而來，強風橫掃，寒徹肌骨。中午以後，冰雪載途，幾條公路都暫時關閉了。這時，州公路局的剷雪車在前面淸除積雪。後面車隊以每小時十哩的低速緩緩前行。幾千輛形形色色汽車，像一條大毛蟲一樣在雪地中蠕動。

過山口時，車輪上要加掛鐵鍊，以免打滑。路旁出現許多穿著黃色雨衣的壯漢，代客服務，安裝鐵鍊，裝上去是二十元；到了山那一邊要拆下來，另收十元。他們有特備的工具，有提燈，裝卸都不過舉手之勞，但要在漫天風雪中，跪在車旁施工，賺的是辛苦錢。這些人被稱為「鍊猴子」（chain monkey），想想倒也的確傳神，都像花果山來的。過州界時，兩邊都有檢查哨，看看你是否裝備妥當，以免中途抛錨，不但自身危險，還會影響全線交通。我們那輛車是四輪傳動，無需掛鍊就通行無阻了。

那天走了十個小時，才到沙加緬圖，不過全程之半，人困馬乏，只好住店。次日趕路，平地上溫度升高，大雨滂沱。而且趕上一陣豆大的冰雹，還有閃電疾雷，這一路甚麼都趕上了。

安然到家之後，在電視上看到深山路斷的情形。有的地方雪深一丈多，房子車子都被埋起來。加油站沒有油，飯館裡沒有菜飯，所有旅館都擠滿了人，偏偏電也沒有了。無法取暖，不能照明。

有人打開車上的收音機，想不到播報的是美軍在索馬利亞救助災民的消息。「不必到索馬利亞，我們豈不就是災民？」

根據氣象機關的紀錄，這是打破十年紀錄的一場大風雪。積雪壓壞了不少房屋，倒木砸死了人。

但是，禍中也有福。加州一連七年的乾旱，至此稍得紓解。一個經營滑雪場的人說，

「我看到那麼多的雪，樂得好像螞蟻爬上了糖山。」天色放晴之後，誰也記不得冰天雪地中的景象了。

八十二年一月十六日

憶

閃光的珍珠暗淡了，
想像的幻境破滅了，
滋潤的面龐憔悴了，
奔瀉的激情平靜了，
都是因為黃昏的陰影
已經籠罩在我的頭上。
在這時候，還有甚麼比
一瞬卽逝的春潮，雷雨般的回憶，
更新鮮，更可寶貴的呢？

遠方的老友W寫信來，第一頁上就寫著這幾行字，他說，是屠格涅夫的手筆。他很欣賞這幾句話，特別是經歷了漫長的半個世紀的睽隔，彼此各在截然不同的環境中，經歷了天翻地覆的變化。塵世滄桑，何堪回首？回憶有如春潮雷雨，許多瑣瑣細細而甚有情趣的事，都湧現在眼前。

好像我們又都年輕了一回，當然，時光不能倒流，回憶也只能是回憶了。

於是，不由得想起了法國大作家紀德那句意味深長的話：

「有笑的一刻，必然——有憶笑的一刻。」

人生經驗裡，值得憶念的，不僅是心曠神怡、燦笑如花，有些痛苦、挫折、屈辱、危難的往事，也許更能深鐫心版，畢生難忘。

那一班朋友，在抗戰司令臺的重慶市郊外花溪小溫泉相識。那年抗戰剛剛勝利，我們開始讀大學。每個人都跟「四強之一」的祖國一樣，豪情萬丈，氣吞寰宇。一天到晚，想的談的，都是普天下的，全人類的大事。

生活其實依然很苦，米飯雖然可以吃飽，但每隔幾天就會吃到難以下嚥的牛皮菜。我們向當地的同學抗議，「你們四川人怎麼吃這種怪東西？」

「在我們家裡，這是餵豬的。」一四川娃兒頗有幽默感，幽默中帶著嘆息。

來信的這位老友W是江南人，在上海讀中學，然後到大後方升學。他和我一樣，都是在淪陷區生活過，間關萬里，以朝聖的心情踏進山環水繞的霧重慶。他的中英文都很棒，讀書很多，我們對文學藝術有同好，自然成爲好友。談詩，談小說，談戲劇。對於舞臺劇和電影，他都有一套看法。在中學裡就作過導演——如果你聽聽他講起一個角色應該如何才能演得入木三分的要領來，就絕不會相信他當時只是個剛滿二十歲的大孩子。他眞懂得竅門。

重慶冬天陰寒，但很少下雪。那年隆冬之際，瑞雪紛飛。W一時興起，挖了一大桶新雪，用敏捷而又細緻的手法，在講壇上塑了一座半身像，雖說是草草速成之作，讓人一看就認得那是寬額大顙的貝多芬。過一會兒老師來上課，看到這座塑像也不禁點頭讚美，「你們新聞系的同學，眞是有才氣，」過了一會兒又說，「也眞調皮。」全班的人都笑了，貝多芬漸漸融化，稜角消失，留下一灘水跡。

那年頭兒他已經叼菸斗，抽的自然是最便宜的劣質菸絲——我懷疑，也許根本就沒有菸絲。雖然大家都穿跟士兵一樣的制服，叼著菸斗的W就像個教授、學者。

然後是南京、上海，「時代的巨浪」吧，一沖沖散了那一群朋友，音信斷絕幾十年，生死兩茫茫，更不必說別的了。

兩岸開放以來，輾轉得到了彼此的消息。我寫給他的信上說，「我一直認爲你已經作了電影導演，娶了一個白楊或者鞏俐。」作導演曾是他的青春夢。

他說他看到這句話時，有感嘆悵惘，也有破顏一笑。該是《三國演義》裡那兩句吧，「古今多少事，都付笑談中」。

勝利那年入學，轉眼就快五十年了。在紐約的學長發起，希望在臺灣、在大陸，和在海外各地的同學，明年能到南京重聚，白頭道故，歡敍平生，就像群英會裡周公瑾所說，「但敍朋友之情」，應該是可以容許的吧。

有些評論家認爲，寫小說應該避忌感傷主義的傾向。這道理我不是不懂，可是，塵世間種種變化，讓人不感傷也難。

不過，我此刻所能體會到的感傷，已超越了這樣那樣的主義、學說、理想，誰勝誰敗，誰對誰錯，似乎也都沒有多少意義。歷史會記載、會評斷；而渺小的我們珍視無比的，只剩下了「一瞬卽逝的春潮、雷雨般的回憶」。

八十二年八月二十一日

贈書記

記得是臺北的四月初，卻已經那樣熱。

那兩位文文靜靜的女士，忙了半日，鼻尖滲出汗珠。搬書的工作差不多要結束了，其中一位忽然問我，「您一下子送掉這麼多書，心痛不心痛?」

這句話問得有點兒突然。可是，也許我自己就曾不自覺地思量過了，所以便不假思索，應聲作答。我說，

「書本來就是讓人讀的。有人讀的書才算有生命、有價值。這些書送給你們學校的圖書館，以後一定會有許多同學去讀。如果他們喜歡，又能從這些書裡得到一些好處、一些啓發，那就是很好的事。」

我笑著，作瀟灑狀，「不會的，我眞的一點兒也不心痛。」

他們一共來了六位，絪絪縈縈，忙了兩天，一輛小型卡車，搬了三次才搬完，我說不淸究竟有多少册。

他們是世界新聞學院圖書館的同仁。頭天帶隊來的莊道明館長，是臺大圖書館研究所的畢業生。我在臺大教書時，圖研所正在籌備，開辦時我已離開。莊先生很客氣稱我「老師」，我愧不敢當；只是由於這層關係，使我感到親切而可付託。圖研所出身的人，沒有不喜歡書的。

多年來的藏書，窮年累月，積少成多，大部分都是信手買來，並沒有甚麼計畫，也從不刻意去搜求珍貴的版本。有些書是爲了教書取爲參佐，有些書純爲自己喜好，還有師友賜贈，意義更非比尋常。其中有些本被視同不可稍離的良伴，曾伴隨我的遊踪跑遍半個地球。此刻我卻不得不決心割捨，「揮手自茲去」，斷然亦惘然。

說是不心痛，又豈能會毫不動心？

有幾個悶熱的夜晚，偷偷起來對著那一排排書櫥再巡禮一番，也是默默話別。史棻也曾夜半起身再來撿點挑選。反反覆覆，兩個人都有些拿不定主意。

明末的錢謙益，一時名士，他的絳雲樓爲江南民間善本書庋藏有數的中心之一，其後終因兵燹戰亂，悉燬於火。錢曾有〈絳雲樓記〉追記其事，頗慨嘆圖書之爲物，「難聚而易散」，爲古今同悲。錢謙益辱節降清，玷汙斯文，有人說正因他對身外事物有許多的「捨不得」，書雖讀得多，畢竟仍未甚通。

然而，這難聚易散的道理，自古如此，至今猶然。不論印刷術如何進步，甚至更有電腦記憶、雷射磁碟，都未能改變聚散無常的命運。所謂「書到用時方恨少」，不只是說一個人能讀到的書總是有限，也表示不管你有多少藏書，眞正用起來仍會有所不足。

正因如此，就更感到圖書之珍貴。小時候讀過一些「敬惜字紙」的小册，宣揚不敬惜字紙之禍，可能會天打雷殛。片段的字紙尚且這樣嚴重，何況是成本成套的書？

我倒不迷信那些驚心動魄的報應。可是從抗戰中成長的一代，對於書的「當思來處不易」，眞有切膚之痛。流亡歲月，連一本字典都買不到，也買不起，更別說益智怡情的書了。中年以後喜歡買書，除了醉心閱讀之外，多少也有些補償心理吧。

我自己就學、任教，是政大、臺大、師大這幾個學校，各有一段前情。不過這些國立學府經費充裕，圖書豐富；世新則是報業前輩成舍我先生一手創辦，歷盡艱辛。近年由專科升格爲學院，正需大事擴充。舍老在世時對後進獎掖備至，曾數次命我到世新去教書，都因分身無術，未得報命。他逝世之後，成嘉玲女士繼承父業，學校辦得更爲有聲有色，我把這些書送給世新，一則略表我對舍老的敬慕與懷念，一則希望對研習新聞和寫作的青年朋友們能有點點滴滴的助益。

人生聚散，各有因緣，圖書典籍的聚散，大概也是這樣吧。清人詩句：「乍得寶劍添健僕，偶憶亡書思良朋。」想到自己讀過的，喜歡的某些書，一去而不復再得，眞像想到了生死未明的老朋友一樣。於此便只能自寬自慰，捨得捨得，捨卽是得。捨是空空，得也是空空。

八十二年十月三十日

文學的興衰

喜愛文學的人，常常懷有這樣樂觀的想望：總以爲文學創作是「經國之大業，不朽之盛事」。有人類就一定有文學，而且，文學跟人類的歷史一樣，應該總是與時俱進，無限光明。

事實並不盡然。前些時看到報章雜誌上報導和分析，文學出版品已沈落谷底，讀者興趣不在此，大小書店不得不接受市場教訓，於是乎出現了所謂「文學沒落」的慘澹景象。

這種情形不獨我國如此，外國也同樣有此趨勢。在美國，我親眼看到有幾家「深入民間」的小型書店，就在最近不到一年期間，不再出售任何書報雜誌，百分之百地成了各種錄影帶、雷射唱片和電玩帶子的租售中心。這種新變化令人怵目驚心。這不但是文學之沒落，簡直是文字之死亡。「人生識字憂患始」，現在不必憂患了。流行的是「有聲的圖書」，能看能聽，省去了閱讀的功夫。

這般說來眞箇是「天道寧論」！難怪作家封筆，詩人焚稿，出版家只好轉念在股票與佛經、保健與星相，以及男男女女的寫眞集之間自求多福。甚麼文學，省省吧。

不過，如果把文學的衰落完全歸咎於市場上唯利是圖的風氣，似非公道。林語堂先生說過，「李清照的詞是千古絕唱，但她也不能喝綠豆湯過日子。」出版家無意與李清照去比清高，更不能有專靠喝綠豆湯活下去的愚妄念頭。

文學作家們，該不該有一番坦誠的自省與自責？文學衰落、瀕於死亡，作者該不該承擔一些責任？

第一，從寫作的題材看，是不是離開了眞實的人生太遼遠，所以才引不起眾人的共鳴？

第二，從寫作的技巧看，是不是過分陳腔濫調、絮絮叨叨？或者是一意標新立異、炫奇鬥巧，讓人受不了？

第三，從寫作的態度看，是不是存著阿俗媚世、投機取巧的用心？就像某些搞政治的人物，動不動就用「民意」來作爲私心的護符？

難道今日的文壇也已墮落到和官場商場一樣，分不出善惡，定不出是非？難道從事寫作的人也像某些權利薰心的「祿蠹」一樣，就只問目的，不擇手段？像推銷化粧品，百分之九十的心血用在「打知名度」？

君子求諸己，不可事事責怨別人。凡寫作的人，不宜先假定讀者旣俗又懶，常甘下流；

也不要歸罪出版家唯利是視，不印好書。倒是該先問自己，寫作究竟是爲甚麼？是否已盡心殫智去追求心目中至高至美的目標？

韓文公「文起八代之衰」，是後世對他的評價。我們的文學眼前便已夠衰，起衰振敝，要寫作的人首先對自己誠實。有一番眞、善、美的夢想，而不只是用驚世駭俗的奇技淫巧，去掩飾內心的空洞貧乏。文字的興衰，跟別的事業差不多——首先決定於人的志氣胸襟。

八十一年五月十六日

走向

閱世略久，常常覺得人間世如走馬燈，許多事情，許多問題，轉來轉去一再出現——答案好像也差不多。

譬如說，文學作品究竟該寫甚麼，如何寫。千古議論，至今未絕，而且好像越議論就越爲迷惑，茫茫然莫知所從。

齊邦媛女士最近在一次文藝性集會中致詞，她說她擔任小說新人獎的評審，令她驚異的是，在決選的二十八篇中，有二十篇內容都——讓她讀了「迷惘、悲傷、憤怒」。她說，有的作者文筆流暢，但「卻放縱及沈溺於感官享受的極度追求」；最令她不能接受的是，「過度描寫性器官，以病態作爲美化的方式」。

邦媛讀書廣，功力深，平日寫文講話都很矜愼，很少「憤怒」。她是臺大榮譽教授，不必教書，只享榮譽；可是，儘管已到了「與世無爭」之年，該講的話還是不得不講。她寄望作家「有尊嚴和社會責任感」，不能隨波逐流。她特別提到王惕吾先生「正派辦報」的作風，作家應該「正正派派地寫文章」。

以前在臺北時，我們聚在一起，或開會，或閒聊，談到寫作時，記得有回她對我說，「我可不是衞道之士。」大概她覺得我的某些觀點嫌「正統」了一些。想不到現在她自己也有「莫非已跟不上時代」之嘆。

究竟如何才是正派寫作？仍大有討論之餘地。如今流行的是不但要以病態爲正常，而且要美而化之，歌而頌之。這大概就是當世文化史學者們所剖析的「現代人的自虐狂」吧。看著某些人的行爲，淫穢、殘虐、僞詐、自私，用「禽獸不如」來形容某些人的罪惡，實在是對禽獸的莫大汙辱。文學如果是以反映這種「現實」爲自鳴得意之事，當然也就不必說正派不正派了。

大陸作家王蒙十一月八日在舊金山近郊演講時，報告大陸文壇近況，那情景也頗爲荒涼，因爲寫作「無利可圖」，但風險甚大。過去作家被捧得愈高，日子愈不好過。王蒙講的這番情理，我們都很瞭解。只看過去若干次翻天覆地的文藝整風、反右，一直到文革，文藝工作者而被鬥被關被折騰死的，按人口比例恐怕比任何一行都要多。在共產黨治下，文藝界是「重災區」。

王蒙也談到許多作家下海經商。寫《男人的一半是女人》的張賢亮，一口氣組了四家公司，自任董事長，「當名片印好時，一家已經倒閉，一家申請破產」。可見下海也並不簡單。很爲張賢亮可惜。

小說家出身的王蒙，一度是中共文化部部長，現在是「中國作家協會副主席」。他也談到儘快從事精神建設，創立正面價値觀，「更新中國傳統文化」。他講了幾句非官話，替作家們解解扣，「作家固然有社會責任，但是解決中國層出不窮的腐敗現象，責任仍在當政者的肩上。」這是深知苦情的內行話。

爲文學定方向，爲作家評高下，都是很困難很複雜的事。如果用極端的泛道德主義的尺度去看文學，陳義過高，設限過嚴，便沒有文學發展的空間，作家也無可迴旋之地了。

齊邦媛之所謂正派寫作，王蒙所說的更新傳統，都反映出兩岸中國知識分子對文學走向的期待。

德國小說家赫塞，諾貝爾獎的得主，也曾被人視爲離經叛道，但他論及寫作的一段話，仍令我心折。他說：

我記憶所及，我總是主張，作家的功能，是將稍縱卽逝的一剎那，記錄、保存在文字之中。是用優美的描述勾起我們往日的記憶，而不是將它遺忘。不錯，我仍放不開理想主義的傳統，覺得作家多少該是一個教師、先知，或傳道士。然而我所著重的不是教化訓誨，而是將靈魂與精神灌注在生命之中。

這是相當清楚的界線，雖然不光是教化訓誨，畢竟一個作家在本質上應該是一個理想主義者，至少他不應該爲聲名、爲利祿而俯伏拜倒，「跟著市場的感覺走」，而要正派寫作，認眞地寫上一生。

八十二年十一月二十日

閉門寫作

記得初次到美國讀書的時候，年輕氣盛，自以爲精力無限，總恨不得多選幾門課，多吸收東西。當時很想選一門「現代小說」，雖然跟我自己的「本工」沒有直接關係，然以性向所近，應該會有些收穫吧。有先到美國的老友勸我不必貪多，戰線拉得太長，萬一有個失閃，成績不好，不但影響學習進度，而且對獎學金也怕不利。我覺得這話有理，便採取打游擊的方式，自己的正課忙完了，才去聽聽。

那學校採取學季制，一年分四季，每季只有十週左右，跟國內大學的學期制，一學期二十來週比起來，似乎急迫得多。那門課其實主要就是讀小說，都是當代名著，老師開的書單有十多本。自己先讀，上課就坐在一起討論，各抒所見，也不必有甚麼定論。

當時的選書中，有一本是沙林傑（J. D. Salinger）的《麥田捕手》。是那十來位作家裡最受歡迎的一位。在美國現代作家裡，我比較喜歡維拉・凱瑟（Willa Cather），她的《我的安東妮亞》等書，有一種特殊的樸厚溫暖的味道。沙林傑跟她頗不一樣，可是，又有某種程度的「氣味相投」。也許是由於他們對於人生都採取比較肯定的態度吧。

沙林傑一九一九年生於紐約市，他的生日剛好在元旦。一九四八年他以〈香蕉魚的完美一天〉短篇，發表在《紐約客》雜誌上而嶄露頭角。一九五一年的《麥田捕手》，描寫一個敏銳善感，又帶著叛逆性的少年考菲爾德，逃出了寄宿的學校，追求自由之夢的種種經驗。一九五〇年代適當二次大戰結束之後，美國國勢方隆。雖然大多數人現實生活裡的一些慾望不難滿足，但在內心深處已經被一層不安定的陰影籠罩著。《麥田捕手》反映出滿足而又不安、追求而又說不清楚究竟要追求甚麼的朦朧心態。考菲爾德在某種意義上象徵著美國在成長與探索之間的矛盾。不過，當年讀的時候，並沒有想這麼多，只覺得它是一本很有情味的小說。

沙林傑的寫作態度，精練而矜重，書既寫得少，在文壇上亦不肯輕於拋頭露面，沈寂多年，有人以爲他早已作古了。

前些時偶爾讀到一點有關他的訊息。

現已七十有四高齡的沙林傑，卜居東北部新漢普夏州康尼熙郡的山上，過著隱士生活。去年十月間，不幸遭回祿之災，住宅被燒得精光。文友和讀者們關注他的近況。據他的經理人說，儘管他這次受災，精神和物質上的損失都很大，但他「並沒有退休」。

沙林傑近三十年來都沒有新作發表，可是因爲他先前的四本書，包括《麥田捕手》和《九個故事》在內，銷路一直很不錯，因此他可以靠版稅收入，優游歲月，無求於人。

這老人至今並未擱筆，仍在繼續埋頭寫作；不過，他說他是完全爲自己的興趣而寫作。有人問他爲甚麼要這樣？他說，「我知道，別人認爲我性情怪癖，崖岸自高；其實，我只是年紀大了，無暇去搞進退應對那一套，我要保護我自己，也保護我的作品。」

遺世獨立，飄然去來，跳出了世俗的名利之外，這樣的境界也不易達到。我們跟美國人談判智慧財產權的問題時，總覺得他們未免過分的氣勢洶洶，但由沙林傑這一例倒可以看出，智慧財產權保護周至，不僅是保護了智慧，也保護了尊嚴。文藝工作者能夠「人到無求品自高」，豈不甚妙？

閉門寫作三十年，也許他並沒有甚麼成果，但也可能是另一本傳世之作。這般懸疑與期待，使老來的生活別添意趣，可謂暮年之挑戰。

八十二年五月十八日

非超越

一九九三年的各項諾貝爾獎陸續開出，文學獎是最爲「入世」的一項，向來受到較大的注視。今年由莫莉生女士（Toni Morrison）膺選，事前略無徵兆，所以讓外間稍有意外之感。不過，各方的行家都認爲她是憑實力而當選，不必太強調她是女作家，也不必認爲她是「黑」的才能獲此殊榮——當然，她能以高妙的筆法寫出痛苦的「黑色經驗」，爲人所不及。

先讀了幾位美國評論家的評介，大都以她成長的過程與作品的內容爲主，柏克萊加州大學柯立斯田教授（Barbara Christian）的一篇，從一個崇慕者的眼光來看這位被黑色族群引以爲傲的作家。柯女士正在寫一部莫莉生的文學評傳，將列爲加大「美國天才叢書」之一。

美國黑人過去受到歧視，種種不平的限制，使他們不能充分發展才智。黑人有傑出表現的行業，以音樂和體育爲多。文學作家具有全國性聲名者寥寥無幾。一九五〇年代中期的鮑爾遜（James Baldwin），是影響最大的小說家。甘迺迪弟兄在人權政策上的開明立場，據說都和他的小說有關。

莫莉生顯然代表著更爲成熟的一型。評論家葛瑞（Paul Gray）讚揚評獎的瑞典學術院作了正確的選擇，不過給獎的理由之中，有一條卻說錯了。過去有些評論家也都讚揚過，莫莉生「超越」（transcending）了「黑質」，使她小說中的人物呈現出抽象的「共相」（universality），使人人都能瞭解。葛瑞認爲這種說法「恰恰說反了」。不是超越，而是特別深刻、精微。我同意他的論調。

後來又讀到《聯副》海外版上陳東榮〈莫莉生與美國黑人文化民族主義〉，稱譽她：

> 是一位務實踐履的黑人文化民族主義者……不過，顯然與黑人藝術運動所表現的粗糙刺耳、殺氣騰騰的民族主義迥然不同。

這一論斷極爲中肯，惟其能從狹隘的意識形態的拘束中掙脫，然後創造出「更具表達力、想像力，和藝術性的小說」；莫莉生之得獎殊非偶然。

美國女作家中被傳爲諾貝爾級小說家的，是和莫莉生同在普林斯頓大學任教的歐慈

(Joyce Carol Oates)，《聯副》也曾預告過，她的確在候選名單上不止一次，總是交臂而過，只能歸諸運數了。

此地報上說美國作家歷年得到諾貝爾獎的，前後已有十一名。從一九三〇年第一個得獎的路易士開始，就有一番爭議。此後依序是歐尼爾、賽珍珠、福克納、海明威、史坦貝克、貝婁。後面接著來的三位，辛格是波蘭出生意第緒語作家，米悟虛是立陶宛出生，布洛斯基是俄國人；不過他們都定居美國，便都被「納入編制」。其實，到莫莉生才算是眞正的美國作家。

莫莉生的寫作生涯，並非一帆風順，一九八八年，她以《摯愛》一書，被提名爲全國最佳圖書獎的候選人而落選。當時曾有四十八位黑人作家聯名致函《紐約時報》、《書評雜誌》表示抗議。兩個月之後，普立茲文學獎贈予莫莉生。那封信的用意很好，但這樣的方式，在某些人看來，成了莫莉生本人的盛名之累，甚不值得。

像一九九〇年圖書獎得主詹森（Charles Johnson）就說，如果他投票的話，「一定投給歐慈。」他認爲莫莉生乃是各方善意之下的「受益者」。此中是否有黑白之分的情緒糾結在內，就很難說了。

我一向認爲，所有的文學獎——甚至擴大一點說，人間的一切成敗得失，沒有幾樣是

「必然」的。時機、世局、社會心態、文壇風尙，都可能出現種種偶然的因素，作家的任務只是傾注心血寫他最好的東西，獎之有無，不必計較。

陳東榮先生的文章是爲學術會議準備的論文，不是臨時趕工的急就章。平日對世界各國作家分門別類深入研討，應該說是文壇上進步而務實的新氣象，有備而來，味道果然不同。

八十二年十月二十三日

「我的安東妮亞」

文學的風尚，與社會風氣、世道人心，常常互爲表裡，存在著某種連動反應的關係。前些時，我提到美國小說家維拉·凱瑟（Willa Cather），我覺得她是美國近代最優秀的女作家，這不僅是由於她的才華，更因爲她小說裡所表現的性格。在她之前，有些作家是以不屑的眼光、嚴苛的態度，去看待美國史上粗獷不文、樸拙無華的開拓時期；甚至連美國人自己也是懷著幾分自卑自艾的情緒，把歐洲文化的價値頂在頭上。

凱瑟不是如此。她是從她熟悉的鄉土、草原、人情、農藝之中，刻畫出人生有甘有苦的滋味。她從開墾的故事中，肯定了人，肯定了人生的價値和意義。有人說，以開墾爲素材的作家群中，凱瑟應算第一人。我對此深表同感。

凱瑟的幾部主要長篇小說，《我的安東妮亞》、《開墾的人》、《亞歷山大之橋》和《百靈鳥之歌》，都是與開墾創業有關。一九一八年問世的《我的安東妮亞》（*My Antonia*）尤爲力作。凱瑟後來獲得普立茲文學獎；其實以作品比作品，她比幾位得到諾貝爾獎的後輩高明多多。有遇有不遇，只好歸之命運了。如果說早期移民忍苦耐勞、披荆斬棘的努力，是美國富強興旺的主因之一，凱瑟的小說可謂扣準了時代的脈動，具有波瀾壯闊的史詩意味。

她以中西部廣袤田野爲場景，男主角傑姆・勃登是世家子弟，倜儻多才，出身著名學府，後來應聘爲鐵路公司的律師。勃登童年住在中西部，與安東妮亞爲友。安是來自東歐的移民，全家族裡只有她一個人會說英語。她和勃登是青梅竹馬的友伴，後來因環境和命運而各有不同發展。安東妮亞遇人不淑，被一個浪子玩弄遺棄。鄰家的老婦人傷心地說，「我的安東妮亞，那麼好的孩子丟了臉回來。而烈娜，一向是放蕩不羈的壞孩子，卻混得那麼好，每年夏天，全身綢緞回家來。」這正是難以索解的悲劇，人間沒有眞正的公平。「好人必得好報」似乎只是一句空話。

儘管他們的身分相去懸殊，勃登後來回到家鄉，與安東妮亞重逢，他說，「妳知不知道，自我離鄉以後，妳是這一帶人中間最使我想念的一個。我眞想要妳作我的愛人、妻子，要不然作我的母親或姊姊——只要是一個女人跟一個男人的一種關係就行。你的想法就是我的；妳影響過我的愛與情……妳實在已是我生命的一部分了。」

安東妮亞眼淚慢慢流下來，「這怎麼可能！你認得那麼多的人，而我又已經使你那麼失望。心心相印豈不更妙……我簡直等不及我小女兒長大，便想告訴她咱們從前的一切。」

她形容落日似金球，小樹、麥子、向日葵、千日草，大地的魔力和田隴裡日暮後發出的莊嚴之美。

在柔和的暗影裡，感覺到她在笑，「就算你不回來，你也永遠在這裡，就像我死去的父親一樣。所以，我是不會感覺孤寂的。」

又過了二十年，他們才再度聚首。安東妮亞已經結婚，生了很多兒女，家境貧寒，日子過得很窘，但卻很溫暖。雖然全書包含了很多曲折故事，勃登的感嘆是：

這就是我們的命運之路。它曾把我們帶向早年命中注定的一切悲歡離合……無論我們失去甚麼，錯過甚麼，可是那寶貴的、別人無須領會的往事卻永遠屬於我倆所有。

這書的中譯本出於湯新楣先生之手，一九五四年在香港出版。我是那年八月間第一次讀完的。這回重讀，相隔將近四十年——評論大家門肯曾說，「沒有一本愛情小說，不論是男作家或女作家所寫，能比得上像《我的安東妮亞》一半那麼美。」

在我看，這不僅是一本愛情小說，它所刻畫的奮鬥與挫敗，狂喜與悲哀，乃至最後那種深沈、蒼涼的意境，都讓人體會到人生的眞諦，互相瞭解、尊重、體諒，也許比浮泛的愛情更爲珍貴。當然，用所謂現代的尺度去衡量，那年頭兒的人似乎太拙笨了吧。

然而，我們不能不承認，那樣的人生，那樣的小說，都比流行的一切更有滋味。

八十二年七月三十一日

報紙氣數

老友歐陽冠玉兄大半生獻身新聞工作，七旬高齡，賈其餘勇，創辦《新聞鏡》週刊，對新聞界盡針砭之責。近期有專文論及香港一家報紙的存廢，讀之不勝憮然。

雖說是時代變了，世界變了，這個那個統統變了；但有一條道理亙古至今，一成未變：「殺頭的生意有人作，賠錢的生意無人作。」那家報紙因爲多年來財務狀況欠佳，處於風雨飄搖之境，「旣然賠錢，不如不辦。」這已不是第一次聽說了。

因爲我和那份報紙曾有一番情緣，友人問我的觀感。我只得說，「當今最強有力的邏輯，就是賠錢不能幹。辦報如果純然是生意經，作生意當然要計較盈虧。賠了錢就停下來，誰曰不宜？」像英國有名的《笨拙》雜誌，辦了一百五十多年。最近支撐不住，關門大吉。就在香港地區，報紙易手、兼併或關門的，亦時有所聞。

問題是：辦報是不是只是生意經？是不是賺錢就算成功，賠錢就是失敗？報紙除了當作一種商品，還有沒有別的使命和價值？

我的答案不必寫出來了。多年以來，在國內外學新聞、教新聞、幹新聞，嚴師的教誨，道友的切磋，都教導我一個道理：新聞專業是神聖的工作，對公眾應該具有啓發性和教育性，新聞猶如國族的歷史，「一字之褒，榮於華袞。一字之貶，嚴於斧鉞」，成敗得失，要看它對國家、對人群的整體貢獻影響去衡量，不在乎一時帳面上的賺與賠。可惜，這些話與書本上許許多多意義深長的話一樣，只好念熟了應付考試。

可是，稍讀一點兒歷史的人還記得，中國國民黨的革命大業，就是從海外辦報開始，東京的《民報》，香港的《國民日報》，都是「鼓盪風潮，造成時勢」的先鋒。

第一代黨人之中，自國父以下，像黃興、胡漢民、戴傳賢、于右任、張繼、鄒魯等，在早年的革命生涯中，都曾參與報紙雜誌的工作，雄文驚世，鐵血詩篇，革命黨就是靠了筆掃千軍的力量，「未得其地，先得其人；未得其人，先得其心。」這些話，現在也要被人取笑為「迂闊」了。

小別臺北，半年來看到街頭最大的變化，是新興的銀行林立。經濟發展，社會繁榮，多幾家銀行也是好事。銀行想必是可以大大賺錢的好生意，所以執政黨自己也辦了一家，為了籌措黨務經費。

我曾寫文章反對其事。政黨自辦銀行，雖為法所不禁，究竟於情於理皆有難言之處。不僅為黨史上所未有，亦列國政黨之所無。豈可不顧慮將來要付出的社會成本和政治負擔？「瓜李」之嫌不避，可謂計之拙矣。

報紙要賠錢，不如關吧。銀行能賺錢，就開吧。革命的主導精神到了這樣精打細算的「境界」，又怎能怪到處「上下交征利」呢。中國的史家遇到某些轉折興廢，往往歸之於氣數。今日之事，是否也是氣數使然呢？余欲無言。

八十一年四月二十三日

北京歸來

百端思量，千番夢醒，有道是：「未老莫還鄉，還鄉須斷腸。」如今我該算是老矣。

啓程回鄉之前，我對朋友說，此去恐不免大哭一場。結果我竟沒有掉淚。

我離開北京是在珍珠港事變之後的那一年，算來整整半個世紀。當年不過是一個未成年的少年郎，不甘異族壓迫，逃出了太陽旗下的北京城。我永遠忘不了躲在火車角落裡聽到汽笛長鳴的那一刹那，我的心跳的聲音比火車轟隆轟隆前進的聲音似乎更響。因爲很緊張、很駭怕，而且前途茫茫。北京的城門樓已漸行漸遠，我不敢回頭去看。

那時候的志願是投考軍校，殺敵報國。那時候並不懂得有甚麼國共兩黨……

五十年間，發生了多少翻天覆地的大事。經歷了無數的患難與滄桑，而今擺在中國人面前最大的難題是「兩岸關係」。事實上分裂的中國，如何能不必經過殺伐戰亂而達成統一，這是大家的願望，也將是世界安定和平的關鍵之一。

兩岸的人都明白，「歷史留下來的難題」，也留下許多的疑慮、猜忌，和磨不去的痛苦記憶、塡不平的恩怨鴻溝。

大陸那邊主張的是「一國兩制」，先把解決不了的歧見擺在一邊，馬上開始談判，談了就會有進步、有結果，譬如「三通」。

海峽這一邊並不是絕對反對談判，開談之前總得先有一些共識，要彼此不否定對方爲政治實體，要放棄使用武力，不妨礙我們對外發展的活動。否則談甚麼也不會有結論。

雙方的意見南轅北轍，看不出交匯的可能。

隱藏在異同之見背後的，乃是彼此之間缺乏信心。「人言爲信」，現在大概是都還沒有把對方的話當作「人言」。

邀請我們這個訪問團去交談的，是社會科學院副院長兼學術交流委員會主任汝信。汝先生主攻哲學，也是作協的成員，文質彬彬，溫和持重。他說他看過我的一些作品，也知道我在筆會裡工作的情形。我說，兩岸學術文化界的接觸由此開始，也許是一個好兆頭。「誠如大名所示：汝信，彼此相誠互信，才有眞話可談。」

此後我們這個團會見了中共副總理吳學謙。當天晚上是國務院對臺辦主任王兆國款宴。吳、王二位都頗擅言詞，委婉有致，其要旨則是「吾道一以貫之」——一國兩制，坐下來談判就好。

我們的團三十多人，其中有八位退休的和現任的大學校長，好多位政治經濟專家。歐陽勳團長一一介紹。說到監察委員谷家華時，吳學謙說，「我最近到貴州，人們告訴我，那兒就是谷正綱先生的故鄉。」

晚宴之後，王兆國與同席賓客握別，他悄悄對我身旁的實踐學院謝孟雄院長說，「回去請代我向謝資政問好。」這是否另一種方式地接受「政治實體」？

吳、王二位都是當紅的大員，也都學到了自周恩來以來從事談判時的細膩和嫵媚：大處不會放鬆，小處可以讓你舒服。

那夜我回想他們所說的話，後來臺灣的報紙刊登了不少，倒是大陸上的報紙語焉未詳。我想，經由談判解決歧見，將來總會朝這個方向發展。但是，如果沒有眞正取信之道，再拖三年五載，是很可能的。

八十一年七月十一日

人治乎

這次京華之行，大會、小會，許多場面，我一貫努力爭取「不發言」。因爲我已是野鶴閒雲，跳出三界外，不在五行中，有些情況已感到模糊，有些事弄不清來龍去脈。吉人之辭蓋寡，能做到默然無語，毋寧是最佳境界。

六月三十日王兆國的晚宴席間，賓主交談甚暢。王很強調反抗帝國主義的愛國主義，也談到中國人應該團結一致、自立自強。說得動聽，引人入神。

忽然有位朋友問，「既然如此，爲甚麼你們要讓許多漁民偸渡到臺灣？有的人還挾帶武器和毒品，意欲何爲？」

王說，「這事我清楚。因爲我幹過三年多福建省長，我常下令嚴禁偸渡和走私。可是，福建省海岸線有三千三百二十四公里，眞是防不勝防，尤其到了颱風季節，巡防的船艇都避風去了，偸渡的人卻頂著風朝前闖。我到北京以後，也許稍稍鬆了一點，以後一定要嚴辦。」

談到這兒，我止不住提了一個問題。

我覺得大陸上到今天仍是人治重於法治。鄧小平南巡講話，一時成爲綱領。但這是沒有甚麼準稿子的事。經濟上改革開放，一定要跟思想上、政治上的改革開放同步進行。只靠人的美意，太不可靠。如果沒有法治，說不定有一天會重演以前的悲劇，就如《河殤》裡所說的，「共和國的法律如果不能保障一個平民，最後也就不能保障共和國的主席。」那豈不是危險萬分？

王兆國沒有覺得我的話過分，他說，思想上和政治上的改革開放，確爲必要，「但那是有階段性的。」目前只能先以經濟爲主。

我下面有句話，想問而未便出口：號稱總設計師的鄧小平，發動改革要南下廣州，此事是否有些不太正常？若說因爲他沒有正式的職銜，無法透過黨政權力系統，只好遠走天涯去製造輿論。這不免令人想到毛澤東當年整劉少奇的舊手段，難道鄧小平非這樣不可嗎？

改革開放使民眾得到了好處，因而受到民間支持。然而，徹底的改革開放將來會打破許多人的飯碗，會搞垮了許多人的特權。阻力之大，超過想像之外。

回臺後補讀舊報，讀到了《聯合報》七月二日報導，「秦川砲轟左家莊」，這是非常了不起的獨家新聞。秦川是前任《人民日報》社長，一日在北京的全國人大常委會上發言——

當時我們仍在北京，卻一點兒也沒聽到風聲。

在那篇洋洋數千言的發言辭裡，秦川列舉事實，譴責《人民日報》現任的社長高狄「見人說人話，見鬼說鬼話……早晚會構成社會主義改革大業的眞正威脅」。高狄敢於抗拒鄧小平，可見「反改革」勢力之「根深柢固」。

秦川發言後，高狄撥電話要在場的《人民日報》記者爲他索取一份秦川的講話複印稿，「人大辦公廳以常委會文件不外傳爲由而予以拒絕。」讀了臺北的《聯合報》才知道北京發生了甚麼事情。有關中共事務的報導，臺北的報紙壓倒了北京的《人民日報》，你說這是不是「新聞」？

一時想不出中共會怎樣處置這一類問題。反正單單靠人治，是絕對辦不通的了。卽令撤了高狄的職，換了《人民日報》的班子，高年八旬有七的鄧小平，仍是無法高枕無憂吧。制度化在哪兒呢？

八十一年七月十八日

獅子印

那是我們在北京的最後一天，於是去和長城話別。被稱為世界七大奇觀之一的萬里長城，是人類翱翔太空、回顧地球時，惟一可以看到的人造的「成果」。凡是一種「偉大」，都要從遠處才能看得清楚，才能更凸顯出它與渺小之不同。

從市區出發，經過昌平縣境，約兩小時到居庸關八達嶺。萬里長城萬里長，到此便只能懷著「嘗一臠而知全鼎味」的心情，攀登三、五里路，意思也算到了。

將近登山的路上，忽然前路不通，車隊排成了長龍。不一會兒，人群中口耳相傳，說是有外國上賓在前頭——先說是烏茲別克的總統，又說是亞美尼亞的副總統，反正是一個聽起來就挺彆扭的人物。據說山上一段路徑特窄，只容得單列迴旋，所以「其他人等」的車輛就得在下面排班等候。等外賓下來之後，再循序登山。

由太陽越來越熱，車隊越拉越長，從高處往下看，像一條蜿蜒不斷的大毛蟲，身邊圍著許多螞蟻，都是人，耐心等待著「活動」一下，出現新局面。

有的人坐在路邊的石頭上，有的人躲在老樹的陰影下。等得不耐煩了，漸漸有抱怨的聲音由低而高。

「他們要爬長城，我們也要爬長城，爲甚麼叫我們在這兒窮等？」

「大家應該排隊，外國人也該排隊，總統副總統憑啥這樣一馬當先，獨占山頭？」

聽得出來，各式各樣南腔北調，有臺灣來的，港澳來的，新加坡來的，還有美國的、歐洲的……從很遠很遠的地方回來的中國人。

大家很愛長城，但不高興這樣不明不白地等。

其實，當地的遊客更多，卻聽不到他們有任何怨懟不平的聲音。

也許是因爲已經司空見慣，等就等罷。

我沒有注意到，不知從甚麼地方走來三三五五的村民，有老有少，有男有女，有的還推著自行車，有的用手提著小包包，或拿著一兩樣貌似骨董，而絕對不會是骨董的東西。

「先生，您看看，這還是文化大革命的時候翻出來的，好東西，您出個價吧？」一位老農夫樣的人輕聲對我說。他手中拿著一塊烏溜溜的石刻，是一寸半見方的印章，上面刻的是蹲著的獅子。

年輕的時候，到甚麼地方走走，喜歡就手兒買一些七零八碎的紀念品，作爲雪泥鴻爪的去思。年事漸增，一切事毋寧都是「春水無痕」才更好。而且我正在遷居的旅途中，要這些身外之物何用？

「對不起，老人家，太重了，我帶不走。您再問問別人吧。」我看那老人額頭熱汗一滴一滴往下流，我自己也冒汗了。

「不重不重，這東西本是一對兒，」他一手托著一隻，把兩隻湊在一起，「您要是嫌重，這麼辦，您就買一隻好啦。一對兒是一百二，這一隻我算您——」

也許他聽出了我的口音，也許他看出了我有些動搖，便把那獅子塞到我的手裡，「您出個價兒，出個價兒。」

社科院的一位先生替我出了價，又經過一番唇舌，五十塊錢買了這座獅子印，外饒一個石刻的筆托。

這一筆生意開頭，同團的朋友們紛紛解囊，觀音大士像、笑口常開的彌勒佛、八角形的小茶壺，還有些叫不出名堂的小玩意兒，有的眞像剛從泥土裡挖出來的。

有人評鑑說，我們買的都是些「破銅爛鐵」，不值一顧。

我說，我知道我買到的並非「斗大黃金印」，也不是甚麼雕工精緻的玉石獅子，花這五十元，就算買回來的東西一文不值，我倒也並沒有被騙上當的煩惱。

這只是另一種方式去幫幫同鄉人，那老人家爲了領先作成了第一筆小小交易，想必會感到某種喜悅，某種滿足。

能讓別人快樂，自己的快樂才更爲眞實。我是甘心如此。

獅子印隨我回到臺北，又飛越太平洋。我把它淸洗過，外面的烏油油不知是塗了甚麼油脂，洗去後露出了蒼黃的本色，也露出了一道隱隱的裂痕。

我就猜到它一定有甚麼不完美的缺陷，要多方掩飾、化裝。

我從不愛任何骨董，但這塊頑石刻出來的獅子印，卻是如此值得珍惜，因爲它來自長城下，來自故鄉，來自一段偶然的、今生不可能重見的情緣。

八十一年七月二十五日

臺商之言

臺商，顧名思義，就是臺灣的商人，或泛指工商企業界中人。但這名詞用得越來越頻繁、越響亮，乃是兩岸關係開展以後的事。此臺商是指挾帶著臺灣的人才、資金、設備，前往大陸投資的工商業者而言。

我們的傳統社會，基本上是重農而輕商，子貢和范蠡之事傳，都有其他歷史因素，而非僅由於經商致富。白居易〈琵琶行〉裡說的，「商人重利輕別離，前月浮梁買茶去」，似乎成了千古定論。

眼前談兩岸關係，所謂文化的接觸，老實說，相當空洞；有內容的還是經貿。但一談到雙方貿易有多少多少億，很多人都會想到「商人重利」這句話，甚至責斥臺商紛紛登陸彼岸，是「見利忘義」。我就曾有這樣的想法。一切都還在朦朧之中，何必那麼急著去投資？

後來有機會聽聽「臺商」的意見，覺得他們也有一番道理。

此處所說的臺商，各省籍都有，大都在臺灣出生，受教育；有的到國外深造，然後創業有成，不僅有商場上的歷練，也有國際間競爭的眼光。他們去大陸，絕不止是「浮梁買茶」，尚另有一種使命感。

他們都曾進出大陸多次，對於當地的社會民生、政經情況，也都作過一番瞭解。有位臺商說他投資重點安排在上海，爲甚麼？「根據調查和分析，以縣爲單位，大陸上最富庶的十個縣，八個在上海周邊，兩個在廣州附近。」北方和內陸仍是小貧與大貧。人口雖多，購買力甚低，支持不起大規模的商品產銷活動。

譬如說要經營現代化的超級市場，臺灣已經有相當經驗了，大陸上現在還沒有。在各大城市居民收入逐漸增加之後，提高生活品質，配合改革步調，超市會有具體的影響。單就家庭主婦爲買菜和其他日用品所能節省的時間精力，就有立竿見影之效。蔬果魚肉之類能先加整理，對於大多數小鍋小灶，甚至沒有單間廚房的主婦們來說，都是很大的「德政」。食品清潔一點、新鮮一點，不必一樣樣去排隊，這是我們已經認爲當然，而大陸上還沒有做到的。

據說，這樣的構想（也許已經是相當具體的計畫），是行得通的。因爲大陸上人多，儘管購買力偏低，日用必需品的銷場仍甚可觀，市場有把握。更由於工資低廉（據說是臺灣的六分之一乃至十分之一），超市所需的人力，大部分就地取材，這可以增加許多就業機會，比任何其他形式的「援助」更好。

當然，這計畫也有難處。最大的障礙是土地難得。大陸上土地歸公，私人不得擁有；目前變通辦法是可以取得使用權，三、五十年乃至七、八十年。可是超市貨品種類要多，顧客人數一定也多，管理上要維持良好秩序，特別是注意「防止偷竊」，場地一定要很大很大。西方國家的超市大都擺在郊外，但這又行不通，因爲大陸上汽車仍是奢侈品，步行距離以外之處，怎會有生意？

超級市場是服務業一個很好的例子。有需要，不見得就能實現。

說來說去，似乎仍在談生意，談怎樣用臺灣的資金和方法去賺錢。這有甚麼使命感可言？

有一位信心滿滿的朋友說，上海有一家臺商的紡織廠，去年年終職工各發三十八個月的薪水。有的廠家不發那麼多錢，但用聚餐、贈獎，和請職工組團遊黃山等方式，改善待遇。很快就得到熱烈的反應，職工們都樂於「以廠爲家」。

「工作人員眞正得到了好處，不再是吃大鍋飯那樣不關痛癢。他們絕對按廠裡的規矩辦事，廠長和經理一句話，遠比黨委書記管用得多。」

一個廠有幾百幾千人，沒人再聽黨委書記的；如果幾百幾千家廠都這樣，那就很「中國特色」，不必再談社會主義了。

中共現在是用資本主義的方法吸引外資和臺資。臺商則用資本主義的方法開拓新戰場。「這不就是傳送臺灣經驗嗎？」

這樣說法也許太輕率，如果黨委書記祭起翻天印，臺商難道不怕血本無歸？他說，「作生意本來有賺有賠，盈虧自負其責，政府可以不必擔心。」

這話究竟對不對？有待時間考驗。

八十一年八月一日

老舍茶館

從北京回來，仔細想想，某些事情似乎多了幾分理解，也有些事情依然想不明白。中國的問題，或只說中共問題，實在是盤根錯節，讓人搞不通。

有很多人、很多地方，都想去看看，時間來不及，只得留待日後再說。

我們卻有機緣過訪「老舍茶館」。

老舍是我最喜歡的小說家之一，從《月牙兒》到《四世同堂》，讀起來都有說不盡的親切感。評論家讚揚他是「京味兒的小說家」，我只覺得他是平民化的、最隨和而得人緣兒的作家。

我從來沒有見過老舍。以前，每逢和梁實秋先生同座，彷彿看到老舍的樣子。他們兩位年輩相若，同爲名震遐邇的大作家，同以「京味兒」爲特色，而又有很深的友誼。抗戰勝利那年，兩位先生曾同臺說過一場對口相聲，以表慶賀。那樣的文壇佳話，可惜我沒有趕上。

六月三十日晚上，我們在大會堂裡吃過飯，到了老舍茶館。據說館址便是前門的箭樓，可是看來看去總覺得不像──倒像大臺北南門市場的三樓上。

茶館名氣大，規模其實很小，場子裡擺著幾十張八仙桌，面對著小小舞臺，沒有冷氣，有幾座大電風扇，那晚雖然沒有賣滿堂，我們還是覺得暑氣蒸人，悶熱不堪，輪流溜到走廊上去吹電風扇。

茶館裡的表演節目，有平劇清唱，有相聲、魔術、河南墜子和雙簧。從七點半到九點半，一檔接一檔，多彩多姿，一面欣賞節目，一面喝「大碗茶」；八位一桌，就給您擺滿了各式各樣的小點心，有豌豆黃、倫教糕許多名目。論其品味，跟臺北頂好後面「京兆尹」的東西差不多。

每位茶資是人民幣五十元，對平均月薪不到二百元的北京人而言，這樣的消閒活動恐怕太貴族了一點兒，非老舍所許。座客中大多是外國觀光客。鑼鼓喧天、急管繁絃之中，唱黑頭的演員猛唱「將相和」之時，夷狄之輩，只好傻眼。

牆上掛著老舍的遺墨和照片，包括他生前跟各路名人要人的合影。這場子多少有紀念和表揚的意味。老舍生前喜歡喝大碗茶，喜歡跟朋友閒聊，更喜歡這些不登大雅、不入廟堂的民間藝術。

至於老舍的作品、身世，特別是最後生命的終結，資料裡略而不提，就像看老年頭的禁書：「下刪五百字」那樣。

回來後，重讀嚴家其的《中國「文革」十年史》，有如下的記事：

（一九六六年）八月二十三日下午，北京的紅衞兵決定將在「破四舊」過程中，集中到市文化局收存的戲具、道具移到國子監孔廟大院中燒燬。在焚燒過程中，……將著名作家老舍、蕭軍、駱賓基、端木蕻良，著名藝術家荀慧生、白芸生等三十餘人，分別掛上「黑幫分子」等大牌子，送到焚燒現場，當場把他們的頭髮全部剃成「陰陽頭」，將墨汁倒在某些人頭上，勒令他們圍跪在火堆四周，一面用火烤，一面用道具和帶銅頭的皮帶抽打。在灼人的炎夏之季，六十七歲的老舍被打得頭破血流，當場暈倒在地。為此，被認為「態度不好」，又給他加上一頂「現行反革命」的帽子，加倍折磨毆打直至深夜……一代名流老舍，終因不堪忍受人間的折磨，而在八月二十四日深夜投太平湖自盡了。

老舍之死，是那十年浩劫千千萬萬悲劇中的一例，世人多已知之。如今過去了二十六個年頭，人世滄桑，變化很大；但有些事情好像沒怎麼變，尤其是並沒有朝好處變。文革之起由於毛澤東向劉少奇奪權。貴爲國家主席的劉少奇，死得比老舍更慘。當時被指爲第二號走資派頭目，正是今天大權在握，「至高無上」的鄧小平。

開一座茶館，說說笑笑，讓人們忘記老舍之慘死，那是辦不到的。我所不明白的是，身受共產黨之禍的鄧小平們，爲何至今天還不能痛痛快快斬韁砸鎖，丟掉共產黨那一套雜碎兒？到今天還在甚麼改革派、保守派的小圈圈裡轉腰子，又怎能走得出路子來？

有人說老舍是幽默家，也有人說他以諷刺見長。大陸上的事，既非幽默，也非諷刺，而是一聲聲痛苦的嘆息。喝了大碗茶，能忘掉那痛苦嗎？

八十一年八月五日

侵華史

去年六月間，有大陸之行。一則開會，二則省親，老大還鄉，鬢毛已衰，心中自有無窮感慨。同行的朋友們買了不少書，兩岸文化交流，這是很好的事。由於時間所限，不暇多多瀏覽，我只帶回來兩卷《帝國主義侵華史》，是社會科學院近代史研究所編印，人民出版社出版。

中國只有一個，眼前存在著兩個政治實體。這兩個實體四十多年來處於敵對狀態，最近兩三年才稍呈緩和。回顧歷史，中國之命運其所以如此坎坷多難，主要的原因之一是近一百多年東西方列強的侵略。清末已面臨瓜分豆烹之局。民國肇建以後，情勢也並沒有改進多少。帝國主義換了名目和面貌，中國依然沒有達到眞正的「自由平等」的地位。兩個政治實體之下，從思想、信念到生活方式，都有絕大的不同。政治上軍事上的對峙不必說了，就是文學、藝術，以及學術研究、歷史詮釋，亦皆「異」大於「同」，所以很難談得攏。應該有一致主張的一件事，便是中國人要自立自強，抵抗強權的凌辱和侵略，爭取自由平等的國格。

半個世紀前學的一首歌：「打倒列強，除軍閥。國民革命成功，齊奮鬥。」每句要反覆唱兩遍，唱得很興高采烈——雖然小孩子並不懂得歌詞究竟是甚麼意思。

抗戰以後，共產黨起來，把「反帝」跟「反封建」等量齊觀。社科院這部《侵華史》，很有代表性，但其出版亦頗曲折。

此書的第一卷，涵蓋期爲一八四〇至一八九五年，亦卽自鴉片戰爭開始到甲午中日戰爭結束爲止。作者爲丁名楠、張振鵾、賈維誠、余繩武、沈自默、康右銘、李明仁等七人。三九二頁，一九五八年出版。第二卷涵蓋期由一八九五到一九一九年，卽自甲午以至第一次世界大戰結束。五五一頁，一九八六年出版。

這兩卷出版的時間，前後竟相隔二十八年。第一卷的作者到第二卷時，只有丁、張兩位始終其事，另外四位離職，有一位已去世多年。所謂「頗歷曲折」者，第二卷前記中有說明：

> 第一卷印行後不久，恰恰碰上席捲全國的「大躍進運動」，意識形態的各個領域發生了強烈的震動，批判資產階級學術思想風靡一時，史學界當然不是例外。第一卷

在一定範圍內正巧成了靶子。當時有人指責這部書犯了方向性的嚴重錯誤，說它使我們自己的臉上無光，斷言解放了的中國人民需要的是「揚眉吐氣史」，而不是「挨打受氣史」。就在這種「左」的思潮猛烈衝擊下，研究組被撤銷了，原有的人員被分散到其他組裡去，編寫工作由此中斷。直到打倒「四人幫」後兩年，才重新成立研究室，而時間流失了整整二十年，造成工作上的極大損失。

這種「欲加之罪，何患無辭」的霸道作風，對思想學術形成嚴重的打擊，此書的遭遇不過是千百個事例之一而已。雖然書中不得不引用若干馬列教條，作爲「自衞」的伏筆，大體說來，是在努力探索百年來的歷史眞相，讓世人加深理解，「具體體會到蘊藏在中國人民內心深處的眞實的思想感情」。

同是中國人，「外禦其侮」，心情是一樣的。可是，中國人如果自己不團結，「內鬩於牆」，當然就給外人可乘之機，所謂「侵華史」，有些禍害是某些「賣國賊」招來的。

更嚴重的是，中國分而不和，兩個實體各立山頭，針鋒相對，有時且各自結合國際上的夥伴，以爲援引，便形成鷸蚌相爭，漁人得利的局面，像釣魚臺的主權之爭，就是現成的例子。

近如香港的歸屬吧，百年前的不平等條約告一段落，物歸舊主，中國人應該高興。可是，爲甚麼在香港的中國人視同「大限」，海內外的中國人不但高興不起來，而且爲香港的前途耽憂呢？

如果自家人的當權者，對待老百姓比帝國主義更來得心狠手辣，又怎能怪會有層出不窮的「侵華史」呢？

八十二年三月二十日

不是喊話

人與人之間，從彼此猜忌、敵視，轉化到互相信任、友好，是漫長、曲折、很困難，甚至於完全不可能的事。

個人與個人尚且如此，何況是牽涉到千軍萬馬的軍國大事？哪兒能說一聲「一笑泯恩仇」，就一切都揭過去了？

北京的某要員說，「你們那邊好像喜歡隔海喊話，忽然冒出一嗓子來，搞得我們丈二金剛，摸不著頭腦。」

他舉的例子是總統府副秘書長邱進益關於「簽訂互不侵犯條約」的談話。那位人士說，「後來知道這只是個人意見，我們就由楊尚昆發言拒絕，不再多說。不要再囉囉嗦嗦打筆仗，隔海喊話，喊來喊去，一點兒好處也沒有，雙方應該馬上坐下來談。」

最後這句話才是要點。共產黨從上到下，關於這一點完全口徑一致：馬上開始談判，別再拖了。

其實，「喊話」的習慣，並不只是我們這邊有的。從葉劍英的九點，以至後來的「一國兩制」、「三通四流」，是北京喊的；而開放探親，停止戡亂，取消戒嚴，管共產黨不叫「匪」，還有許多重要措施，則是臺北先喊的。在形格勢禁、不通往來的情況下，喊話也是傳播交流的一種方式。

現在管道似乎增加了，隔海喊話的方式的確不甚適合了，但仍無法馬上坐下來談，因爲信心不夠，各有各的算盤。臺北堅決要求對方要承認是「政治實體」，其故在此。

六月二十九日，臺灣的二、三十位學者跟社會科學院的先生們座談。政治大學前任校長陳治世博士提出的論文，就是針對這一點著筆。

陳治世是國際法專家，他的夫人蕭焱垚女士是有名的心理醫師。陳先生的論文，以國際法觀點出發，以心理學理論作結。

近時討論兩岸關係的文章很多，有些仍不免對壘爭雄，劍拔弩張，帶著吵架的味道，當然不可能有甚麼結果。有些則尋章摘句，咬文嚼字，落於腐儒經生的泛論，海闊天空，於事無補。平心而論，過眼的中外名家之作，好文章已不多，內容求其切合實際者更是渺乎其少。

治世兄的大文要言不繁，口頭說明則嚴肅中帶幾分風趣。他先從國際法的理論和實例中，對所謂「互不侵犯條約」的觀念作綜合的分析。

臺灣和大陸同屬於一個中國，一國內部由弭兵罷戰到和解互助，不適用「互不侵犯」。中華民國政府與大陸上的中共政府都是「一個中國」之內的政治實體，談不上訂「條約」。這些道理十分淺顯，稍有法學知識的人都能明白。陳治世這樣評析，如果社科院的先生們批評起來，主要見解大概也不過是這兩點。

但是，治世有他積極性的建議。他認爲，「互不侵犯」不妥；用「改善關係」卻是切合實況，也符合雙方願望的。從四、五十年的對峙走向和解，當然是改善關係。爲了促進關係的改善，雙方需要有概括性而善意的保證。「條約」容易引起不必要的誤解，所以不應該用，大可仿照美國各州之間的法律文件，名之爲「合約」(compact)。「改善關係合約」，聽起來比「互不侵犯條約」順耳，且不涉及敏感的承認問題。

這樣的立名，自有降低敵意，具有某種諒解和保證的意味。當時，我們沒聽到北京方面正式的反應。但類似的合約對臺灣內外都有重大的心理影響。中共若執意不「保」，就算辜振甫先生成行也是白搭。這是實情，並非喊話。

八十一年八月二十二日

無聲勝有聲

這話說來有三十年了。一九六〇年代之初，我在美國進修。學校裡請來葉公超先生演講。葉先生時任我國駐美大使。儘管當時中美還有正式邦交，但在學術界和新聞圈裡，已有不少不同的聲音。葉先生的講演，是從亞太安危與中美關係等大處著眼，觀察深刻，鞭辟入裡，頗受師生重視。

當晚中國同學們有一個規模不大、不拘形式的餐會，幾十位男女同學手忙腳亂包餃子，款待大使。有些位早在臺北就和葉先生相熟的，異地重逢，挑燈夜話，備感親切。

葉先生跟大家談談國家大事、外交掌故，以及若干報紙上看不到的新聞，大家都聽得很入神。有人問到外交官的學養氣度，以及口才訓練等等，期待辯才無礙的喬治葉談談親身的經驗。

「作外交工作口才儀表當然都很重要，」葉大使擺擺手說，「但那究竟是次要的。徒逞口舌一時之快，沒有用處。重要的是你得有堅定的信念、明確的目標，和充分的準備，然後才能不辱使命。」接下去他的一段話，使我留下很深的印象，至今難忘。葉先生說，「你們學新聞的人要記住這個竅門，當一個外交官發言，慷慨激昂，劍拔弩張的時候，他的任務多半已經失敗了。」

爲甚麼？這正是《孫子兵法》上的老話：「善戰者無赫赫之功。」老謀深算的外交家，老早把各種相關條件安排妥當，步步爲營，穩紮穩打，達到談判的目標才算數，用不著風雨雷霆，徒勞無功。

在外交政壇上，議論滔滔，不僅語驚四座，而且中外騰傳，似乎就算是很「成功」了；豈不知這很可能是表面風光。葉先生舉出幾場外交史上的實例，勝負之數，與卽席演講的詞令沒有多少關係。現代的蘇秦張儀，縱橫捭闔，不限口舌之間。

此次新加坡會談，四方矚目。辜汪二先生爲主角，其身分物望，旗鼓相當。論國際交涉的經驗，辜先生自勝一籌。不過兩人恐仍只限於「春江水暖鴨先知」的角色，不必期望立卽有何石破天驚的結論。

至於邱唐那一階層，配中有主，任務不輕。其實，他們二位的話嫌多了一些。唐樹備會外「吹風」，乍看似是占了上風，豈不知這跟北京要拉住臺北「坐下來談」的基本策略不合，吹過了頭要傷風的，那就沒得談了。

邱進益這邊還要更沈住氣才好。四月二十五日對記者談心路歷程，「他自信有能力把三會的關係轉動起來」。所謂三會，卽臺北的陸委會、海基會，和北京的海協會。這番話顯示他智珠在握，信心滿滿。

可是，第二天卽四月二十六日，情況大變，他說，「談判無彈性空間，有如身坐救護車。」三會關係不談了，而只是「希望陸委會的朋友們思考」。報上因此說他「砲口對內」。果眞如此，這可是談判的大忌，自己這邊有任何隔閡，也該回來密商，這樣抖出來不太合適。

邱進益的任務的確棘手，外國記者說他手上只有「小牌」，又有民進黨的攪局，似乎腹背受敵。在這種情況下，使我想起葉公超的話，無須慷慨激昂，劍拔弩張，話無妨少講幾句，只要達到了具體目標就行，不必跟他們比「秀」。此時無聲勝有聲，明白不？

八十二年五月一日

冷靜

身在江湖，心懷家國，中韓邦交之變，雖說傳之已久，一旦不幸逼到了眼前，海內外同中憤慨，此心耿耿，彼此皆同，也許在海外的人心情更為沈重。

事情過了數日，激憤轉為冷靜，我也有幾句話要說：

第一，報上看到有「高麗棒子太絕情」之類的說法，竊不以為然。氣當然很氣，似亦不必如此破口大罵。高麗棒子這名詞，從我童年時就聽說過，那是很「傷眾」的說法。我們還是以講理為重，罵人則雖可取一時之快，究竟於事何補？

如果講絕情，其實所有的斷交都是絕情，南韓是亞洲三、四十個國家裡最後一個和我們斷交的；兩國同樣走過一段崎嶇孤寂的道路，如今漢城自棄立場，臺北毅然斷交，義無反顧，但不至於「反目成仇」。

第二，韓國盧泰愚的亟亟討好北平，固然有所謂「國家利益」等種種說詞，我們自己也該痛自檢討。「見利忘義」，殆不止韓國人，有些工商界人士熱中於大陸投資，而且不吝公開呼籲，「我們若不趕搭列車，市場大餅要被日本、韓國分光了。」這種話是不是讓韓國人更加速了與中共拉手的步調？他只要反問一句，「臺北不是也要跟北京大作生意、不分彼此嗎？」我們就難分辯。

第三，從報紙上看到，有斷交斷航、斷絕貿易等呼聲，換言之，「你對我不起，我就拿點顏色給你看看。」

如果講對不起中國人，最絕情的是日本人，當初斷交時，國內也曾有過永不往來的聲浪，事實如何呢？二十年來，我們辛辛苦苦從別處賺的錢，大部分是消耗在對日貿易的逆差上。韓國人把這種例子看在眼裡，心中如何盤算，不問可知。

談報復，論恩仇，自身先要有力量、有決心。在沒有既定的決策和詳切的辦法之前，不要先說「氣話」；過不了多久，又要政經分離，實質「友好」，那就沒有意思了。

以上云云，並不只是說不要動氣，不要罵人，而是強調「好漢打落牙齒和血呑」的大勇。臺灣這幾年所缺乏的，一言以蔽之，就是「志氣」。人而無大志，氣也就不過是匹夫之怒。朋友會憐憫，不會尊重。敵人會蔑笑，不會敬畏。

所以，我倒覺得，與其斥責高麗棒子的絕情，不如學學韓國人的狠處。

從大環境看，中韓兩國景況相近。五〇年代韓戰之後，朝鮮半島殘破之狀遠甚於臺灣。

當年韓國人有許多事向中華民國學習。各式各樣的代表團，到臺灣來「取經」。差距漸漸拉近。有些事我們本已著手研究籌畫，韓國人不聲不響已著先鞭，我們反過來要到韓國去考察——考察之後又沒有下文，很惹對方輕視。

再舉一小事爲例，蘇玉珍女士是我國女籃國手中的「元老」，當年率隊訪韓，所向披靡，二、三十場戰無不勝。可是韓國女將埋頭苦練，十年雪恥，到臺灣來無敵手，後來在奧運會上更摘金掛銀，銳不可當。這就是志氣。

一九八八年奧運會在漢城舉行，我曾親見他們舉國一致「對外」的景況。不但大運動場和選手村達到世界標準，漢江的整治，交通的規畫，民居的興建，都爲我所不及。

眼前講這些話，自己知道不合時宜之至。但我的心念，只是盼望國人相期共勉，知恥知病，發憤圖強。自己挺得起、站得穩，外交上一時頓挫，不足爲憂。可憂的是舵盤沒有把穩，內部復多紛歧，一遇風浪來襲，就亂了章法。

八十一年八月二十九日

不負心

從雜亂無章的舊文件裡，偶然發現一張不知爲甚麼保留下來的電報。重讀數遍，不勝其「世事翻覆雲作雨」的感嘆。

電報的內容很簡單：

金芝河於一九八〇年十二月十一日之晨獲釋。謝謝。

發電報的是毛允淑女士（Youn-Sook Moh），當時是韓國筆會的會長。電報就是十二月十一日發的，我下午兩點多鐘收到。

這已是遙遠的十二年前的事，此刻回想起來，彷彿已隔了一個世紀。

金芝河是南韓著名的異議分子，以寫諷刺詩出名，如〈五鬼〉等，由不滿社會現實，進而反對當時的政府和政策，反美，反反共，總之是帶著熱情和幻想，追求朝鮮半島上的和解，相安無事。

他的詩，冷嘲熱諷之中，有強烈的政治性，有些韓國友人告訴我，其作用近似標語口號，詩的成分已很稀薄。他之暴得大名是由於他肆無忌憚，勇於發言。從朴正熙當政以後，他曾被捕多次，判過很重的刑，可能是有共產間諜或叛亂等罪嫌。出入牢門越頻繁，越是受到海內外的關切——就某種意義言，金芝河成了反漢城政府的象徵性人物。

有一段時期，國際間正論隱晦，公道不彰。在各種公私國際集會中，有四個國家常常處於極爲委屈的境遇，那便是中華民國、南韓、以色列和南非。受誤解、遭排擠的原因雖各有不同，其爲「受難」則幾乎一樣。

金芝河案在國際筆會裡不止一次釀成軒然大波。東歐共黨（當時都沒倒）的代表們，話不多講，投起票來總是「一致譴責」，北歐的、西歐的、美國的，以及日本的自由派，也有不滿的意見。有一年，日本代表在會場外張貼海報，上面印的就是金芝河的詩。

有一年，就爲了這一類的案子，大會醞釀採取強烈行動。先是提出質難，限韓國朋友第二天在會中答覆。答覆若不滿意，很可能予以停止會籍的處分。

當天晚上，韓國朋友十多位，陸陸續續來到我的房間，希望我們助一臂之力，向有關的代表們解說、拉票。更重要的是，請殷張蘭熙女士代爲起草明天的答辯書。他們明白，在亞洲各國代表中，能幫忙、肯幫忙的，只有靠蘭熙的大筆。

連日集會，從早到晚，大家都已人睏馬乏；我們自己也有若干囉嗦，但是本於中韓之間的傳統友誼和共同立場，不能不仗義相助，盡力而爲。我至今記得，蘭熙坐在茶几前的沙發上，四周圍坐著的、站著的都是韓國代表；他們字斟句酌，一邊商量一邊寫，彷彿處理甚麼外交大事。

一直到午夜才算完稿，我眼睛都睜不開了。還聽到蘭熙諄諄囑咐：「發言時務請心平氣和，不可動怒，也不要叫屈。只要平平實實講道理就行。舉例時要清清楚楚，不能含糊，不要誇張。」

第二天，順利過關，沒有停止會籍，也沒有譴責案。自此之後，韓中兩國筆會和文學界友人的交情，自又更深了一層。我們建議，筆會可以從民間立場，向當局進言，要主動去平民怨，抓人不是辦法。

毛允淑女士是詩人、教育家；當時年近七旬，聲望甚高。有人說她很「官方」，其實她是參加過韓國革命、曾坐過牢的先進，抗日時期，建國伊始，她屬於文化界精英之一。她的電報言簡而意賅，是對中華民國筆會全體朋友多年來的支持致謝。

四年前在漢城，重見毛允淑女士時，她因久病體衰，坐在輪椅上趕來會場，與蘭熙抱頭痛哭——她已不能講話了。

經歷了四十三年的冰霜摧折，中韓的邦交不復存在。但在兩國人民之間，千絲萬縷般的共患難、同甘苦之情，韓國人能一筆勾消嗎？詐騙多年的老友，懷著進貢般的心情去和戰場上的宿敵去套交情，盧泰愚這種做法，眞是「糊塗蟲叫門」，愚到家了。中國人生氣，韓國人難道就沒有一點兒羞愧之心嗎？像筆會這樣的事，不過千百事例之中極其微末的一樁吧。

中國人心目中，所謂大丈夫眞君子，「寧人負我，我不負人」，行險僥倖，投機取巧，終不會有好下場。我們沒有甚麼對不起韓國人的，後面的事，韓國人自己也該有個考量。

八十一年九月五日

還神

詩人不屑於向當權者折腰，此情此理，中外皆同。俄國詩人佛茲尼森斯基（Voznesensky）在訪美途中撰文說，「詩人不可歌頌沙皇——即使是一個好沙皇也不可以。」但是，他止不住要讚揚戈巴契夫；一來因爲戈氏已不在位，無權可當，再則因爲他有推動民主、旋乾轉坤之功，實在太了不起了。

這位詩人文尾作一番頗爲別致的祝福之詞。他說，新的一年是一九九二，這四個數字加在一起，恰巧是二十一。在美國和俄國，用紙牌玩賭博遊戲，都有二十一點大贏之例。「也許我們大家都有好運道罷。」

像我們歷經憂患的一代人，受的是破除迷信、人定勝天的教育，對於古今中外的仙佛上帝，只有禮貌上的默許，很少發自內心的悅服。但是，活得越久，見聞越多，對於「學究天人之際」的境界，越覺得不可企及。人可以反對迷信，但中心不能全無信仰。

過去一、二年間，世局激變，「蘇東波」的怒潮澎湃，不僅改變了世界權力爭衡的結構，舊日的疆界呈現不定的狀況，全世界印製地圖的廠家都不知所措；而且在文化社會方面，更有深遠的影響。重要現象之一，便是宗教組織的再起與宗教精神的復活。

馬列共產主義是絕對的無神論，但實質上卻有中古教會「一王、一教、一法」的味道，獨占眞理的「一言堂」，加上種種酷刑和暴力，共黨當權者不僅要宰制人間，而且要取代上帝全知全能的地位。歐威爾在《一九八四年》所寫的「老大哥」，其可怕處就在於他是無所不在、無所不知。

無神論的暴力統治現在徹底瓦解。人們又要從神道中去尋求安慰，去塡補內心的空虛。在電視上可以看到，在莫斯科和聖彼得堡等大城，排隊買麵包和等著進教堂的隊伍差不多一樣長。東正教的僧侶一一出現，衣冠儼然。七十四年的共黨鎭壓似乎是彈指之間的事。

在歐洲大陸，聖母崇拜掀起新的高潮。依照天主教的傳習，聖母瑪麗亞無玷原罪，童貞受孕，奉上帝之旨，生下了耶穌，爲世人受難者贖罪。瑪麗亞擔承人世的苦厄，昇天爲聖，具有崇高地位。基督教則仍以瑪麗亞爲凡人。

從東方人觀點來作譬喩，看天主教和佛教，上帝耶和華相當於西天如來、釋迦牟尼，則聖母瑪麗亞便是救苦救難的南海觀世音菩薩。上帝的莊嚴，聖母的慈愛，對芸芸衆生、億萬信徒，皆有其教化撫愛的作用。

在受夠了專政桎梏、極權統治之後，人們獲得了祈禱詠嘆的自由。在俄國與東歐，群衆自覺這信仰自由正是過去被摧殘已久的人權之一。有些虔誠的神職人員更說，「世人將來必可看出，共產主義之喪敗，實由於耶穌之母的干預。」這話對於非教徒而言，似乎玄之又玄。但若從宗教倡導「爲善」，而共產主義力主「絕情」的對立而來觀察，自由的勝利，也就是瑪麗亞所象徵的慈惠悲憫的勝利。

愛因斯坦是不世出的大科學家，他說，人所能體驗到的最美妙最深邃的情緒，乃是對於神秘的驚奇感。這驚奇感乃是一切眞正科學的播種者。「這樣的知識，這樣的情感，便是眞正虔誠的宗教感的中心。」這是否就近乎「學究天人之際」了呢？

天道藐遠，俗子不宜以不知爲知。二十一點只能算是巧合，並不能保證一九九二年就一定大吉大利。世界各地紛傳聖母顯靈，也未可盡信。但是，人心歸於寬諒悲憫，存一些敬天畏神之意，棄絕私心與物欲，這世界豈不就可以多幾分清明，添幾分新機？

八十一年一月五日

偶像

這樣的題材，大可寫成諷刺性的長歌行，甚至可以來一篇魔幻寫實主義的小說。

自從蘇聯久病不癒、終告死亡之後，連帶著發生了許多事情，「新秩序」尚未確立規模，舊偶像和舊觀念已被丢進了歷史灰燼堆中。

美國有一個經營藝術品買賣的青年人，名叫周德森（Paul Judelson），代理原來住在列寧格勒（現在恢復了聖彼得堡的原名）的一些前衞美術家。去年七、八月間，周德森替那些畫家在芬蘭舉辦展覽。忽然消息傳來，莫斯科發生政變，周德森有心看熱鬧，趕辦了簽證，就搭上了火車。

政變很快就平息了。周德森應友人之邀，在聖彼得堡小住。有天晚宴席上，與一家鑄造工廠的主持人同座。那家工廠原本是製造蠟像的；一九一七年列寧推翻沙皇，建立共產政權。第二年，蠟像工廠改爲鑄造工廠，專門製作各種大人物的銅像。俄境第一座馬克思銅像，就是那家工廠一九一八年的出品。

黑海之畔有座城市叫克雅斯諾多夫，共黨死硬派的勢力本來很強。一九八九年，他們向鑄造廠訂製了一座列寧銅像，要借重列寧的「高大形象」，重新喚起民眾對共黨的敬意與好感。在蘇共官式偉人之中，擺出來看看，不至於被人吐口水的，大概也只有列寧了。

有趣的是，當這座全高十五呎、重約四噸的銅像完成之時，政局已經大變，克城裡那些死硬派領導幹部銷聲匿跡，躲起來了。偉大的列寧，變成了無主的棄兒。

在酒酣耳熱之時，周德森高談闊論，強調保存藝術品工作的意義，即使政治上不復流行的東西，也仍有蒐集保藏的必要。那鑄造廠的老闆一聽，正中下懷，一面大嘆苦經，一面向周德森進言推銷。

灌了不少杯伏特加之後，兩人竟談成這筆交易。周德森不肯透露究竟花了多少錢，只說「很便宜」。了解內情的人說，把那麼大的一尊銅像，從聖彼得堡運到紐約，這筆運費大大超過了銅像的「身價」。

這座列寧像留著山羊鬍子，敝舊西裝和領帶，腳下是一雙農民穿的厚靴子。睥睨眾生，作演講狀。

在蘇聯解體的過程中，各地有許多座列寧的銅像被民眾推翻、拆毀，甚至肢解。這座「生不逢辰」，一出廠就無處可去的列寧像，被周德森收購後，悄悄運到了紐約的倉庫裡。

周德森很想找一座博物館，暫時存放。可是那銅像太高太重，各大博物館都怕它會把樓板壓垮，所以拒絕展出。

當年雄辯滔滔、氣勢凌人的列寧，如今漂泊四海，流落異鄉，沒有立錐之地，被主人放倒了，臥在某處陋巷荒園的土地上。

在共黨世界裡，馬克思是理論家、是坐而言的「教主」。列寧才是眞正把理論化爲實際的職業黨人。蘇俄共產帝國的統治方式，在列寧手中成形，史達林、毛澤東之輩，不過拾其牙慧、變本加厲，更加嚴酷也更爲殘暴而已。

周德森說，目前他並沒有藉這座銅像賺錢的打算——這樣大而無當的蠢物，誰肯出高價買下來，給自己找痲煩？

共產黨垮了，許多形而上的、形而下的「附著物」也都垮了。這座銅像的遭遇，的確富有悲劇性的象徵意味，形神俱喪的列寧，只好被棄在陰黯角落裡去捫心思過吧。

八十一年二月二十九日

戈專欄

不過是一、兩年之前，他還被人們稱為「二十世紀的風雲人物」；後來他金盆洗手，退出政壇。有些左派的小把戲們恨恨不已，把他叫作「末代帝國的政壇諧角」。諧角是比較委婉的說法，其實也就是招人一樂的小丑。

戈巴契夫當然不是甚麼諧角或小丑，從長遠觀點來看，他是加速了歷史進程、撥亂反正的大英雄。讓蘇聯大帝國解體，使共產主義關門大吉，雖然不是他一人之力，但無疑他曾發生過決定性的作用。

失業之後的戈巴契夫，無需再辛辛苦苦去叱咤風雲，他沒有接受某些「姓資的」跨國公司的邀請，去擔任高薪厚遇的董事長或甚麼關係企業的總裁，也沒有應聘到某些著名的學府去登壇講課或閉門研究（史丹佛大學的胡佛研究所，據說連聘書都送過去了）。

戈巴契夫的選擇是——專欄作家。他為義大利《杜林新聞報》寫專欄，歐洲以外地區的世界版權，由《紐約時報》代理。臺北的《聯合報》「特以重金取得全球中文獨家刊載權，定期刊出」。退職的「領導」，加入專欄作家的陣營，似乎不是壞事。

戈氏專欄已拜讀了幾篇。最近的一篇（三月四日刊出），題目是「若無教宗努力，東歐變革不可能」。這是最坦誠的現身說法。戈氏專欄的長處，不在其文筆丰采，也不見得是靠思想和學問，而是由於從歷史眞實中「走」出來的權威性。

東歐和蘇聯的激變，眞正是「百年一見」的大事件。這樣巨變的發生與完成，其分析和評估說不定要再過一百年才會有完整的定論。戈巴契夫透露了關鍵性的因素之一，這就有歷史性證言的意義在內。

《時代週刊》（二月二十四日）的封面文章：〈神聖同盟〉（Holy Alliance），內容就在報導美國前總統雷根與教宗若望保祿二世密切合作，同心協力，經過長期的努力，終於達到了促成「蘇東波」大震撼的結果。那篇報導詳盡入微，語語皆有來歷。雷根以「星辰戰爭」的策畫，形成對蘇聯的重大壓力。教宗則針對東歐的波蘭，燃起了反共產、爭自由的火花。波蘭的團結工聯，擁有上千萬的支持者，天主教會的影響力根深柢固，若望保祿二世就是波蘭人。波蘭的率先起義，爲東歐變局樹立了成功的榜樣。也爲那殘民以逞、剝骨浹髓的共產暴政敲響了喪鐘。雷根十多年前在英國國會作客時，發表那篇〈把共產主義埋葬在歷史灰燼中〉的有名演說，至此已大部分成爲事實。

戈巴契夫專欄筆墨簡潔，單刀直入，他尊稱教宗爲「偉人」。他們都是推動歷史巨輪的手，把億萬生靈從暴政與謊言中解救出來的人間聖賢。

鄧小平們何時也能幡然醒悟，走出共產的迷霧？當那些老人們也都成爲《聯合報》的專欄作家時，中國大概也就有救了。

八十一年三月十四日

無　敵

相當長時間，沒有聽到有關索忍尼辛的消息了。作爲一個流寓異域、心懷故國的小說家，面對俄羅斯大地上一再爆發的種種動亂，他有些甚麼想法？

在俄羅斯總統葉爾欽下令京畿部隊，砲轟躲在議會大廈裡「造反」的反對派之後，民意雖然大多仍站在葉爾欽這一邊，很明顯的是，這是一種「兩害相權取其輕」的抉擇。民窮財盡的俄國，禁不起四分五裂打內戰。

但是，他們並不喜歡現在的領導階層。

聖彼得堡最近舉行過一次民意測驗，竟然有百分之四十八的市民，贊成由索忍尼辛出任總統，承擔起「待從頭收拾舊山河」的重擔。現任總統的葉爾欽雖然自信滿滿，卻只得到百分之十八的支持。當然，所有的民意測驗結果，至多反映著大體的趨向，聖彼得堡是大都市，未必能代表廣大農工礦業群的人口。可是，這個參考指標有令人鼓舞的意義。

一九七四年二月十三日，索忍尼辛被蘇聯當局強行遞走，到了西德的法蘭克福。這是由西德小說家鮑爾親自安排的營救方式。鮑爾是諾貝爾獎得主，國際筆會會長，數年前已經病逝。他與莫斯科多次密商，費盡周折，使索忍尼辛免於再遭縲紲之災，完全出於惺惺相惜、文人相重的心情。

索忍尼辛由德國而瑞士，後來到美國定居於東北部的味蒙州，屈指算來已十七年。雖然他偶爾在某些重要場合發表演說，作獅子吼；但大多數時間深居簡出，埋頭寫作，與外間罕有往還，更不必說從事政治活動了。

聖彼得堡民意表達的結果傳到美國之後，自不免有新聞界人士探索他的意向。據他的妻子娜泰雅說，索忍尼辛無意從政，更不會承擔像總統這樣的重責大任。不過，他們已決定明年五月間回俄國去——這是蘇共政權剛垮臺時就已定案的計畫。索忍尼辛畢竟已是七十歲高齡，「葉落歸根」的想法，不僅是中國人才有的。

歷史洪流，浩浩蕩蕩，而其演變之劇烈、之迅速，超乎人們的想像。當一九四五年索氏第一次被捕，開始勞改八年時，在蘇聯內外，誰知道有他這樣一個人物？當一九六二年處女作《伊凡・丹尼索維契生命中的一天》發表時，雖造成一時的轟動，但沒有人相信他能有多少機會繼續寫作。甚至到了一九七四年，他已名滿天下、走出鐵幕之時，許多人祝福他能在自由天地裡專心壹志寫出他想要寫的作品來——大概很少人想到他能夠活著看到蘇聯和東歐整個共產帝國的土崩瓦解。

在他一九七三年所寫〈給蘇聯領導人的一封信〉裡，洋洋二萬餘言，討論了許多實際問題，最令人印象深刻的一句話，是要求蘇共首腦趕快扔掉馬克思主義「思想意識這件臭襯衫」。他用生動的語言說，「它只是戲臺上紙糊的假柱子，拆走它甚麼東西也不會倒，連動也不會動。」蘇聯變成了俄羅斯，俄國不倒而有點兒亂，那些因為共黨統治幾十年造成的一窮二白。錯誤的思想意識塡不了肚子，抵不過嚴寒。

索忍尼辛和政治的關係，至此止步。在今日世界中，眞正偉大的作家，還是比那些不怎麼偉大的總統、領導人重要得多。

索忍尼辛曾有豪語：

抵抗公開暴行的無情突襲，文學能作甚麼？我們不要忘記，暴行並非單獨存在，它需要與謊言交織而成。暴行在虛偽中找到它唯一的庇護所，而虛偽又在暴行中找到它唯一的支持力量……作家藝術家們，能夠制伏謊言。在對抗虛偽的鬥爭中，文學與藝術常常獲勝，並且也必繼續獲勝。一句真話，卽能舉世無敵。

在討論文風走向的時候，索忍尼辛的話仍是金玉良言。而他的畢生經歷，都證明了他的勇邁與先知。他明年回俄時，雖不必是攀登政治峯頂的人物，衣錦還鄉；而驗證著寫正理、說眞話的人，眞是舉世無敵。

八十二年十二月四日

君子與白癡

去冬在臺北，蒙老友召宴，歡聚一堂。談天說地，頗爲快意。不知怎樣話題轉到了「恭喜發財」。有位老友引述某企業界名流的話說，「住在臺灣，凡是過去十年間沒有能發財的，都是白癡。」那天座中的朋友們，皆一時才智之士，有一兩位且以財經學識爲專長；但是，看來看去，發財的一個也沒有。大家相顧失笑，「我輩應算是君子固窮，不必白癡了罷。」

近十年來，據說是金錢市場上的狂飆時代，股票和房地產暴興，製造了爲數不少的速成富翁。沒有趕上發財列車的，眞是白癡。在「臺灣錢，淹腳目」的大環境裡，不必怨天尤人，只能責怪自己太癡。

其實那些道理，那些竅門，我們也都懂得。眾友各敍經驗，發財的機會並不是絕對沒有，只是一眨眼就交臂而過。有人說更老的老話，四十年前，大安區公所附近的土地每坪只要新臺幣八塊錢，「再怎麼艱難，湊上八百塊錢買塊地皮，到今天就可以躺著吃也其樂無窮。」我們的頭腦絕不輸給蔡家財團。可惜坐而言不能起而行，最後便落得個「十有九人堪白眼，百無一用是書生」。甚麼都沒有，就只剩下了「老當益壯，窮且益堅」，心安理得作白癡罷。

錢賺得太容易，至少有兩大流弊。一是驕奢淫佚，放縱無度。某些人的考究與享受，到了匪夷所思的程度。一是不勞而獲，再也不肯去認眞苦幹。有此兩端，經濟建設的正規發展都不可能了，更深遠的影響，是把「勤儉建國」的心理建設完全破壞了。文有沈長聲，武有胡關寶，就是在這種情況之下擠出來的。男盜女娼，不足爲恥，只要能發財就行。

臺灣的外匯存底有多少多少億，然而，我們也以「貪婪之島」而聞名世界。容我說句老實話，惡名之辱，莫非自取。遺憾的就是速成富翁太多，如我輩這樣的白癡太少了。

放眼四顧，一九九二年似乎不太像「恭喜發財」的年頭。俄國與東歐的共產黨政權垮下來，留下一大片不知如何收拾得起的爛攤子。東德跟西德和平統一以來，短短一年不到，西德已經貼了七百億美元。在那些「前共產國家」裡，東德的底子還算是最好的，其他各國的困難可知。那麼一大片土地、那麼一大群人民面臨飢寒之境，整個世界的經濟前景也就好不起來。像美國的蕭條景象，就是十年來未見。

一位專欄作家於是闡述節約之道，他認爲度過這樣的悲情歲月，第一是花的錢一定要比掙的少，以債養債的想法行不通了。第二是花錢要花在有建設意義的用途上，譬如教育、買書、裝備工具。第三是萬一非要用錢不可，要考慮去買將來會增值的項目，譬如住宅。

另一位作家則說，這蕭條來得也算「及時」，讓揮霍過分的美國人收收韁。花錢不再似流水，前帳趕緊還清，實事求是地實踐各種節儉之道，人們渴求簡單樸素的生活情趣，「不僅是一種美德，而且是一種必需」。

我想，這兩位名筆，如果在臺北，大概也都可歸類於我那些朋友的一夥，統統白癡。

是的，他們說的那些辦法，都不是能發財的話。可是，「疾風知勁草，板蕩識忠良」，到了蕭條不振的年月，才看得出白癡們的美德來。苦就要這樣抗起，汗就要這樣流出。不問收穫，只問耕耘，這樣埋頭苦幹，並不妄想發財的人多了，天下才有好日子過。中外一樣，都會有一些「樂此不疲」的白癡。

八十一年一月十一日

以美為鑑

盛衰相繼，禍福相倚，人間事似乎冥冥之中自有其規律。大至國家，小至個人，多多少少都離不開這個道理。

眼前以美國為例：第二次大戰以來，美國富強甲天下，工農產品占世界之半，在軍事外交上興亡繼絕，在經濟文化上濟弱扶傾。有理想也有實力，乃能成就其民主陣營盟主的地位，歷四十年之久。

這兩年來，雖然世局有許多有利的變化，蘇聯之解體與東歐自由化，皆大快人心；但美國也面臨罕見之難局。經濟蕭條，人心低迷，其衰象為舉世關注。照過去情形，別的國家有困難，就等美援，現在美國出了毛病，有誰來施以援手？

各種統計數字，無需一一列舉，單以市井眾人耳聞目睹者為例，也就很夠驚心。

像製造汽車的通用公司，規模之大，世界第一，一九六〇年代初期我在美國讀書時，看到過通用公司一幅大廣告，只是兩張照片，上面一張熱鬧的街頭，熙來攘往都是汽車，下面一張仍是原地，但汽車少了許多。原來把上圖裡通用製造的汽車都拿掉了，題目就是「如果沒有通用」，當時通用的產量占全美新車約百分之五十。

通用創業八十四年，在全美各地設有一百三十家工廠，職工近四十萬人。一九九〇年度總營收一千二百七十億美元，有人說，通用如果是一個獨立國家，其財力可居全球一兩百個國家排行榜的前二十名。

但是，由於業務不振，銷售不暢，去年聖誕前夕，主事者宣布在三年之內，要關掉二十五家工廠，解雇員工七萬四千人。王牌企業，窘態如此，難怪布希總統會急得暈倒。

新年之後不久，號稱世界最大百貨公司的梅西公司，也以債臺高築，周轉不靈，而申請破產。梅西有一百三十三年的歷史，分店二百五十一家。雖然其財力與規模不足與通用相比，但對一般小市民的心理影響卻更大。

專家的分析，學者的解剖，一定會有很多。中國一句老話：「冰凍三尺，非一日之寒。」

去年秋冬之際，前總統雷根的紀念圖書館落成啟用，幾位前總統和夫人都應邀觀禮。詹森已經去世，在他之後，依序是尼克森、福特、卡特、雷根，到現任的布希。好事者作出統計，就在他們的任期裡，美國人口增加了四千五百萬人，前後經歷了八場武裝衝突，四次經濟蕭條。他們徵的稅款是十二兆美元，花掉了十五兆。虧空了三兆，一個「三」字之後緊跟十二個「〇」。龐大的債務當然帶來了驚人的債款利息，越滾越大，於是而漸漸捉襟見肘，百廢待興。

在個人的處境，「由儉入奢易，由奢入儉難」，公經濟其實也是一樣道理。大手大腳花慣用慣，一聲說要怎樣怎樣節約，談何容易。

在這樣的關頭，我們不會像某些日本人那樣去嘲笑美國人太懶太笨太浪費，那一類幸災樂禍的話，除了火上澆油，徒傷感情之外，對誰都沒有好處。

我們倒是應該時時刻刻「以美為鑑」，好自為之。美國資源豐厚，家大業大，一時有困難，如能及時調整，隨時有復甦之望。我們是「淺盤經濟」，大風浪來時，還得上下一心，惕厲戒懼，才能挺得住。勤儉建國的話，近時很少聽人講了，這種「託大」的心理，恐怕是很不健康吧。生之者寡，食之者眾，總是不行。花完了再來算帳，到後來必然是不愉快的事。

八十一年二月十五日

民生

「僅僅是七個月之前的事，」那位大將軍感慨無量地說，「我指揮五十萬大軍，要打到哪兒就打到哪兒。如今我解甲爲民，想要找一個修水管的工匠，叫了幾次都請不動他。」

這是「沙漠風暴」戰役中，擊敗伊拉克，解救科威特的美軍統帥史瓦茲科夫上將最近的一段名言。這話倒並不只是著意在世態炎涼。大將軍仍然是聲威赫赫、萬方景仰的英雄；不過，離開了「柳營春試馬，虎帳夜談兵」的生涯，權力隨著職務轉移，統帥與士兵的關係，無法應用到雇主與工匠身上。

波斯灣戰爭僅僅是不到一年之前的事嗎？我們似乎都有些將信將疑。大概因爲過去的一年裡，驚天動地的變化接踵而起，令人應接不暇。回頭想想，眞是多事的一年。

雖然多事，但大都是朝好的方向發展。波斯灣之戰的結果，制裁了侵略者，恢復了國際間的秩序，雖說是人力物力所耗不貲，畢竟有「討回公道」的意義在內，這就值得。

蘇聯的瓦解，猶如高山落石，滾入谷底，一發而不可收拾。從一九九二年元旦開始，

「蘇維埃社會主義聯邦共和國」名實俱廢、正式死亡了。不過一年多之前，戈巴契夫被世界新聞傳播媒體奉爲「二十世紀最傑出的人物之一」，叱咤風雲，不可一世。他堅持開放改革，是迫不得已的道路。這是蘇聯人民的生機，戈某與共產黨一時俱去，則是挽不住的時代怒潮。克里姆林宮的神祕色彩就此淡化，杜工部詩句有云，「最是楚宮俱泯滅，舟人指點到今疑！」爲甚麼一個控制億萬生民，擁有那麼多核子彈頭、洲際火箭的超級強國，外強中乾，一至於此，說一聲垮馬上就嘩啦啦垮下來了呢？

戈巴契夫不僅失權失位，而且失國失鄉，比史大將指揮不了一個水管工匠的遭遇，就更加悲劇性了。

另一個近來拂逆連連的大人物，是美國總統布希，作爲民主陣營的領袖，波斯灣的勝利和處理「蘇東波」變局，布希可謂領導有方，功高社稷。夏秋之間，論政者都認爲他當選連任，猶如探囊取物。民主黨的幾位候選人，充其量是打打知名度，皆不足與布希分庭抗禮。可是，美國的經濟情況江河日下，貿易逆差增大，失業人口眾多，民間怨望日深，怨氣都掛在白宮帳上。幾個月前的民意測驗，布希的人望高逾百分之八十，最新的測驗則只有百分之四十七。冷暖之間，相去幾乎一倍。照這樣下去，今年大選將會是荆棘載途，殊不樂觀。

經濟情況不佳，是世界性的。據聯合國關於世界經濟情勢的年報中指出，一九九一年世界經濟總成長率，是負百分之零點三。這是自第二次大戰結束後四十六年來第一次出現負成長。大家都鬧窮，以往是期待美援，現在美國自顧不暇，眞要「無語問蒼天」了。

布希剛簽署一項交通建設法案，以一千五百十億元整建各項交通設施，製造六十萬個新的工作機會。又忙著奔波萬里，訪問亞洲。跟日本人談貿易，國宴中暈倒。但是否有振衰起敝之效，尚待觀察。

由這三個例子看來，世事變幻無定，蝸角功名，微塵利祿，都是轉眼成空的事。軍事外交上的功勳固然値得尊敬，但眞正管用的還是民生主義經濟建設。沒有飯吃，沒有衣穿，沒有工作，人民就不能忍受。布希和戈巴契夫都明白這道理。海峽兩岸的中國人，特別是當家作主、有權「管理眾人之事」的人更應該明白才是。

八十一年一月二十六日

算帳

世間萬事，皆有循環相報之理，所謂天道好還，默默中顯示出一種難於規避的規律性。政治上也是如此。

美國新聞界最近翻出來這樣一段掌故。

有一位身陷於「四面楚歌」聲中的總統，向國會提出了國情咨文的報告。一位默默無聞的眾議員，在全國電視網的黃金時段發表評論，對那位總統報告中的每一項重點，都作了無情的批評。他指出，「美國今年的情況，和去年一樣，聯邦政府預算裡有龐大的赤字。可是，總統咨文裡並沒有顯示出在政府方面有絲毫犧牲奉獻之感，沒有提出處理問題的優先程序，甚至毫無暗示『急其所當急』的意向。」

那是一九六八年的事。當時的總統是民主黨人詹森，他一面打越戰，一面在國內進行「大社會」的各項建設，很難兼籌並顧。那位後進議員、政壇新秀，是共和黨德克薩斯州選出的眾議員布希，今天白宮的主人。

一九六八年，聯邦的「龐大」赤字是二百五十億美元；當時確有驚人的感覺。想不到在二十四年之後的一九九二年，那筆赤字竟高達三千九百九十億美元，足足增加了十六倍之多。布希總統二月初的國情咨文，對於當前的經濟蕭條雖已提出若干對策，調皮的新聞記者卻指出，他從前批評詹森的話，如今每一句都可以適用到他自己頭上；只要「放大」十六倍就對了。

這種情況，不免讓我聯想到「奇雙會」裡李桂枝笑責趙寵的話：「相公啊，你有口說旁人，無口說自身。」

布希當年那樣聲色俱厲、責備詹森的時候，也許他並沒有想到有一天他自己會當總統而成爲被批評的對象；另一可能是他早已忘記以前說過的那些話了。

美國之債臺高築，當然是嚴重的事，世界上有些國家和地區需要美援；像政經解體之後的蘇聯，共產體制垮光了，但老百姓仍在。俄羅斯人民度過今年的寒冬，不能不寄望外來的糧食、油料、物資。美國要出大力的。再就貿易來說，包括臺灣在內的亞洲各家龍虎，美國市場是一張人人有份的「大餅」，美國若眞的山窮水盡，亞洲的龍虎精神恐怕也沒有用武之地了。

當然，美國經濟的困境，原因錯綜複雜，不是三言兩語講得清楚的；而且冰凍三尺，非一日之寒，全都歸罪布希和他領導的政府，並不公道。問題是，爛攤子扯得這樣大，總得有人出頭來收拾一番。

我倒覺得情況不是那麼悲觀。基本上，美國的底子仍厚，只要能認眞地面對現實，從開源節流上切實努力，事有可爲。其次，美俄兩大超強化敵爲友，老老實實裁減軍備，美方初估每年可節省五百億美元。這筆錢數目可觀，更重要的是，由裁軍帶來的友好氣氛，可以袪除原有的猜忌和敵意，進而增強合作，使原來爲整軍建軍花的人力財力，轉移到有益民生的正途。所謂重建世界新秩序的意義在此。美國走出蕭條的陰影，最重要的轉機也在此。

有專家說，實際情況並不像有關機關預估的那樣黯淡。美國科學院有一個專家小組，根據進出口統計，分析出來一九八七年美國對外貿易的逆差，是六百四十億美元；比官方報告的一千四百八十億美元，要少百分之五十七。專家認爲，帳面上有這樣大的出入，是因爲政府的會計方法，不能充分反映美國公司經營的實績。這一筆舊帳扯出了兩個結論：一是美國的競爭力，並不似想像中那麼差。另一是美國人的算術的確有欠高明。

看來布希也該找個明白人，替他仔細算算帳。

八十一年二月二十二日

中庸

照我們中國人古老的說法，一個人立身處世，必須要「見賢思齊，見不賢而內自省」。見到好人好事，自己便有鼓舞奮發、力爭上游之意；見到了不怎麼好的人與事，則不免引爲烱戒，這樣的腳步可錯不得。這原是自我修持、自求昇越極要緊的功夫；而且即知即行，比之許多駕空蹈虛的名言高論，都要貼實得多。

不過，所謂賢與不賢，究竟怎樣定其標準，不是容易的事。如果中心無主，而只是趨時阿俗趕上時髦，那就要誤入歧途了。

譬如說，朝野各方很重視所謂國際聲望和輿論反映，就現代意義而言，固有必要。在這小小地球上，國際關係既密切又複雜，誰也不能關起門來，唯我獨尊。但仰望外人顏色的心態行之過當，便會出現流弊，甚至像愛滋病一樣，成爲潛伏期甚久，而一旦發作，無可挽救的絕症，不可不愼。

對人而言，默默耕耘、硜硜自守的人，每每不受重視，得不到他應得的報償。總要他在國外揚名，或者跟外國大老倌揖讓進退一番，被外國人許以「孺子可教」，這才算是紮定臺型，算一個人物。入主出奴之勢，似已積重難返。這豈是求眞才之道？

對事而言，往往不能針對實況，對症下藥，以謀解決。而要徵引外國成例，歐也如何，美也如何，日本又如何。外國那樣辦了，我們便可以照方吃炒肉；外國人若認爲是不可以，或根本沒辦過，我們也就不敢妄自作爲。有些事外國人比我們高明，像核能之類，但也有許多事，特別是文化孕育的體質上有關的事，外國人怎會比我們自己更清楚？用他人隔靴搔癢之論，來解決我們生死攸關的問題，這是何等危險！

自第二次大戰而降，我們和許多自由國家一樣，對美國是很信服的。從感情分析，認爲美國雖爲超級強權，卻始終以民主大義爲天下倡，是値得結交的朋友。從實際觀察，認爲美國富強甲天下，濟弱扶傾，是穩定世局的力量，學術交流，貿易來往，總得跟美國打交道，學習美國經驗，成了慣性的反應。

然而，美國近事卻頗令人警惕。這樣那樣的赤字，和五十年前美國「爲民主世界兵工廠」的盛況對比，眞令人不勝慨嘆。

由於美日貿易差額龐大，使兩國關係呈現緊張。日本政要名流偶有失言（雖然說的是老實話），美國社會洶洶然有「反日」的情緒興起。有位朋友多年來在美國廠家服務，他以親身體驗來評析，美國企業界主管不乏雄才大略的人，惜乎不似日本業者那樣具有一貫的長期計畫。

美國是每換一位新的主管，就要別出心裁，搞他自己的一套。總以爲「過去」都已落伍，上臺就要變新花樣。花樣固然層出不窮，不幸卻是把美國搞得越來越「窮」了。

這樣的經驗，臺灣並不是沒有過。平平穩穩的作法被人說得一無是處，東改西改，越改越沒有章法；想要回復到原來的平平穩穩，也不可得了。

美國人有長處也有短處；像「缺乏長性」，像思考和行動往往會從一個極端到另一個極端——也就是不能體會到中國人的中庸之道。「反中庸」的結果，總是比中庸要糟。美國人和過分崇美的人，不能不研究研究中庸之道。

八十一年三月七日

林肯

近日重讀詩人桑德堡（Carl Sandburg）的《林肯傳》，深有所感。詩人不是歷史學家，可是他很細心地爬梳了無數史料，用樸素而並不太著意於詩意的筆調，寫出了他崇敬的一代偉人之畢生事蹟；透過事實的記敍，反映出林肯悲天憫人、公忠體國的精神境界與道德情懷。

林肯在世時，在政壇上引起爭議頗多。一八六四年初，南北戰爭激烈進行之中，他的第一任總統任期行將屆滿。參議院裡竟沒有一位議員希望他連任，眾議院裡公開支持他的議員，只有安諾德一人。新聞界對他的態度，毀譽互見；有些報紙不斷冷嘲熱諷、開他的玩笑，甚至說林肯的英文「是歷任總統之中最差勁的」。

可是，林肯的誠懇、謙和、堅毅的作風和人格，深入人心，在民間享有普遍敬愛。他贏得連任，打勝了戰爭，全國歸於統一，他卻於一八六五年四月中，南軍剛剛投降幾天之後，被一個瘋狂刺客槍擊而死，是美國政治史上最驚人的悲劇。

在林肯身後，各方悼唁文電極多。俄國大文豪托爾斯泰的話，很能反應出「全球性」的回聲。

托爾斯泰稱讚林肯，

由於他的道德力量和偉大人格，使他成為全世界人民心目中的傳奇。他等於音樂界裡的貝多芬，詩國中的但丁，畫壇中的拉斐爾，人生哲學裡的基督。卽使他沒有能出任總統，毫無疑問，他還是同樣成為曠代偉人。不過，那種偉大將只有上帝理解。

托爾斯泰在接受一位新聞記者訪問時說，在古往今來英雄豪傑與政治家之中，「林肯是僅有的眞正巨人。」他舉出一些聲威赫赫的名姓，但認爲他們「在感情的深度上和道德力量的強度上」，無法與林肯媲美。

托爾斯泰不僅是不世出的小說家，也是一位篤信力行的人道主義者。他在自家的廣大莊園裡，實踐了開釋農奴的義舉；想來正是由於這種經驗，才使得他格外能體會到林肯毅然決然釋放黑奴的莊嚴意義。

熟讀《戰爭與和平》的讀者，對於他在全書最後一部分，洋洋數萬言討論歷史哲學，一定都有深刻印象。那老人翻來覆去強調，決定歷史方向的，是廣大平凡的人民。世俗之所謂偉人，其實再渺小不過。

然而，他讚揚林肯「是一尊小型的基督，是有人道精神的聖人。他將永遠活在千萬年以下的後世人心中。我們現在離他太近，很難完全理解他的偉大和神聖的力量。再經歷兩三百年之後，我們的子子孫孫將發現他的崇高峻偉，遠超過我們理解的程度。」

托爾斯泰的話是否揄揚過當，不是我討論的要點；重要的是，政治家能百代不朽，除了具體可徵的功業之外，更要有高潔的道德品質。眞正讓人信仰崇敬的正是這種精神力量。

有人認爲，政治是冷靜嚴肅的科學，容不下感情，更不可涉及道德。利害得失才是衡量取捨的標準，無所謂是非曲直。

這並不是甚麼新思想。在中國，幾千年前就有韓非子。在西方，幾百年前就有馬基維利。他們各成一家之言，都頗足「動人君之聽」。

然而，這種不要道德的，甚至反道德的構想，無論如何「實際」，畢竟只是應付一時之變的小戲法，解決不了根本問題。

用星相占卜之類的說法，林肯眞是命途多艱。雖然貴爲元首，卻沒有享受過幾天鬆心日子，最後且橫遭險釁，死於非命。可是，由於他畢生行事立身總是把道德和人道的考慮，放在最高地位，所以終能贏得美國乃至世界人民的懷念與敬意，歷久不衰。

林肯的美國，托爾斯泰的俄國，都像孔孟之道的中國一樣，似乎邈不可及了。詩人一聲嘆息：吾誰與歸？

八十一年九月十九日

好感

只是斷簡殘篇，卻得到空前高價。

紐約市上，十一月二十日一場拍賣會，有一頁講演稿，以一百三十二萬美元成交，因爲這是第十六任總統林肯的親筆。稿末有他的簽名。

演講的場合，是林肯當選連任後在第二任就職典禮上發言。那天是一八六五年三月四日，地點是華府的國會前。

當時，爲解放黑奴而進行的南北戰爭尚未結束，林肯的政治地位並不穩固，他在這篇演說裡，扼要說明爲何而戰的背景，以及對戰後重建、「療傷止痛」的期待。這篇講詞被史家評爲「情意誠摯，思想夐高，文辭典重，足與蓋茨堡講演媲美」。

林肯幼年失學，沒有甚麼學歷，可是他憑著苦修力學，寫得一手聖經體的好文章；在總統任內，重要文稿大都親自執筆，不假手於幕僚。他的文體優美，鏗鏘有力，主要還是因爲那句老話：「意誠則辭修」。那頁殘稿在一百二十七年之後重現人間，以高價出售，成爲美國文稿拍賣中得價最高的新紀錄。

美國大選剛剛結束，新任總統明年一月就職。在這樣的背景下展讀林肯那篇傳世已久的演說，意義更爲深長。

林肯嚴正的譴責南方各州爲了維護蓄奴的特權而宣布獨立，開啓戰端。「雙方都聲稱反對戰爭，可是有一方寧願打仗而不願讓國家生存，另一方面則寧可接受打這場仗，而不願國家滅亡，於是戰爭就來臨了」。

中間有一段話反映著當年美國人由宗教信仰產生的敬天畏神的心態：「（交戰）雙方誦讀同樣的聖經，向同一位上帝祈禱，各自都求神的賜助去戰勝對方……雙方的祈禱都未能如願，而且從來也沒有全部如願過。上蒼自有他自己的主宰權衡。世界因罪惡而受苦難，罪惡總是要有。犯下罪惡的人要受苦難。」

這是用很淺顯明白的道理和文字，闡明他的道德信念。單單向上帝祈禱並沒有用處，犯下罪惡的人，終是在劫難逃。

可是，林肯之了不起處，不止在於他能堅守是非善惡的大原則，能不避艱危而奮戰到底，更由於他最後那幾句話：

「不對任何人懷有惡意，對所有人都抱著好感。」（with malice toward uone; with

charity for all.)「上帝令我們看到那一邊是對的，就堅定地信守對的一邊。讓我們繼續奮鬥，完成正在著手的工作——去治療國家的創傷。」

這頁殘存的重要文獻，貼在一本家藏的簽名簿的第一頁，塵封在紐約市一座公寓內，已經好幾十年了。最近經一次例行的不動產估價調查時，才在無意中重現人間。

巨金蒐購這頁講稿的買主，是加州一家專門經售珍異手稿文獻的經紀人，眞正的買主不詳。但願是落在一位專家或有資格、有經驗的機構手中才好。這樣的文物，不僅是美國國史上的瓌寶，也反映著人類的人道精神：能在戰亂危機之中，仍能強調人與人之間的好感與善意，摒除憎惡仇恨之心，這是塵世間撥亂反治，由衝突、對抗、鬥爭，轉而爲諧和的關鍵。

想到臺灣的選舉，舌劍唇槍自所不免，再想到海峽兩岸的關係，時而甘言蜜語，時而劍拔弩張，甚麼時候才能眞正的「療傷止痛」？

一張紙頭拍賣一百三十二萬美元，就因爲那上面有林肯的手蹟、思想和人道精神。林肯生平恐怕都沒有拿過那麼多的錢。一個偉大的心靈遺留給人世的，非金錢財帛可以衡量。

八十一年十二月十二日

無強者

又到了四年一度的美國大選年。目前的美國雖然是千瘡百孔，渾身不自在，但畢竟還是一代超強；其國內政局走勢，仍是各方關切的話題。

胡適先生曾談到民主社會的選舉，有兩個事實大家要瞭解：

第一是，選舉之前，不管各方如何預測，都不能說某某人「必然」當選。選舉結果必須開出來的民意作最後決定。

第二是，結果出來之後，除非經過法定程序（譬如選舉訴訟），誰也不能在事後再去改變結果。於此乃見民意之為「尊」。

懂得看美國大選的熱鬧，是一九四八年的「兩杜戰爭」，杜魯門出人意料地打垮了杜威。以後陸陸續續又看了很多場。自進入新聞行業，看得就更仔細些，回想起來，似乎只有一九六〇（甘迺迪對尼克森）、一九八〇（雷根對卡特），夠得上精彩緊張，其餘各屆，率皆乏善可陳，有點兒像電視上的連續劇，一開頭還有些引人注意的小噱頭，越來越莫知所云了。

今年的選情，亦可作如是觀。在野的民主黨，過去六屆大選輸過五場，「野」了這麼多年，這回本來應是翻身復起的機會；但遲至三月份，群龍無首的亂戰，還看不出一個強勢的候選人。正在奔走呼號的幾位，沒有一個重量級的，所謂「望之不似人君」。

民主黨人近年遭遇的大困難，據一位深悉選情的專家告訴我們：「在黨內，他得表現左兮兮的，才能贏得黨代表大會的提名。到了大選時，被提名的總統候選人要爭取大多數支持，又得回歸比較右的路線。」這樣來回一搖擺，往往是左右不討好。沒有一貫的立場，而要與人「爭天下」，是很吃虧的。

像上一屆的杜凱吉斯，一出馬就大敗虧輸，潰不成軍，到現在許多人連他的尊姓大名都說不上來，不必談別的印象了。

民主黨裡像甘氏家族的老弟愛德華・甘迺迪，當年似乎註定了要當一任總統，只要排班等候就行了。現在時遷勢易，連提名都摸不到邊了。在我看，實力人物是紐約州長郭謨。有人建議，郭謨跟參議員凱瑞（他也在爭取提名競選總統）聯手，可操勝算。可是老謀深算的郭謨從一開始就斷然謝絕。一說是此人為義裔，跟西西里島來的黑手黨大佬有些瓜葛，一旦出來競選，難免要被新聞界掏根問底，會弄得很難堪。看看柯林頓州長被老相好揭起舊瘡疤的情形，政治人物眞是不好混的。

現任總統布希，挾著波灣破敵之功，又促成蘇聯瓦解，競選連任應如探囊取物。無如國內經濟搞得太不成話，怨聲沸騰，白宮不能辭其咎，於是，寫專欄的布坎南揭竿而起，就拿下百分之三十八的票。照理說，現任總統競選連任，執政黨內應該是「不作第二人想」才對。往後看，布希或可否極泰來，蟬聯大任。不過，經此一番風雨，顏面大傷，很多事更要礙手礙腳了。

八十一年三月二十日

災後

天下事禍福相倚，憂樂相隨。好事好到了某種程度，大概就會有拂逆之事跟著發生。一九九一年天下大變，蘇聯解體之後，美國成為舉世無雙的超級強權。這樣優勢的地位，在歷史上都是少見的。

然而，這唯一的超強，日子過得並不鬆心。一九九二年對美國人來說，眞是多災多難，禍不單行。

四月底，加州小城的陪審團，判定群毆黑人金恩的警察無罪。此事顯失公平，引起黑人暴動，示威遊行，要求公道之外，更大肆焚燒掠奪，殃及無辜。軍警雲集，如臨大敵。這一場人禍，雖僅在洛杉磯一帶造成幾天混亂，但卻給全美國留下了「恐怖社會」的惡劣印象。黑白種族的對立與摩擦，有增無已。展望未來，這仍是美國社會最大的隱憂。

八月下旬，颶風安德魯狂掃佛羅里達州南部，風速高達每小時一百六十哩，所過之處，廬舍為墟，一座座城鎮都像經過了大轟炸一樣，慘不忍睹。

安德魯繼續西北行，路易安納州沿海一帶痛遭蹂躪。被稱為「上帝的憤怒之子」的安德魯，造成財物的損失約三百億美元，遠超過一九〇六年舊金山大地震的災情。

九月中，另一場颶風伊尼基吹襲夏威夷，也造成十多億美元的損失，這樣規模的災難，在風光如畫的夏威夷諸島，前所未見。

不幸中之幸，由於事前預報相當準確，使災區民眾及時撤退，所以人員傷亡不多，聯邦政府動員軍隊救災，正在競選中的布希總統，數度飛臨災區慰問，並向國會請求緊急撥款救災善後。

由於連年經濟衰退，產業不振，國債累積如山，失業率超過百分之七。這連續的天災人禍，猶如雪後加霜，大傷元氣，對於競選中聲勢落後的布希總統和執政的共和黨而言，不啻是「屋漏偏遭連夜雨」，增加了意料之外的困難。

我們在臺灣的經驗，夏秋之間，颱風豪雨，幾乎年年有之。救災的行動往往要靠軍隊。美國也是如此。軍隊畢竟是最有組織、最有效率的力量。官兵奮勇出動，不眠不休，深獲民間好評。相形之下，從聯邦到地方的行政單位，都有些手足無措，抓不著要點，頗惹起民眾的怨懟。

聯邦有緊急救難署，編制上有二千五百工作人員，若干億的經費。但在職者都沒有經歷過安德魯風災這樣的大場面，民間批評它既不「緊急」，也未「救難」，反而是礙手礙腳打官腔。

依照民主政體常軌，文人政府指揮槍桿子，軍隊救災畢竟不像打仗一樣單純。波斯灣的「沙漠風暴」，幾十萬大軍只聽一個主將下令。這次救災，第一個麻煩事就是「不知道究竟誰是頭」。

總統雖然頒布了緊急命令，但動員軍力還要州長申請，軍方不能說幹就幹。災區房屋毀損嚴重，無水無電，垃圾如山，軍隊要搭建帳篷城，讓災民臨時安身；可是地皮的畫定、區處的編號等等，都要等地方政府配合。有一處城鎮已被狂風掃光，救難當局居然還要遵照成例，要地方政府分擔百分之十工程費。

佛州南部戴德郡一帶，盛產水果蔬菜，供應全美一半市場。風災之後，菜農正趕緊補種，尚可稍有調劑；果樹則幾乎全倒，要想恢復舊觀，至少要五年之後。

世界其他地區有難，美國人大力支持，俄羅斯等地民眾如何過冬，非洲索馬利亞的飢民如何得到口糧，南斯拉夫內戰火線下的老百姓如何保全性命，許許多多地方的災難，美國人都樂於援手。

當天災人禍降臨到美國人頭上時，人們說，「我們以爲這樣的災難只會在另一個世界發生。」

災後心情，使人們趨於自省。這樣規模的災難，喚醒了沉迷已久的憂患意識，也加強了所謂「民胞物與」的同情心。

災難，使人惕厲，也教人謙遜。號稱萬能的人，在大自然的威力之前，卑微渺小，猶如弱草，隨風而去，不知所歸。

至於這一連串災變對大選有何影響，一時似難作定論。一波又一波的民意測驗，「大風起兮雲飛揚」，預告的都是不利布希的消息。這事不簡單，留待以後再談。

八十一年十月三日

揮棒

自一九六〇年以來，歷屆美國總統大選，我都曾仔細觀察。大部分由於工作上的需要，小部分則出於個人興趣。事前蒐集各方資料，先期研判，預測結果，倒也做到了八九不離十。今年的選舉，我雖身在現場，就近旁觀，卻格外覺得眼花撩亂。許多權威專家的分析，似亦不過爾爾。

今年選情一大特點，是在傳統的兩黨之外，多了一個獨立人士裴洛。此君「望之不似」，前者一度退出，然後去而復返，使原來的支持者大失信心。但由於他的捲土重來，使得雙雄對決，變成了天下三分。很多人喜歡他在電視辯論中直截了當的一言堂，但又說不會投票給他。看來他是成事不足，攪局有餘。究竟他會攪了誰的局，各家看法頗有異同。正確的分析要等選票開出來之後，才能算數了。

從八月間兩黨全代會舉行之後，到十月中開始電視辯論之前，一個多月裡曾有不同的機構舉辦過七次大規模的民意測驗，結果幾乎完全一致，異口同聲地反映出：民主黨候選人柯林頓州長遙遙領先。現任總統共和黨的布希，一路長黑，步步落後，有時甚至落居第三位。至於報紙、電視等媒體，也幾乎是一面倒傾向柯林頓。

布希的包袱，是在經濟蕭條、失業率超過百分之七（人口最多的加州更超過百分之十）。波灣戰爭大捷，蘇聯帝國瓦解，都已成爲遙遠虛無之記憶。眞正要命的是荷包。

布希早先強調當家人的經驗。裴洛一棒打回來：「他們說得有理。我的確沒有拖下四兆美元債務的經驗。」此後就少聽到經驗二字了。

新聞界未必都是存心打偏手，人心思變確是事實。過去二十五年，有二十年是共和黨人執政，就從雷根算起，共和黨政權蟬聯十二年。布希由副總統而總統，秉持國鈞也正好是十二年。所以柯林頓說，「你已有充分機會施展抱負。你那一套不靈，現在該換我來了。」

柯林頓曾五度當選阿肯色州的州長，那也就是他全部的政壇資歷。阿州人口不過三百多萬，猶不及洛杉磯市。裴洛說，「街角開小店的人，自稱能辦得好最大的超市，誰能相信……」

布希的主攻之點，在柯林頓性格上的弱點，規避兵役義務，在外國境內組織反美遊行，更重要的就是在十月十九日最後一次電視辯論中，布希指責柯林頓中心無主，時東時西，「這樣也好，那樣也好，當美國總統的人可不能搖擺不定。」

布希批評民主黨人向來都是「花大錢，抽重稅」，他的主張則是政府越少干預越好，儘量支持民間企業復甦，多多增加就業機會。

當然，美國面臨的問題並不是這麼簡單。有些社會問題，像黑白種族糾紛，大家都曉得其嚴重性，還有些事情，譬如墮胎的合法化、同性戀的權益、醫療保險的改進等，都成爲影響大選的重要因素，外國人不大容易理解。

三場總統候選人的電視辯論，我都看了。副總統那一場只看了一個尾巴。美國新聞界的展望，我尚有幾分存疑，布希不是強棒，但似乎不至於一敗塗地。看到柯林頓總讓人聯想到卡特，卡特也是南方的州長；入主白宮之後，弄得相當狼狽。

這幾天，正是棒球爭霸戰的高潮。柯林頓說，謝謝選民的熱烈支持，「務請全始全終，十一月三日把票投給我。」光是民意測驗和新聞報導上領先是沒有用處的。

布希不諱言處於劣勢，但他說，政治跟棒球一樣，「揮出最後一棒才算定局。」他更寄望跟「勇士隊」一樣，在第九局打出全壘打，反敗爲勝，後來居上。

站在局外人的立場，我倒有點兒希望布希能贏。那才是出人意外的戲劇性結果，到那時再看各種權威們如何表達「事後的先見之明」，一定很有趣味。

今年大選不甚好看，因爲沒有眞正的強棒。至於那四兆美元的國債，我看誰進了白宮也還是沒辦法解決。

不管怎麼樣，你不能不承認民主是比較好的制度，至少不會有「文化大革命」，也不至於有「天安門血案」，看他們揮棒吧。

八十一年十月二十四日

坐觀

那天清晨，閒步山村，寧靜一如平時。牆上沒有貼一張宣傳海報，沒有彩色傳單四處飛揚，沒有廣播車呼天搶地喊「救命」，沒有放爆竹，更沒聽說有甚麼「前金後謝」，或者送五彩電子鍋。所有那些隨著選舉而來的「討人嫌」，一樣也沒有。

而這是十一月三日，總統大選的日子。這裡的投票所，從早晨七點到晚上八點，時間這麼長，無非是歡迎投票，多多益善吧。

作一個旁觀者眞是好，「晚來惟好靜，萬事不關心」，隨他誰上誰下，都無妨看作是一場好戲。往年在臺北，一遇到選舉就聽到別人說「平常心」；不管怎樣也「平常」不起來。這回可眞平常到家了。無愛憎、無好惡、無厚薄，誰來都好，反正美國總得有個總統。至於說智愚賢不肖，辯論也辯論那麼久了，大家心裡有數。

下午四時，抱著看連續劇的閒適心情看電視。這回選的是哥倫比亞的丹・羅澤。往日覺得這人有幾分霸氣，今天倒很持重。一再說這是初步結果，一再要大家沒投票的話，趕緊去投票。

一開始民主黨的柯林頓就領先，到了五時半，已經是一六四比二八，布希總統連任的希望「幾希矣」。六時，紐約等七個州的票開出來，二三八比三三；這時丹・羅澤訪問德州的女州長（民主黨籍），「明年您會不會入閣？」她連聲否認，笑得像一朵花。這時離總統當選所需的二七〇票只差一點點，共和黨回天乏術了。

於是我們吃晚飯，談著前幾天報紙上的話題，說執政黨籍的官員們，自知「去日苦多」，都在自行尋找出路，「就像一條大船上的老鼠一樣，船要沈了，牠們先有預感。」民主黨員呢，摩拳擦掌，準備上臺。有些人已經要在華府買房子，「開始去量窗簾的尺寸」。這正是「你方唱罷我登場」的另一循環。

晚飯吃過，俄亥俄州揭曉，二十七票歸柯林頓，比數是二八六比六四；那位名叫威廉・傑弗遜・柯林頓（William Jefferson Clinton）的州長，就此當選爲第四十二任的美國總統。我這時才搞清楚他的全名。

落選的布希，是冷戰時代最後一任總統。現在，蘇聯解體，冷戰終結，現年四十六歲的柯林頓，是冷戰後的第一位總統。他也是第一個在第二次大戰結束後才出生的總統。

億萬富翁裴洛，是三個候選人裡首先開慶祝會的。在選舉人票上，他一州也沒赢到；但是普選票的得票率有百分之十八，是美國政治史上獨立候選人空前未有的紀錄。他慶祝的就是這個；一九九六年他要不要繼續攪局？要看新當權者有沒有改進。這位小老頭兒，我看他不像個總統，而且也不像個大金牛，他這一場豪賭，投下了幾千萬元，風光了一個月，貴不貴？

俄亥俄州之後，勝負已分，以後票數便是錦上添花；八時十五分，比數已是三六二比八〇，布希在休士頓露面，他剛剛在電話上向柯林頓道賀，此刻面對群眾致謝，也是道別。凡是坐過編輯檯的人都懂得，這才是大選的正式結束。

這一刻，是最富戲劇性的一幕。美國總統既是國家元首，亦是最高行政首長，還兼爲三軍最高統帥，位尊權重，可說集人間功名榮祿於一身。只是一旦失去民心的信託，大選失利，就成了一名「待命」的跛鴨總統，等著辦移交吧。這是盛極而衰的突然轉折，淒涼況味，的確難堪。

遙遠的小岩城裡，歡聲動天，得勝者說甚麼似乎都有人喝采，新的史頁已經掀開——這將是一批年輕人的天下。

布希以現任總統一敗塗地，經濟衰落是第一主因。四年前競選時的名言：「請注意我的嘴唇」——絕不加稅；後來不得已而加稅，創下了「食言」的先例。今年他攻擊柯林頓立場動搖、言而無信，卻招致選民的反詰。「你自己還不是說話不算數？」當總統的人，必須以公誠大信昭告天下，說了話不算數，最要不得。末學陋見，或可供國內有志於當總統的諸君參考。

八十一年十一月八日

排他性

「成功有一百個爸爸，失敗卻找不到媽媽。」美國人說這是中國人的成語。想來想去，我們似乎並沒有這種說法，但那意思很容易理解，華洋相通，無待深究。

美國大選揭曉之後，各方聚訟紛紜，至今不絕於耳。很多所謂專家的分析，亦不過人云亦云，似是而非。

有些新派學者說，布希總統競選連任失利，因爲年紀大——他比四十六歲的柯林頓大了二十二歲，又說他太保守。這話好像有道理。但仔細想想，也不見得對。

雷根比布希更老，政策路線比布希更爲穩健，可是他兩次大選中，支持票如排山倒海而來，不但勝，而且是壓倒性的大勝。這又怎麼說？

當然，十來年間，大環境有許多變化，尤其是經濟衰退，世界各國當「領導」的，一個個灰頭土臉，忐忑不安。就拿近年常常跟布希一起開會的大頭頭而言，法國的密特朗、英國的梅傑、德國的柯爾、俄國的葉爾欽、日本的宮澤，還有加拿大和義大利那兩位，這幾個月來，人人都在搖搖欲墜，六神無主。雖說是「家家有本難唸的經」，但好歹都還在唸；只有布希在一天之間，風雲大變，走得這樣乾脆；此後將只是「倚杖柴門外，臨風聽暮蟬」的歲月了。

分析勝敗的論著，略略讀了一些；流俗之見，不必說了。有位豪金斯先生（Robert H. Hawkins, Jr.），是「現代研究會」的會長，他對布希有三點批評：「缺乏遠見」、「偏信技術官僚」和「排他性」。

中國的史家，向來有一個很高的標準：「毋以成敗論英雄」，成功固然可喜可賀，可讚可佩；但對失敗了的人，也要公平論斷，不可以落井下石，眾惡皆歸。

所謂「遠見」（vision），乃指識大思深，高瞻遠矚，有高潔的理想，遠大的眼光，堅持理想，遵循計畫而行。布希不是沒有計畫，但皆爲國會所阻，有志難伸。

雄圖遠略既然行不通，只好在現實條件之內修修補補，布希多用和重用技術官僚，亦不得已而使然，未見得是他的本心。

唯獨關於布希政府的「排他性」（exclusion）這一點，我過去從未聽說過。

豪金斯指出，布希當政之初，商業部長莫斯巴契（Robert Mosbacher）準備發表一篇重要演說，有一段說到「本政府將在雷根總統成功的經濟政策的基礎上」如何如何；經過一番考慮他把它完全刪除。因爲他發現，布希絕口不提雷根和雷根政策，上行下效，無怪其然。在人事上尤其明顯。凡是雷根任命的人員，不論賢愚，必去之而後已，換上「自家人」。

布希作過雷根八年的副總統，一九八八年他能更上層樓，接掌政權，雷根的提攜栽培，是重要因素之一。「排他」排到了不念故主的地步，不但人情上說不過去，政治上也嫌太短見了。

豪金斯的話是否公允，暫不置評，不過大家都知道，雷根兩度大勝，「雷根派民主黨人」的歸心投效，出入之間，影響很大。有許多中道的民主黨員，認爲黨內過激派鹵莽躁進，會誤了國家，寧願支持雷根。今年不但那批人「歸隊」柯林頓陣營，有些一生都投共和黨票的人，也改變了主意。後先相較，得失可知。

政治權力是誘惑人的東西，當權者千方百計要維護既得的權力，這種心理不難索解，「排他性」即由此而來。賢才失於野，親佞立於朝，圈子越來越緊，四顧都是「自家人」了，應該很安全了，往往這也就是最虛弱、最危險的時候。

布希的政治經驗，非柯林頓可比，我到現在仍是這樣看法。共和黨的人才也並不比民主黨遜色。但是，當政日久，左右又不免有些「逢君之惡，蒙蔽聖聽」的小人，以「排他」爲邀寵固倖的手段，到最後算總帳，竟至滿盤皆輸。天下爲政者皆當有此警惕：「危矣哉，排他性！」

八十一年十一月十八日

軍　心

一個人聲望越高，權勢越重，則其影響也就越大，因此，他的一言一行就必須特別矜愼。尤其是到了國家元首階層，凡事更不能不三思而後行。任何趨於「極端」的事，都難免有意料不到的後患。

美國總統當選人柯林頓，一戰成功，意氣風發，眼看就要走馬上任，「光復」白宮，新人新政，大展宏圖。他目前積極籌畫未來政府的重要人事部署，更要在預告了的羅斯福式的「百日維新」期間，推出一系列經濟改革措施，先聲奪人，博得梨園行所謂的「碰頭彩」、「挑簾兒紅」。

有人批評他的改革計畫，支出與收入恐怕對不起來，笑他「數學不大靈光」。其實，這是責人過苛。高達四兆元的國債未清，每年的利息就是三千億。就請愛因斯坦來當這個家，再怎麼算也靈光不起來。

我說的是一件小事，與政經大計無關。

是有關同性戀的問題。

同性戀是性的變態，我國古書上就有「斷袖分桃」之說，可見由來已久。但如董賢爲漢哀帝寵幸，乃列於《漢書》的〈佞幸傳〉，大概自古也就都不認爲是甚麼好事。

美國近年同性相戀之風相當流行。男性謂之homosexuality，女性謂之lesbianism，以舊金山一帶爲最盛。過去憚於外界批評，大多遮遮掩掩。近年因人權之說大興，所謂弱勢團體都要站出來「據理力爭」。同性戀團體也常抛頭露面，儼然一股力量。

本來像美國這樣自由開放的社會，一個人愛怎麼戀就怎麼戀，別人才不去管他。同性戀者如今要爭的，乃是不容歧視的、憲法上保護的平等權。

美國軍隊有此傳統，無論男女，同性戀者不要。行之多年，並無異議。但今年大選時，柯林頓聲言一旦當選，要把這條禁令廢除。現在他果然當選了。海軍裡有個青年軍官，曾在電視上公開承認是同性戀，遂被解職。此人上告法庭，就在大選之後，法官大概也有點兒見風轉舵，判決海軍敗訴。此人於是大搖大擺官復原職。他那單位就在加州的孟祿公園。報紙電視大事報導，似乎此事正是柯林頓政府開放開明、不拘傳統的先兆。

但此事也有不良的反應；除了教會和保守派人士之外，首當其衝的軍方已表強烈不滿。柯林頓若操之過急，在順利接掌政權的過程中可能形成疙瘩。

不容諱言，柯林頓最大弱點就是軍事方面的紀錄。投票前數日曾讀到報端的讀者投書：「先父參加二次大戰，我打過韓戰，我兒子在越南犧牲。如竟有逃避兵役的人膺任最高統帥，今後美國遭遇任何危險，我們家絕不再出一丁一卒。」

美國現代史上，柯林頓是唯一沒有「執干戈以衞社稷」經驗的總統。方今冷戰告終，大幅削減國防預算，緊縮兵員，裁減武備，都屬必然之事。軍方雖有意見，不便逆勢而爭。可是在同性戀問題上，當兵的都有一股不平之氣，可有話講了。

有兩個人的反對之聲，柯林頓不能忽視。一是民主黨參議員紐恩，國會裡的國防事務權威，柯林頓寄望他出任新閣的國防部長。另一是現任聯合參謀首長會議主席鮑維爾。此君乃美國有史以來第一個黑人官拜上將，總綰兵符。波灣之戰，他運籌帷幄，深得軍心。一般認爲，正當盛年的鮑維爾，將來必有逐鹿白宮的一天。這兩人都勸柯林頓千萬要愼重其事，不可因小失大。

軍中不容同性戀者，過去的理由是怕他們自慚形穢，成爲被人勒索的對象，有「洩漏軍機」的危險。又因同性戀者患愛滋病的比例甚高，軍中要增加許多預防和醫療設施。更重要的理由是，大多數正規軍人受不了同性戀者的娘娘腔。

同性戀能不能服軍職，似乎是小事一樁；沒想到這會與兩百多萬人的士氣有關。當然，鮑維爾的話很漂亮，「身爲軍人，自當以統帥的意志爲意志。」問題是，聯參會議首長已有兩位聲明，這個案子不翻掉，他們馬上辭職。

柯林頓要如何既不背前言，又穩定軍心，要等一月二十日就職後露一手瞧瞧了。當然，美國永遠不打仗，那是最好，否則，就不能不想到沙場戰士的反應。

八十一年十一月二十八日

空話

在美國的西海岸，亞洲各國後裔人數不少，中、日、韓、菲、越，各成局面，多元文化朝著多元發展。各族群的活動裡總多多少少有「保存」特色的意味。使用本國語文的大眾傳播，是其中重要的一部分。像電視第二十六台，就被各族群分占一段時間（最近華語節目好像改了時間）。各說各的話，各找各的觀眾。有一家自由越南臺，播報新聞之外，也有綜藝節目。當它那一段時間結束時，會唱越南國歌，畫面上是越南地圖和紅黃兩色的越南共和國國旗。歌詞聽不懂，只聽得出有「越南，越南」，聽來不免慘然。

那個越南共和國已經不存在了；或者說，只存在於海外的某些越南人的心裡。

美國人都想把越戰那一章完全揭過去，因爲實在太不光彩，而且不管怎麼講都無法講得理直氣壯。可是，抹掉記憶畢竟辦不到，也不應該。「前事不忘，後事之師」。歷史一筆寫定，你忘它也忘不了。

整個越戰過程中，一個最重大的轉捩點，就是一九六八年一月三十日共軍發動的春節攻勢。越南人跟中國人一樣，重視農曆春節，共軍趁著「過年」，直搗西貢及外圍陣地。那一戰役持續三週之久。

一九六八年即二十五年之前。距今是一個世紀的四分之一。

那一仗雙方死傷慘重，到二月底，當時美軍傷亡人數已超過韓戰傷亡的總數。

那年三月三十一日，詹森總統宣布他不再競選連任，間接承認越南政策失敗了。

四月四日，黑人民權領袖馬丁路德・金氏被刺死亡(他的生日現已訂爲全國性的假日)。

六月五日，正在競選總統的羅伯・甘迺迪也被刺殞命。

這兩起慘案在美國引起廣泛的騷亂，對青少年的影響尤爲深遠。

八月間，蘇聯坦克開進布拉格，捷克爭取民主化運動遭到血腥鎭壓。

差不多在此同時，芝加哥民眾與警察大衝突，美國在心理上「分裂」了。

那年十一月總統大選，尼克森擊敗韓福瑞當選總統，緊跟著就和北越進行和談。尼克森是美國歷史上最明目張膽「不講道德」的總統。後來發生水門事件醜聞，不得不下臺避罪。

這一連串重大事件，都發生在一九六八那一年之內。到今天，美國的許多頭痛問題，包括國民心態上種種糾結，國債債臺高築，經濟衰退，社會內部有若干矛盾等等，病因都種在二十五年之前的今天。

而那一年裡最重大的事件，就是那三週的激戰。據魏摩蘭將軍發表的戰報，北越共軍被殲三萬二千人，被俘者五千八百人。而美軍陣亡者一千人，越南國軍二千零二十八人「而已」。

這統計數字看來已無甚意義。越南共和國只存在於那餘音嬝嬝，可以當哭的歌聲中。

美國剛剛選出來一位不曾打過越戰的總統。他的當前急務是如何振衰起敝，重整經濟。他規劃的要政就是裁軍，省下錢來去辦教育、辦社會福利，去改革醫療保險。這些事當然都很重要。而現在押的寶是，國防安全絕無任何問題。

如果再有二十五年之前那樣的危局發生，不知美國如何應付？

歷史是莊嚴的，但，歷史也可能很滑稽，許多莊嚴的大事，最後變成了開玩笑——很殘酷的玩笑。犯錯誤的人反正不負甚麼責任，所謂歷史的譴責云云，也只是一句空話。像尼克森，還在拿他的養老俸，偶爾還要大言不慚評論世局呢。

八十二年三月一日

掃興

對所謂同性戀問題，我一向不放在心上。同性相斥，異性相吸，人情物理，都是如此。從男人的觀點看，天下可愛的女人多矣，何必多此一舉去搞同性之戀？然而，讀《紅樓夢》就會發現，賈寶玉儘管週旋在黛玉、寶釵、湘雲這一干姊妹淘裡，他仍不免和秦鍾、蔣玉菡有某種流連。這大概要歸咎於人心之複雜和人生的多元化吧？反正我不懂，也從不想去懂。

近時因爲美國新科總統柯林頓履任之初，就要實踐他的競選諾言：要取消軍隊裡對於同性戀者的「歧視」，此議一出，舉國譁然。贊成與反對者之間，引經據典，爭論紛紜。遊行示威，也有多起。最近一陣子，從報章雜誌、電視廣播上看來聽來的材料，大概可以寫一本書了。

當然我不會去爲這個問題寫書，倒不是懂不懂得透澈或值不值得寫，而是我自覺得對它可以完全保持超然客觀的立場，太超然了，也就是冷淡、不關心。材料再多，看過聽過也就算了。眞要讓我判斷誰對誰不對，要怎麼樣才算對，恐怕要交白卷。簡單說說，柯總統搞的是「不急之務」。若要藉此表達他尊重憲法、維護人權的立場，有點兒畸重畸輕，過甚其詞。

美國軍隊裡不要同性戀者，男女都不行。只要有那種「事實」，或者本人公開承認過，就請馬上離開軍中。柯林頓打算廢掉這種限制，這是他在競選時對同性戀者開出的支票。但新聞剛一見報，軍方反對，教會反對，教育界有極不同的聲音。國會雖然是民主黨掌握多數席次，但對總統的裁斷持保留的態度。參院多數黨領袖米契爾說，此案如果馬上付諸表決，「在一百位參議員裡，支持者不會超過三十人。」參院軍委會主席努恩雖奉召入白宮數度懇談，始終反對。新任的國防部長亞斯平，原爲眾院軍委會主席，也力諫柯林頓千萬愼重其事。

由於國會反映的民意這樣強烈，柯林頓不得不緊急煞車，接受軍方和國會的建議，就這個問題，進行以六個月爲期的「專案研究」，這是爲了降溫處理，也是爲了挽回總統的顏面。

柯林頓就職以來，有風光照眼的一面，也有噓聲四起的一面。「噓」的題目有這些：一到華府，把女兒送進學費萬元的私立學校，對改革公立學校的政見是一諷刺。

就職之日有十三場舞會，花費三千萬元以上。雖說來自民間捐獻，畢竟與當前經濟不景氣的大環境不諧調。

提名白蘭德女士爲司法部長（相當我們的法務部長），因爲她曾雇用非法入境的外籍勞工，且未繳保險費，民間爲之大譁。結果她自請撤銷提名，柯林頓也承認考慮未周、提名不當的錯誤。

競選口號中曾強調，要爲中產階級減稅，新任財長班森與國會要角都承認「辦不到」，而且還要加稅。

用人的圈子太小，內閣和智囊團裡，有十四個律師。跟柯林頓一樣留英的，至少五個，哈佛、耶魯出身的有六個，百萬以上身價的至少有九個，比雷根時期（七個）和布希任內（六個）都多。

任命第一夫人出任改革醫藥保險專案的主持人，很多人也認爲是公私不分。還有無聊的人，批評第一夫人戴的藍帽子不雅，小腿太粗。有位專欄作家認爲希拉蕊野心勃勃，讓人耽心她會「垂簾聽政」，陰握政權，於是創了一個字，hillaryphobia —— 希拉蕊恐懼症。

現在再加上軍中同性戀問題，柯林頓的「百日維新」尚未開場，已經有些意興闌珊了。

這同性戀的問題，既不是那樣緊迫，也並非那麼重要，眞正要緊的仍在經濟問題。經濟活絡不起來，報上常常看到各大公司廠家裁員關廠的消息，大家心情都不好，當然就要在總統頭上出氣，柯林頓此後的日子不會很好過的。

八十二年二月六日

小國心態

近來有兩件事情，看在眼裡，悶在心裡。想要盤根究柢，不知道該請教誰好。

第一件，今年六月四日，天安門血案三週年。海外有中國人的地方，都有不同形式的紀念。從紐約到舊金山，從巴黎到倫敦，抗議之聲不絕。尤其與大陸一水之隔的香港，將近五萬人集會追悼亡靈，抗議中共摧殘人權；爲此還和警察衝突，好幾十人受傷。

臺灣很熱烈地報導了這些事件，此外卻沒有甚麼動作。這樣置身事外的冷漠態度，不合理也不合情。不管是大中國也罷，小中國也罷，天安門那樣驚天動地大屠殺，短短三年之後，連臺灣也不再吭聲，還有誰能站起來爲大陸上千千萬萬受壓迫的老百姓說說話、講講理？

依現實的著眼，期待「善意的回應」，因而有這樣那樣的自我約束，在世人看來，尤其在大陸同胞心目中，中華民國政府究竟算個甚麼呢？

有人說，臺北雖然默不作聲，但全球各地的反應，都以臺北爲「動源」。不知這話是否眞實。卽令如此，臺北之故作緘默，還是很讓人看不起。所謂興亡繼絕，濟弱扶傾，不僅是國際關係要這樣，對待自己的手足同胞，更要守住這個道理。

第二件事，是日本通過所謂「國外派兵案」。日方雖多方巧辯，說這不是日本主動，而是受聯合國的「邀約」；又說，出兵只爲協助推進和平任務，與當年之到處燒殺掠奪者不同，如是云云，似乎甚爲輕鬆。

但在過去曾身受日本荼毒的東亞諸國，感受絕非如此輕鬆。像南北韓，就都提出了強硬的抗議。

派兵海外，與日本的「非戰憲法」的精神不合，許多日本人民表示反對，在野的社會黨在「牛步化」阻撓無功之後宣布退席，讓執政的自民黨擔承未來的政治責任。

前幾天，報上刊出外交部官員的談話，據說是要先看看各國的反應，再決定我們自己要不要表示反對的立場。這種話說得實在窩囊。

如果其他國家說，中華民國受日本侵略之害最烈最慘，「讓我們先聽聽中華民國的高見吧。」而又該怎麼辦呢？

外交官的小心翼翼，別有苦衷；一則中日目前並無正式邦交。再則出兵案既然由自民黨主導，通過已成定局，我們犯不著跟社會黨同調，得罪執政者而又於事無補。

這些考慮不能說全無道理，但只是在「利害」層次，而未顧及大是大非。這樣的善體人意，委曲求全，恐不是外交上處大事之道。

現階段對中共的關係，彼此間的善意都很重要；但這並不是我們連天安門前發生的事情都忘了。中共要買航空母艦固然可怕，中共任意踐踏人權，大辦奴工營，實在更可怕。臺北不能不表達嚴正的關切。

日本要派兵出國，不論用怎麼樣的藉口，必然是重建軍事強權的新過程。由於武器的現代化，日本自衞隊現在的實力，就已超過二次大戰時「皇軍」的戰力。在強大經濟力量配合之下，日本軍力今後如何運用，當然是十分値得重視的問題。

也許有人認爲，對這兩件事，我們發聲明也，提抗議也，不會有甚麼作用，何必多口？泱泱大國，對於重大問題，都必須要有嚴正不苟，清清楚楚的立場。「君子重是非，小人講利害」，單單著眼於一時的利害得失，忽略了未來的深遠影響，不免要被人訕笑「小國心態」吧。

八十一年六月二十日

小有才

《孟子・盡心篇》有這麼一段記載：

> 有位叫盆成括的人，在齊國做官。孟子說，「盆成括要死了。」後來盆成括果然被殺，門人就問，「老師您怎麼知道他會被殺呢？」
>
> 孟子的回答是：「其為人也小有才，未聞君子之大道也，則足以殺其軀而已矣。」

在王綱解紐，天下大亂的戰國時代，殺了一個盆成括，大概不算甚麼大事。可是，孟子這句話卻成了千古名言。中國知識分子罵人「小有才未聞君子之大道」，是極重極重的一句話，小有才足以濟其惡，未聞大道便會流於小人無忌憚，這兩個條件湊到一起，很多壞事都做得出來。壞事做多了，乃不免殺身之禍。

小有才而未聞君子之大道的人，古今中外，屢見不鮮。但若只是普普通通的小奸小壞，則不值一論。要出毛病出到某種程度，才可加上這樣的考評。環顧當世人物，像美國的季辛吉，夠得上小有才了。

季辛吉以一個德國人移民赴美，成爲哈佛的名教授，以外交史見長，後來受尼克森的知遇，風雲際會，由主管國家安全的助理而國務卿，掌握美國的外交大計。到現在他講英文仍有外國口音，居然能縱橫捭闔，成爲權傾朝野、轉移歷史方向的外交家，自不簡單。

曾任《時代雜誌》編輯的伊薩克森（Walter Isaacson）最近出版了厚達八百九十三頁的《季辛吉傳》，甚受各方注目。資料十分豐富，論斷相當允公，評論家認爲這是瞭解尼克森當政時美國外交與政治必讀的一本書。

季辛吉那幾年的工作，越戰、中東，以及到北京去和周恩來握手，大家記憶猶存，無須贅述；伊薩克森對季辛吉性格的分析，倒是特別值得注意。他說，納粹德國當年大舉屠殺猶太人的慘劇，使年輕的季辛吉傷心怵目，印象極深，也造成了他對於人性抱著極端悲觀的看法。善良寬容等等，全都靠不住。從這個基本認識出發，他認爲威爾遜總統對外交上的理想主義色彩，不僅幼稚，而且危險。季辛吉的想法是，你不能將民主原則強加於別人頭上，但也許可以阻止別人把專制獨裁的原則勉強加在你的頭上。

季辛吉強調，外交的目標，只是追求國際間的秩序，而非道德理想。所以，他一意模倣十九世紀歐洲以權謀操縱外交政壇的梟雄，如奧地利的首相梅特涅，和德國的首相俾士麥。季辛吉把他在書齋裡研究的心得，運用到國際舞臺：玩弄權力政治，完全不談忠厚理想。伊薩克森批評他完全否定道德原則和理想主義作爲外交大計之基礎，違反了美國的傳統。只講現實，不講道德，此所以我要說他是「未聞君子之大道」。

書中還提供了一些外間很少知道的事：尼克森對季辛吉雖倚爲心腹，但彼此間並沒有意氣相孚的同志感。尼克森一度要把季免職；季背後稱尼爲醉鬼、肉球，輕蔑備至。這大概是「小人同而不和」吧。

季辛吉疑心甚大，對於追隨他甚久的部屬也並不信任，暗中布置竊聽器。伊薩克森說，後來的水門事件實即由此演化而來。這說法不爲無因。

伊薩克森對季辛吉的性格雖作了誅心之論；不過仍然稱道季辛吉的才略，「不僅是外交戰場上優秀的戰術家，也是第一流的戰略家。」因爲他目光敏銳，一手創造了新的全球均勢，「在越戰結束後保持了美國的影響力，有助於冷戰的結束。」

這種評價不無溢美之嫌。季辛吉憑著實現越戰和談而得到了諾貝爾和平獎金，試問而今越南安在？在季辛吉心目中的「新秩序」之下，越南人民疾苦更甚；當年在戰場上死了那麼多人，不是毫無價值了嗎？

季辛吉的戰略，說起來大概與第二次大戰前英國首相張伯倫很接近，「綏靖」其名，妥協其實。蘇聯解體，冷戰結束，季辛吉無可居功。

美國猶太裔領袖戈德曼（Nahum Goldmann）曾有這樣的評論，「季辛吉這個人，如果能減少百分之十的才華，增加百分之十的誠實，就可算得偉人了。」這句話比「小有才而未聞君子之大道」更露骨些，也顯示猶太人不似中國人的含蓄厚道。

八十一年十月三十一日

和爲勝

中東的變化出人意料，以色列和巴勒斯坦解放組織居然簽訂和約了。三十年的血仇宿怨，刹那間化成了淚影與歡呼，九月十三日在白宮舉行儀式時，柯林頓總統邀請了三千位賓客。在世的總統來了四位，雷根和尼克森婉謝了。在世的國務卿來了八位，只有臥病的魯斯克，無法參加。美國人眞是把這場儀式當作他們自己的喜事來辦。

拉賓和阿拉法特的講話，都充滿了感情，從血淵骨嶽中走出來，雙方都樂於化干戈爲玉帛，「這些年來，流血流淚已經流得太多。」該是走向和平之路的時候了。

報上形容拉賓心情緊張，手足無措；好像一個棒球迷被人拉到歌劇院席上——這位曾任國防部長，打過六日戰爭的以色列總理，很明白「久賭無勝家」的道理。

滿臉于思、身穿戰鬥服的阿拉法特，卸去平日帶慣了的佩鎗（白宮的貴賓不許帶傢伙的），堆出笑臉，是一座別緻的和平天使。蘇聯瓦解之後，巴解不得不解。此時謀和，對巴勒斯坦人而言，時機恰好。

最感人的是，阿拉法特和拉賓握手的那一瞬間。那個特寫出現在電視和許多報紙的頭版。二十年前促成大衛營協定的卡特，搞秘密外交高段的季辛吉，都感動得擦眼淚。

原來連像季辛吉那樣的人也會流淚啊。

許多人都說，這一喜劇式的大轉變，重要性不下於柏林圍牆拆除，東歐各國自由化，以及蘇聯共產大帝國的崩潰。共產勢力萎縮下去，地球上的日子好過得多。

我不由得回想起將近二十年前，到以色列的經驗。國際筆會一場會議原定一九七三年召開，那年突然戰事爆發，烽火遍地，只得順延到第二年。

一九七四年聖誕節前一週，我們輾轉飛到耶路撒冷，住在郊外的外交官飯店。以色列人剛打贏了一場戰爭，人人興高采烈，意氣風發。連站崗的女兵都有一派雄糾糾、氣昂昂的英武氣概。一個年輕的導遊興奮地說，「我最喜歡拉賓，他跟我一樣，都幹過上士班長。」拉賓那年初任總理，是第一個在以色列境內出生的總理。我們開會時，代表以國政府致歡迎詞的就是他。

參觀聖城，走過了一千九百多年前耶穌背著十字架走向刑場的「苦路」，許多教堂和聖蹟，一位作家說，「我們好像走進了《聖經》故事和童話之中。」

然而，戰爭的陰影到處存在。我們曾道經死海，高年的劇作家熊式一先生當場下海游泳，引來一陣歡呼。然後巡視戈蘭高地的廢壘砲陣，也看到了約旦河西岸以軍新占領區，「那兒本來是胡笙國王的行宮。」有人指責以色列以強凌弱，「你們跟希特勒有何不同？」

還記得在旅途中到了「前不沾村，後不搭店」的荒郊，黃昏時分，好不容易碰上一個賣餅的攤子，許多舉世聞名的大作家都排隊買餅。記得我和殷張蘭熙女士、陳紀瀅先生三個人分了一張像鍋餅那樣的東西，極乾極硬，好在飢者易爲食。大家都說，那是我們生平吃過的最美的烙餅。

聖誕夜，在耶穌出生地的伯利恆參加子夜彌撒，高牆上都是荷鎗實彈的士兵，走進教堂之前每個人都經過嚴格的搜身。

登機前，機場的檢查特別嚴密。聽說箱子裡裝有一塊羊皮，是在耶城阿拉伯人區的商店裡買的，値勤官兵們馬上如臨大敵，一面盯住了旅客，那個「可疑的旅客」偏偏就是我，一面找來爆破專家，幸而只是一場虛驚。

那一路上「刀出鞘，鎗上膛」的肅殺之氣，至今難忘。

有人說，你若到過阿拉伯國家，以色列人聽起來，就像以前在臺灣聽到有人到「大陸匪區」一樣嚴重。

二十年後的今天，人間世經歷了天翻地覆的變化。大陸現在不再是「匪區」；以色列跟阿拉伯人的寃仇化解，勢不兩立的敵人握手言和了。和者爲勝。血濃於水的中國人該當如何呢？

八十二年九月二十五日

三十年後

三十年是為一代。回想美國總統甘迺迪在出巡德州途中，被刺殞命，時在一九六三年十一月二十二日（臺北時間則是二十三日）；世情擾攘，彈指間已過了三十年了。

今年因為是個「整數」，所以民間紀念的活動不少。近十多天來，電視上幾乎天天都有特別節目。有的是舊話重播，也有新作，如以刺甘案主角奧斯華的俄籍妻子為題而拍的一部劇情片，雖不及史東那部「甘迺迪」轟動，也算是另一種「翻新」。報刊雜誌文章很不少，但佳作不多。新書也有幾種，內容未細看過；無論正面反面，過去三十年間沒有說過的話大概極少了；現在的應景文章，只是表達懷念與惆悵而已。所謂「缺憾還諸天地」，已非人力所可能挽回或補救的了。

一九六〇年，艾森豪總統兩任屆滿，依憲法規定不能連任，共和黨推尼克森競選。民主黨方面群雄競起，結果由麻州世家子弟甘迺迪為候選人，甘氏出身哈佛，文采翩翩，又拉住南方政壇巨擘詹森為副手，才把尼克森打下去，當選白宮新主。

在當時，艾森豪是美國歷史上最老的總統（七十歲），甘迺迪則是最年輕的元首（四十三歲）。艾帥在第二次大戰時，總綰兵符，統領雄師數百萬，號稱人類史上最大的兵團，叱咤風雲，有大功於世界。甘迺迪則只不過是參眾議院裡的後生晚輩。所以，一九六〇年的大選，確有一番「世代交替」的味道。

那年秋天，我初到美國讀書，體會到美國的選舉政治中的種種起伏。甘尼二人到大學裡來演講拉票，以及他們破天荒在電視上幾場大辯論，我都一一觀賞。大多數中國朋友都重尼而輕甘，認爲甘略欠沈著。

甘迺迪以不到十二萬票的多數險勝，一時被稱爲政界的「金童」。他寫的《勇者的畫像》得過普立茲獎；他就職演說中的名言，

不要問國家能為你作甚麼，先問你能為國家作甚麼。

至今爲青年們眾口傳誦。當時對他崇仰備至的一個中學生，就是現任總統柯林頓。今年「悼甘」之風盛於往昔，固然由於這是三十年整數，其實也與柯林頓在位有關。

甘迺迪被刺，雖有華倫委員會徹底調查，案卷如山，確定奧斯華一人行兇，並無其他瓜

葛；但眞相至今撲朔迷離，年深日久，恐將留爲千古疑案。甘案發生時，我曾寫過長篇報導，在國內報紙上連載多時，承朋輩謬許爲有關報導中最周備者之一。到今天，我對於全案仍存有若干無可解釋的疑惑。雖然我不相信是軍情系統暗下毒手，但也很難接受奧斯華單槍匹馬闖這場大禍；兩天後奧斯華又被羅狄當眾槍擊斃命，都太不合情理了。

甘迺迪之死震驚世界；因爲他正當鼎盛之年，英姿俊發，手握重權，家有嬌妻，人世間一切風光都被他享盡，達拉斯一聲槍響，功名富貴，頓成虛話。他的殯葬之禮極一時之盛，但那畢竟已是「寂寞身後事」，當遺孀賈桂琳手攜一雙稚齡兒女在靈前叩別時，每個旁觀者都止不住灑下同情之淚。

史家對甘迺迪揄揚讚嘆者不少，但稱許他爲「偉大」者不多。畢竟他在位不過三年，宏猷未竟，長才待展，最爲世人讚賞之一事，是一九六二年的「防疫演說」，以斷然對決的姿態，迫使赫魯雪夫把蘇俄飛彈撤離古巴，冷戰中大勝一個回合。

旁觀甘迺迪身前身後事，讓人參悟了政治與人生的種種味道，甘氏猝喪未久，其弟羅伯也和他一樣遇刺喪生，愛妻中年下嫁船商，都是人情難堪的事。再想想詹森的黯然離職，尼克森的水門失足，禍福寵辱，豈能前料。

古人有段話說，

權貴龍驤，英雄虎戰；以冷眼視之，如蟻聚羶，如蠅競血。是非蜂起，得失蝟興；以冷情當之，如冶化金，如湯消雪。

可惜是旁觀者清，當局者迷。假定甘迺迪活到今天，不知他應該如何爲自己評價了。

八十二年十一月二十七日

力與美

籃球超級明星麥可・喬丹（Michael Jordan）突然於十月六日宣布退休。儘管這一陣子莫斯科砲轟議會，葉爾欽鐵腕平亂，美軍在索馬利亞遇伏重挫，柯林頓下令增援，許許多多大新聞，都趕不上喬丹退休來得這樣「震撼一時」。

以一個人的進退行止而轉移了全美國的視聽，大概惟有柯林頓宣布退休，或者希拉蕊決定離婚，才可能有這樣的轟動。

報紙、電視、廣播，到處是有關喬丹的報導。我手上這份報紙，兩天裡共用了將近十個全版；看得來不亦樂乎。

如果不瞭解這種「英雄崇拜」，就無法瞭解美國和美國人，當然也就無法眞正體會到美國新聞事業「追」的精神。

喬丹究竟是何許人？何以有這樣的魔力？

他是芝加哥公牛隊（Bulls）的主將，自一九八二年在北卡羅萊納大學校隊中嶄露頭角，縱橫籃壇，叱咤風雲，十年之間，名滿天下。多次當選爲全國籃聯的「最有價值球員」，率領公牛隊連得三次全國職業籃球大賽的冠軍。兩度入選爲美國代表隊，在奧運會取得金牌。一九九二年奧運籃賽，參加決賽者八隊，那七隊的領隊都認爲，「我們只是來爭第二名。」美國的「夢幻球隊」，旗下擁有喬丹、強森、尤英、巴克萊，和馬隆五虎上將，所向披靡，無敵不摧。

喬丹頭腦冷靜，身手矯健，有「空中飛人」之譽，射籃奇準。最高紀錄是一九九〇年三月二十八日對克利夫蘭隊，一場竟獨得六十九分！在職業大賽、猛將如雲的場合，他平均每場得三十二分以上，七年蟬聯得分最高的射手。

從電視上看喬丹作戰，那眞是絕大享受。我生平看過的好球賽、好球員也不算少，從來沒有像喬丹這樣，集剽悍與空靈於一身，在亂軍中奇兵突起，彎弓盤馬，無論遠射、近投、灌籃，都有「翩若驚鴻，矯若游龍」之妙，有人說他是把打籃球和跳芭蕾舞的力與美融和一體，才能這樣出神入化。

「魔術」強森也是傑出球員，他讚揚喬丹「經常化不可能爲可能」，「進攻時銳不可當，根本無人能防守他」。許多名球員、名教練對喬丹的球技人品，讚不絕口，甚至稱他爲「空前絕後」的最傑出運動員。萬千球迷，更因他的退休而傷心迷惘，有人居然說，「他怎可這樣對待我們?」

籃聯去年有兩位大將退休,一是「大鳥」柏德,奧運隊隊長,三十五歲告老。一是強森,因有愛滋病而解甲,喬丹今年只有三十歲,體力充沛,至少還可再拼五年,維持公牛的霸業。爲何如此急流勇退?

一是因爲他求好心切,登臨絕頂,每有「高處不勝寒」的煩惱。在強敵環伺,勁旅如林之際,得一次冠軍已經不易,何況是三連霸?喬丹處於能進不能退,能贏不能輸的地步。聲名正達巓峰狀態時功成身退,可以留下無窮的去思,比告老告病,高明多多。

再者名高受謗,樹大招風,最近幾年來新聞界常把他當作批評對象,甚至有人寫了厚厚的書,指謫他驕狂任性,喜好賭博。喬丹打球的年薪約三百萬元,爲促銷商品——從球鞋到漢堡,從內衣到麥片,每年收入二千八百萬元。據說他在賭場負債如山。喬丹對這些捕風捉影之詞,極爲不滿。

最近的一個原因,是他的父親今夏突遭暴徒行劫槍殺。他們父子感情極好,家室和樂,喬丹每有重要比賽,老父都不辭跋涉,飛來助陣,父子間更像好朋友。當新聞記者詰責喬丹的私生活時,他的父親常常替他把過失一擔挑起。喬丹以近年所得資金成立一個基金會,幫助黑人青少年上進受教,由他的父親主持其事。

老父橫死之後，雖然疑兇落網，但喬丹痛感人生苦短、禍福無常，經過與家人親友磋商之後，決定即日退休，和妻子與三個孩子安享天倫之樂。

柯林頓總統說，在美國每一個小鎮的後院和小球場上，孩子們玩籃球，個個希望自已有一天也成爲喬丹。大家會永遠懷念他。

杜甫形容公孫大娘舞劍，「㸌如羿射九日落，矯如群帝驂龍翔，來如雷霆收震怒，罷如江海凝清光」。喬丹的球技，也近乎這種境界。我覺得他不僅是一位了不起的球員，也是個世界罕見的藝術家。

八十二年十月十六日

孤帆渡重洋

我很喜歡海濱閒步，遠眺汪洋無際，「念天地之悠悠，獨愴然而淚下」，比陳子昂登幽州古臺的感觸更深。但我不甚欣賞海上之旅；生平兩次乘海輪的經驗，都不怎麼美好。乘長風破萬里浪，要有點兒本錢才行。

三月初，有僑胞劉寧生駕駛帆船「福龍號」離美，橫渡重洋，預計六月間到達臺灣。劉君爲名畫家劉奇偉先生的公子。奇偉高年八旬以上，最近還曾到非洲原野射獵，誠可謂父是英雄兒好漢。

中國人駕帆船渡過太平洋，早年或已有之。在我們這一代親見的，就有种玉麟等駕帆船「自由中國號」，由基隆抵達舊金山的成功紀錄，時在民國四十四年。

种玉麟的姓，不是「種」字的簡寫，音「崇」，是一古姓。熟讀《水滸傳》的朋友應記得，花和尚魯智深在出家之前，原名魯達，是威鎮關西的勇將。他的主帥是「小种經略相公」。

种玉麟和我是北平輔仁大學附中的同班同學。他後來進輔大西語系，因爲嚮慕海上生涯，轉學河北水產學校，畢業後入漁業界服務，民國三十八年從青島、上海搶救了不少漁輪來臺，爲國家保存了元氣。

那年同舟赴美的六位，玉麟之外，還有周傳鈞、胡露奇、徐家政、陳家琳，和林鳳雛，都在經濟部漁業物資管理處服務。都是三十歲上下的盛年，都沒結婚，都受過專門的海洋訓練，而且都是由練習生、大副、船長這樣科班出身。六個人志趣相投，情同手足，所以才能有志一同，共渡重洋。

操作帆船至少兩個人，一掌舵，一管帆。他們六個人分三組，一日三班，每組值勤四小時。

他們那艘帆船在基隆港選中，船齡六年，原產地福州，載重三九五公擔，長七十八呎，寬十七呎，檣桅俱全。當時買價是新臺幣四萬六千元。

出發前他們請教了二、三十位中外專家，造船、修船、帆纜、航海、氣象，都得有充分的準備，他們原定航程六個月，每人每天一加侖水，六個人六個月就要一千二百多加侖。所以要另加水櫃。船上又加了一部六馬力的柴油輔機，因此要載六百加侖油。

少年同學時，种玉麟精而不壯。高中以後，身材暴長一百八十公分以上，儼然泰山型的猛士，成爲運動場上的名將。輔大足球隊雄踞華北球壇王座，守門員鄂秉信，高我們兩班，從初中三就是大學校隊正選，名滿九城。鄂君之後，玉麟也是把大門的名將。

這六壯士孤帆遠征，轟動了太平洋兩岸。政府和航海界都曾給予支援，僑界和美國有關人士，包括帆船協會和企業界，也給他們許多鼓勵。他們原計畫以八十天完成六千浬的航程，但途中有種種預料不及的變化，多花一倍時間，最後總算安然到達。

三十多年前，各種條件遠不及今日，种玉麟等憑著堅強信心和優良學識，克服了一路上的風險，達成願望，爲中國人創下一項光榮紀錄。

遺憾的是，當年資訊設備簡陋（臺灣彼時還沒有電視），這樣有意義的歷險記，沒能留下實況錄影，甚爲可惜。玉麟近年卜居洛杉磯附近，另五位大概也都到退休之年了吧。

八十一年四月十八日

風雲女郎

閒居歲月，原以爲有無限的時光可以打發，孰不知書房裡轉來轉去，還是感覺時間不夠用。於是便有種種節約計畫。其一是絕對別惹電視。

美國電視節目的確豐富，頻道既多，時間又長，幾乎二十四小時不斷。再加上有線的(那是要另外收費的)，更加美不勝收。所以我打定主意，能不看就不看，尤其不能看連續性的節目。

可是，新聞節目總是有吸引力，去年有總統大選，幾場候選人辯論，奧林匹克運動會，棒球和籃球的大賽，捨不得不看。美式足球、手球無啥味道，拳擊角力都太野蠻，可以免了。

因爲看選舉，節外生枝地看上了「墨菲．布朗」(Murphy Brown)；也有人譯爲「風雲女郎」，這個由甘蒂絲．柏根主演的單元劇，是以華府一家電視臺新聞組的人員爲主，穿插上各種故事。女主角墨菲，是一個四十歲左右的節目主持人，心地很好，性格很強，是所謂獨立新女性的典型。劇情以電視臺爲主，那幾個男女記者和年輕的製作人，思想上屬於自由派，都很有敬業精神，彼此間有強烈的共識。外行的外人或上級想要干預他們的節目內容，或增派人員加入他們的陣容，總是受到一致的排拒。新聞界的朋友們，對此定會發出會心的微笑。

墨菲的父母仳離，父親再娶，新娘比墨菲還年輕。墨菲專心工作，無意結婚，但又想要個孩子，透過人工授精的辦法，如願以償，當然也鬧了不少笑話。

去年五月間，當時的副總統丹・奎爾在競選途中，批評好萊塢不重視美國社會的傳統價值，並舉出「墨菲・布朗」的單身母親生養孩子爲例，語氣中流露出貶責之意；不料因此引起軒然大波。

美國近年來由於女權高漲，離婚率升高，離婚後子女多由母親撫養，所以單身母親甚多。她們紛紛爲墨菲之受責而鳴不平。民間的反應多認爲奎爾落伍。

去年九月間，「墨」劇三度獲得電視節目的艾美獎。女主角上臺領獎時特別「感謝副總統幫忙我們得獎」。《時代》週刊讓她上了封面。報章雜誌更是順水推舟，大大諷刺一番。布希、奎爾檔在競選中失利，與此一波折不能說無關。

「墨」劇演了幾季，本來近乎強弩之末，接近叫停；不意在奎爾點名批判之後，收視率直線激升。一度突破百分之四十。許多本來根本不看的人，包括我在內，也看上了這個節目。其中有些段落，別出心裁，與肥皂劇不同。

有一段很有趣的是，墨菲二十五年前曾受教於韓教授門下。韓退休之後，用自己的儲蓄辦一家廣播新聞學校。因爲墨菲是電視界明星，所以特別把她請來，並且要用她的姓名爲學校命名，以資招徠。

墨菲很是感動；可是後來她發現，韓教授熱心有餘，新知不足。他講課的內容與現實狀況大大脫節。他介紹的廣播器材和方法，早被電腦取代。墨菲認爲這樣的學校不辦也罷，決心要對這位舊日的恩師講實話、澆冷水，勸他及早收攤。

可是，就在這個當口兒，一個青年人冒冒失失闖了進來，向韓教授道謝。此人原有志新聞事業卻始終不得其門而入；韓教授頭幾天勉勵他，「立定志願，決不要中途放棄。」現在他居然找到了一個工作機會，與奮得好像鯉魚跳龍門。

這一節我覺得特別有味道的是：世間有許多事都會因爲時移勢換而落伍，特別是與技術有關者爲然。但也有些道理可以歷久彌新，千古不變。像這位老師對學生的教誨鼓勵卽其一例。

墨菲・布朗發現她的老師跟不上時代；過不了多久，她自己也同樣會跟不上時代。就如同那位下了野的副總統一樣，過不了多久，就沒有人記得他是誰了。

李艷秋在得獎的場合，自嘲電視主播近於「傀儡」。我很讚佩她搊誠以道的勇氣。不過，在看多了各樣電視節目之後，各國「傀儡」大約是五十步與百步之間吧，要不然大概也就不會有墨菲・布朗來招笑了。

八十二年三月二十七日

好戲來也

前幾年，兩岸沒有開始交流之前，在海外往往可以看到一些臺灣看不到的東西，書報雜誌之外，就是錄影錄音的帶子了。

兒輩爲我收集到一些國劇的錄影帶，看起來相當過癮。其中演得極好、也錄得甚好的那一齣，是「群英會」。

戲是老戲，好就好在那一班演員。說幾個大名來聽聽：葉盛蘭的周瑜，蕭長華的蔣幹，馬連良的諸葛亮，譚富英的魯肅，裘盛戎的黃蓋，袁世海的曹操……這樣的組合，眞所謂一代極品——夢幻隊伍。

這幾位偉大藝人，我有幸在四、五十年前的北京都見識過。然而，不是在同一齣戲、同一個舞臺上。他們各有各的班子，尤其馬、譚二大家，除了極特別的義務戲裡，不大可能碰頭。

錄影帶上那一場，是一九五八年在北京演出的。除了蕭長華已過古稀，那幾位都在春秋鼎盛之年，玩藝兒正好是到了巔峯狀態。加以是集好手於一堂，旗鼓相當，工力悉敵，從周公瑾定場詩「劉表無謀霸業空」開始，每一段唸白，每一句唱腔，舉手投足，一顰一笑，都如「初寫黃庭」，恰到好處。諸葛亮之智慮過人，魯肅之忠厚尚義，周瑜之驕矜自負，蔣幹之自作聰明，無一不絲絲入扣，妙到毫顛。

在美國翻來覆去看這條帶子時，這樣的「群英會」已是人間絕響。在「史無前例」的文化大革命風暴中，戲劇界是重災區。從梅蘭芳以次的眾多名家，都躲不過那一場災難。像「群英會」的那幾位，馬、葉、裘都受到直接衝擊。今猶健在者只有一個袁世海。

當江青意氣風發、橫掃一切的時候，所有劇目都掛起來，只有八個樣板戲。我見過一齣叫「紅燈記」吧，不論男女都是軍裝上臺，張牙舞爪，怨氣沖天。「階級仇恨」之外，實在談不上半點兒藝術美感。

多少年培植出來的人才，就那樣斲喪殆盡，眞是無可彌補的損失。共產黨不能不認錯。

儘管當時鬧得熱火朝天，樣板戲還是惹人討厭。鄧小平奉命看戲時打瞌睡，被文革小將們點名申斥。在海外讀到那段報導時，一方面覺得當個共產黨頭頭竟是這樣可憐；另一方面又覺得，鄧畢竟比江青要高明。他能三下三上，一手收拾文革的殘局，道理也許就在這兒。光知道鬥爭奪權，分不出好歹是非，總是要垮臺的。

大陸上人才畢竟是多的。老一輩雖已凋零殆盡，新一代的尚有傳人。這次北京京劇團到臺北演出，該算是兩岸交流過程中的大事。其轟動一時的景況，可能會超過這樣那樣的會談吧。

聽內行們說，大陸上的國劇，一洗文革時期的歪風，走的是傳統的老路，唱作唸打，當然有推陳出新的變化，但基本精神是守護著原有的優點與特色。這也間接證明了一個道理，藝術，可以比政治更富於韌性。當梅葆玖唸到「看，雲斂晴空，冰輪乍湧」的時候，楚漢相爭之時的虞美人在舞臺上復活，他的父親梅大王的流風餘韻亦在此重現。人世間風雲幻化，幾度興亡，多少滄桑，沒有變的竟是絲竹管絃伴奏著輕歌長吟。

這不僅是藝術欣賞，也是一種懷戀，懷戀著那一去不返的逝水年華。

八十二年四月十七日

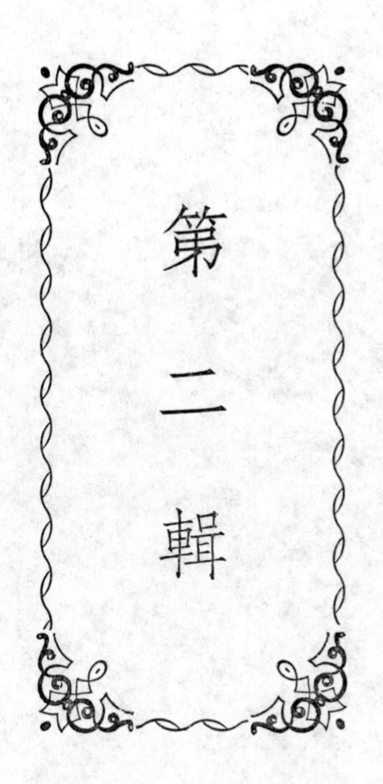

第二輯

偉人心事

這是臺北少有的寒冬。冷月繁星，風聲颯然。此時華燈消歇，眾生如夢，萬籟無聲。

那偉人從座椅上站起身來，眉頭深聚，心事重重。憑窗外望，他長嘆一聲，眞讓人放不下心來呀，那些年輕人。

「我實在不了解你們是怎麼個想法。」他喃喃自語，「你們也更不了解我的心。」

其實，我的道理都擺在面前；當我在世時，奔波南北，出生入死，講得舌敝唇焦。臨終時我留下「遺囑」，第一句話就是——

我怎麼說的？

「余致力國民革命，凡四十年。」

我的全生命、全人格，就只有這一句話，生生死死，就是爲了「國民革命」，革命就代表了我個人的，以及我們中國國民黨救國救民的理想與作爲。

而現在居然有一些同志說，「政治要革新，不要革命。」

革命當然包括革新，革命的內容比革新要豐富一百倍。而革新是絕對代替不了革命。

從前有人問過我，我究竟專攻的學問是哪一門？是政治、外交、軍事、經濟，還是我的老本行醫學？我簡單一句話，「余平生志業，唯在革命之學。」天地為大，革命為先，在我看來，不能革命救中國，甚麼學問也都用不上了。

你們為了尊敬我、紀念我，修建了這樣宏偉巍峨的紀念館，儼然一座大廟。你們尊稱我是國父，把我的生日定為國定假日，每逢開會的時候，不但行禮如儀，而且要恭讀我的遺囑，彷彿很鄭重其事；但卻想要不「革命」。

很坦白地說，形式上的種種我並不在意；我最重視的還是大家的心。從我這個立黨建國的老人，到百年之後繼起的人才，能不能心心相印，能不能形神如一？

如果你們還能勻出一點點時間，留心讀一讀我寫下來的著作（不要像恭讀遺囑，讀了等於沒有讀那樣的心不在焉），你們應該可以體會到我的心情。

「革命」二字，是我們奮鬥的目標，力量的泉源。

世人如果供奉釋迦牟尼而不講「慈悲」，膜拜耶穌而不信「救贖」，或者研究孔孟之道，卻避口不談「仁義」，豈非買櫝還珠，捨本逐末？

中國國民黨將召開重要的會議，而會中擬議的題目之一，居然是要取消「革命」，而據說如此便可以改變黨的體質。

黨的體質其實跟人的體質一樣，並不是定了個甚麼名目就改得了的；眞正要想由不好變好，變更好，還是要正心誠意，篤信力行——一句老話：革命革心。

現在，你們不但不力求上進，反而連革命都不要了，「革命尙未成功，同志仍須努力」，看來我的苦心都白費了。

國民黨建黨將近百年，的確是「老招牌」。老招牌之可貴，就在它代表的是傳承一致而又日新又新的精神。你們要記得，過去的百年間，國家遭遇重大的危機，黨面臨嚴重的考驗之時，仆而再起，敗而能興，都是靠了那「知其不可而爲之」的革命精神。

眼前的小小順境，絕不安穩。將來你們還會遇到新的困難，新的挑戰。

「革命」，「革命」，是千萬不能去掉的。

你們明白嗎？你們還不明白嗎？

※　※　※

偉人歸位，他坐下去的時候，好像有一陣三級地震。刻著「大道之行也」的石板都在撼動。

「如果他們眞的公然說不革命了，我就從這裡走出去，走出這無神之殿。」他環顧那寂寂無聲、黯夜沉沉的殿堂，「我要重返人間，號召更勇敢、更熱情、更有理想的人們，一起去革命！」

八十一年一月二十五日

寧靜的革命

今夏在臺北小駐，驕陽灼灼，熱浪逼人。爲了修建捷運系統，噪音盈耳，灰塵滿天。無論哪一條路都塞車，計程車司機都成了憤世嫉俗的評論家，他們罵大官，罵國民黨，罵民進黨，罵交通警察，罵別的不守法令的計程司機。

不管怎麼熱、怎麼煩、怎麼髒和亂，我還是覺得臺北是一座可愛的城市。

有人告訴我，很鄭重其事地：我們正在經歷一場寧靜的革命。還有人竟說，「這五年間的成績，超過了過去一百年。」

我只好付之一笑。革命反正是早就不革命了；寧靜不寧靜，大家心裡都明白得很。文章寫得精微處，「形容詞」最不可濫用，否則就變成了很尷尬的諷刺——與「歌德」的初意南轅北轍了。

至於五年成績云云，我說，「我很願意百分之百相信你的話，因爲我從來就是一個滿懷善意的樂觀主義者。可惜，我不是五年前才出生。」

百年老店，有多少傷痛，也有多少光榮的回憶。辛亥開國的大地風雲，北伐抗戰的鐵血犧牲，年深日久，不必細談。就拿從民國三十四年至今這四、五十年的事情來比較，輕重本末，十分顯然。

對於近五年來的成就，予以肯定，乃至適度的讚揚，都是可以的。但話總要講得合情合理、恰如其分。爲了凸出這五年的「新時代」，把過去一百年的奮鬥都貶下去，不僅無知，而且是存心鬧笑話了。

不管幹甚麼行業，總得多多少少明白一點兒歷史，對歷史存幾分尊重之心，否則一切努力都會成爲無源之水、無根之木，活不久長的。

六十六年前，章太炎爲連雅堂《臺灣通史》作序，明白指出：

臺灣在明時，無過海中一浮島，日本、荷蘭更相奪攘，亦但羈縻不絕而已，未足云建置也。自鄭氏（成功）受封，開府其地，子遺士女，輻湊於赤嵌，銳師精甲環列而守，為恢復中原根本，然後屹然成巨鎮焉。鄭氏繫於明，明繫於中國，則臺灣者實中國所建置。

這是清清楚楚的史實。章氏又說：

> 豪傑之士無文王而興者，鄭氏也。後之豪傑，今不可知。雖然，披荊棘、立城邑於二百年之上，使後世猶能興起而誦說之者，其烈蓋可忽乎哉？

臺灣之開闢，由鄭成功開始。臺灣之積極邁向現代化、民主化，則是光復以來近四、五十年間事。當中國大陸赤禍燒天、民不聊生之際，臺灣如果沒有先總統蔣公領導的「銳師精甲環列而守」，大家會遭遇到怎麼樣的命運，很容易想像。

當年的三七五減租、耕者有其田，是眞正爲「汗滴禾下土」的廣大農民謀福利的。現在呢，在民意機關裡頤指氣使、跳腳罵人的，還有幾個是眞正代表農民呢？

執政黨要開十四大了。報上的分析，有所謂當權派和非當權派的對立，有地域意識的糾結。

君子亦不免有所爭，但君子爭的是義理、是非，是今後國家該走哪一條道路。能把道理講清楚，比空口喊團結重要多多。

請不要再說「五年來做的事，比過去一百年還多還好」那樣的話，那種誇大令正常的人不服氣，而且有點肉麻，你不覺得嗎？

革命本來就是不寧靜的，不必強求其爲寧靜。但革命的目標一定是「掃除不平」的。製造不平、壓抑好人、排除善類，那就既不是革命，更無法寧靜的。

八十二年八月十二日

大 老

近時讀報，偶爾可見「大老」云云，上下文一對照，覺得很不對勁，究竟爲何不對勁，一時似乎又說不清楚。

「大老」一詞典出何處，我不甚了了。《孟子・離婁章句》上有一段記載，商紂無道，伯夷避居北海之濱，太公避居東海之濱。後來聽說周文王興起，兩人都說，「盍歸乎來，吾聞西伯善養老者。」孟子於是說，「二老者，天下之大老也，而歸之，是天下之父歸之也。天下之父歸之，其子焉往？諸侯有行文王之政者，七年之內，必爲政於天下矣。」伯夷與姜太公被尊爲大老，據朱子注解，「言非常之老也。」高年碩德，舉國咸尊，他們的行止動向，足以影響世風。周文王敬老尊賢，所以得到四方嚮慕，「爲政於天下矣」。

構成「大老」的條件，不止是非常之老。中國人的說法是「齒德俱尊」，年紀大，道德高，這才足以服衆，形成「爸爸型」甚至「爺爺型」的權威。

所以，大老第一要年長，這才表示「火候到了」。以現代人的健康標準，平均壽命提高，大老的年齡，七十歲是起碼（應該說「大老七十方開始」才對），八十歲則正相當。九十、一百更好，但到了那個年齡而仍耳聰目明、繼續活動、關心世務者，不大多見了。所以也不宜勉強。

至於德望，雖無具體客觀標準，亦自有公論與風評。論其資歷，總是要在政治、外交、財經、文化、軍事等方面，曾擔任過某一層次的職務，有相當建樹和勳績，值得眾人懷念。同時更應有其待人處世、特立獨行的風格，或恭謹端肅，或叔度汪洋，總之有那麼一種味道，站在他面前，「就是不一樣」。大老高於大官者，就在這妙不可言的味道。

眞正的大老，有的是剛毅木訥，望之儼然；有的是輕裘緩帶，談笑自如；但有一個共同點，那便是一股正氣。「天地有正氣，雜然賦流形」那樣的正氣。

必有公忠體國的情懷，民胞物與的愛心，乃能形成一種無私無我的正氣。這是基本條件。

大老不一定有專長的學問，但要有博古通今、明鑒天人的常識。眼前許多博士，不通者比比皆是。所以特別需要大老級的通儒，一言而爲天下法。

大老不一定是道德上十全十美的完人，但不容有邪僻自私的汚點。大老不必是「君子固窮」，但以清風亮節爲重，絕不能太有錢，金牛型的大老？那是時代的笑話。

大老跟現實政治與社會，保持若即若離、不遠不近的關係。他不必要、也不可能涉世太深；他可以和權力中心保有「熱線」，但絕非用來請安問好。大老絕不同於近倖弄臣，而是超脫於現實結構之外的諫士與諍友，他已無所求於天下，所以能在最重要的關頭，正天下之不正。「斯人不言，言必有中」，大老之可貴在此。

大老既爲四方仰望，一言一行，務極矜愼。常在報紙或電視上拋頭露面的，可以競選公職，不夠資格作「大老」。「三顧頻煩天下計，兩朝開濟老臣心」，又豈是尋常的語言文字所能表達？

大老不是固定職位，不見於憲章法條。一國不可無大老，但也絕不是年紀大的人都叫大老，充其量三數人而已。大老無需經過提名、報准、投票那一類繁瑣手續，而直取於大多數人的良心票。小丑活上一千年，也不能變成大老，不知道新聞界年輕朋友們能體會此意否？

八十一年十月十日

〔注〕叔度汪洋　《後漢書・黃憲傳》，郭林宗曰：「叔度汪汪若千頃陂，澄之不淸，淆之不濁，不可量也。」

尊嚴

這樣的新年，不僅是一團喜氣，而且眞的有一片新意；所以特別讓人歡喜。

從世界全局看，蘇聯硬是已經「不復存在」，那麼龐大的超級強權——直到今天仍有三百七十萬常備部隊跟全球數一數二的核子武器，居然說垮就垮，連年關都沒熬過。這就不能不讓世人追問，「蘇聯的共產黨已經垮了，中國的共產黨還能拖多久呢？」

有這樣的展望擺在面前，不光是我們歡喜，相信大陸上受盡折磨的老百姓，心中也都暗暗歡喜，「快要熬出頭了！」

再從小範圍看，臺灣剛完成一次重要的選舉。執政黨的幾位當家人都說，這是全體選民的勝利。這話說得很得體。因爲，這回若竟選砸了，哪還能有老老實實的百姓們的日子過？

選舉的結果，把這一年來的紛擾喧囂都揭了過去。極端言論固已明明白白爲民意唾棄，某些人心知理虧，嘴巴上仍然要強辯，但都已無關宏旨。不管事後有先知之明的分析家們怎麼解說，我們這些平凡的眾人都理解：絕大多數人都需要安定平和，不要暴亂。

屬於社會科學範疇內的事，譬如政治，是無法「試驗」的。民主政治的好處在於自我調適，民進黨以最大在野黨的身分，下次再來時，要重新認同中華民國的憲政體制。「另起爐灶」的那種想法，沒有把國家搞垮，倒是要把自己搞垮了。

執政的國民黨這次獲勝，原因很多。累積的政治資本、眾多的人才，都是致勝的本錢。在我看來，還有一個很有利的因素，大家沒有強調的，那便是資深民意代表，在去年底之前全部退職。這件事，解開了政治結構中最大的弱點，山中不再有傳奇。

對於已告退隱的老人們過去的功過得失，一切歸諸歷史，此時無需贅述；不管怎麼說，四十多年沒有改選，的確是講不過去的事。過而能改，推陳出新，「老字號」畢竟仍有號召力。

但在這次選舉中，「賄影賄聲」，似比往年更甚。市井議論，報章騰傳，說執政黨花了多少，在野黨也花了多少。眞相如何，不要烏下去，應該徹查，好對國人有所交代。凡屬「的確講不過去的事」，如果任其拖延，將來終必會有不良的後患，要加倍償還。

總之是，這次選舉的結果，使得中國人——無論生活在甚麼地方，都增加了一分尊嚴感。

但這尊嚴感，顯然還不夠，因爲欠完整。

中華民國是外匯存底全球第一的富國，然又在社會生活中，沒有充分做到幼有所養、壯有所用、老有所終的地步。我們的尊嚴有限。

中華民國實施民主政治，應算相當成熟，而出軌脫序的事層出不窮，民意機關天天吵架打出手，爲全世界的笑柄。我們尊嚴不起來。

更重要的是，全世界的共產黨都垮了，大陸上的中共還在。在臺灣的兩千萬人豐足自由，自得其樂，若對大陸同胞的甘苦毫不關心，我們有甚麼尊嚴？

但願在最近的將來，世局國事皆有更好的開展，憑我們每個人的努力，爲國家也爲自己，爭取更大的尊嚴。

八十一年一月九日

嚴重關頭

我喜歡一切乾爽、亮麗、平平正正的東西。青天白日，萬里長空，渺小的心靈對越千古，不染纖塵。

近時臺灣的天氣，寒雨潺潺，陰冷潮濕，走到哪兒都有一種骯髒汚穢的感覺——就像臺灣的政治，令人有說不出的氣悶，諸公袞袞，「究竟你們搞甚麼名堂？」

去年歲暮，國代選舉，執政黨獲勝。本來這是撥亂反治一個很好的轉機，豈知此後兩三個月之間，種種發展不僅令人扼腕嘆息，而且驚詫錯愕。像立監兩院副院長的選舉，像國代的待遇案，金風習習，臭氣薰天，把勝選所凝聚的民意，特別是知識分子對執政黨的好感，掃蕩一空。這一週來，又發生了總統選舉方式的「一黨兩案」，修憲小組和中常會都無法決定，現在要送到三中全會。問題是，執政黨八個多月來「請支持委任直選制」，到最後卻突然來一個一百八十度的急轉彎。就算三中全會能因黨中央的運作而通過如儀，國大臨時會是不是又要波瀾疊起、爭議不休？就算國大也過了關，又將何以杜天下悠悠之口？何以當百年之下的青史定評？

其實，何待乎百年？眼前不是就已有人發表「籌安會宣言」，要擁戴總統當皇帝嗎？當然，這是反諷與笑話；爲甚麼要爲我們的總統無端惹出這樣的醜名呢？

讀三月十日報紙有關中常會的那一大篇，讀到謝東閔、李國鼎、邱創煥三位先生的發言，令我感動得泫然淚下。如果這樣老成謀國的聲音，不足以挽回「上意」，再開甚麼會也都不過是形式主義，走一個過場罷了。

至於以後其他連鎖反應，不要說我們這些市井小民，恐怕連那些贊成與反對的先生們，也都沒有把握，只好「爛」下去吧！

兩年之前，我寫一小文〈四等人物〉，頗受朋輩謬許。我引述政治學者薩孟武老師的話，政治人物即使不學無術，可是，只要他公誠忠藎，虛懷若谷，照樣可以成就大功業，如漢之霍光，如宋之寇準，因爲他們「不學，不會亂創制度；無術，不會自作聰明」。守經達權，能掌握到平衡點，就是高明的政治藝術。不幸的是，自作聰明的人每個時代都有，總以爲花樣翻新才顯得出本事來。

單單是總統怎麼選，本來不必如此爭論不休，但由此牽連到憲法體制，下一步該怎麼走？好像誰也拿不準。國家千秋大業，豈可如此草率？薩老師說，第三等人物如王安石，

「有學無術者可以亂國家」；第四等人物如賈似道，「不學有術者可以亡國家」。亡國就在沒有準則，沒有立場。

今日之事，不容稍涉意氣。山上的群賢務必要推心置腹，計慮國家遠大的前途。千萬勿再以權謀運作，只顧一時的利便，不計歷史的責任。治亂安危，這是嚴重的關頭！

八十一年三月十二日

新一言堂

年輕的時候，頭腦比較單純，每遇到開甚麼大會，無論自己是否在場，總抱著熱切的期待和信心。民主時代，開開會就一定能集思廣益，解決問題。

閱世漸深，事理通達，不管名目上多麼莊嚴偉大的會議，也都先要「觀其所以」再打分數。心中默禱諸天神佛，先烈英靈，護佑苦難的中華，不要讓那些意氣風發的政壇人物，假藉民意之名而師心自用，高下隨心，作出「萬劫不復」的錯誤決定來。

老天保佑，在那些群賢畢至的會堂上，少鬧一些笑話和醜聞——當然，完全不留下一些笑料和話題，那是不可能的。

那一陣子頗讀了一些報紙，爲了總統該怎麼選法，議論盈庭，鬧得很僵，有人又說，國民黨要分裂了，如何如何。我不能接受這種說法。一個團體只要是明辨是非善惡，終必能確定得失曲直，分裂並不能解決問題。

許多講道理的話，講開了最好。有幾位名人的滔滔宏論中留下了名言，眞有「一言驚醒夢中人」的作用，姑稱之爲一言堂吧；當然，是往好處解釋。

陳立夫：「天下本無事，庸人自擾之。」此老言之沉痛，可惜當局者迷，庸人總不承認自己之「庸」，庸到家了。

梁肅戎：「這案子是天上掉下來的嗎？」大家都猜得出答案，只有他打破沙鍋問到底。這就是北方之強，亢直可敬。東北的「竹本先生」。

孫運璿：「國民黨如果分裂，對不起國父，大陸同胞也會灰心。」有些人心中本來就沒有國父，更不在乎大陸同胞。

陶百川：「利不百，不變法。」老成通人之至言。可惜躁進暴發的新貴們，到現在還沒有受夠教訓。

李煥（對某舊屬）：「你與我都是蔣經國總統栽培的人，今天要是這樣做了，我們對得起中華民國嗎？」好像這是三中全會裡唯一一次提到蔣經國總統吧。「於無情處見有情」，政治並不全是「酷」的。

邱創煥：「李主席胸襟開闊，我們討論問題時，不要陷李主席於不義。」此君平日謹小愼微，規行矩步。此次擊出「超級全壘打」，因爲他抓住了道理，義正所以詞嚴。

關中：「我的肝不大好，我的膽也快被嚇壞了。」今年競選立委時，要爲他作嚴密的體格檢查。人多的地方，不可輕率「披肝瀝膽」。

馬英九（對新聞記者）：「你們以後還會相信我的話嗎？」「小馬哥」之言純眞可愛，但亦凸顯其火候太嫩。應該是「一推六二五」，或拉下臉不認帳，那才夠得上「明日之星」的風格。

朱堅章：「該考慮退黨了。」最優秀的政治學教授，最呆的「政治家」。要退無需說，不退更不需說。記得否：落紅不是無情物，化作春泥更護花。豈是一個「退」字了得?!

八十一年三月二十四日

急轉彎

政治上的事情，求新求變，容易得到喝采，但卻不一定能贏得衷心的支持。因爲，新與變都含有幾分冒險性。雖說「自古成功在嘗試」，但嘗試之後若是不成功，那就很無趣味，甚至一身煩惱。古人所謂「利不百，不變法」，正是要人沉著持重，不可輕舉妄動；尤其不要爲了一時權宜之利而輕率變更一貫原則。

李登輝總統三月二十五日以執政黨主席身分，與全體黨籍國民大會代表餐敍，發表重要談話，報上的大標題是：「總統選舉兩方案，都不是天上掉下來」。總統一席談之間，把他謀國的苦心和修憲的誠意，都表達得很清楚。其中有一段話十分重要，總統說，「由於我們希望在兩年內完成兩個階段的修憲，要做的事情太多，難免顯得倉促。所以在內部溝通與協調的過程中，如果有不夠周到之處，還希望各位同志能夠諒解。所幸結論大家都能接受。我想，這就是民主。這個結果是值得我們欣慰的。」

李總統這一表達，承認了前者那一陣急轉彎，確有「不夠周到」之處。此番的「罪已詔」，當可獲得眾人的體諒與瞭解，大有助於黨內的和諧與團結。以前發出「兩百萬份說帖」之類的事，可以存而不論了。

經過三中全會的熱烈討論，現在大家都清楚，總統選舉方式的發展方向大致定了。可是，不要再匆匆忙忙，應該把相關的問題都安排妥當，都協調好了，水到而渠成，眞正達到修憲的好處。

老成持重，並不是反對求新求變，而是要求務必計畫周詳，不可盲動躁切；否則，本來是一片求好之心，一個急轉彎下來，弄得眾人傻眼，離德離心，這是政治上的大忌。

眼前有樁小事，可以就近取譬。爲了砂石車超載，肇禍累累，交通部下令嚴格取締，運砂石的車斗高度加以新的限制。守法的車主遵辦如儀，但也有比較調皮的一陣反彈，罷駛罷市，吵吵鬧鬧十八天，交通部不得了局，只得「原令追回」。這一張一弛之間，守法的人大大吃虧，反彈的人揚眉吐氣，交通部灰頭土臉。這一次急轉彎的代價，當然是公權力越發不彰。守法的人越來越「先看看再說吧」，這就無形中增加了施政的阻力。

而且，後遺症尚不止此。砂石業的問題尚未擺平，磚瓦運輸業接踵發難。雖然二者沒有甚麼直接關係，卻都顯示出「管理眾人之事」眞不簡單，公權力與公信力都得好好維護，稍有不愼，一旦遭受民間的懷疑與輕視，再想重振聲威，那就難了。

砂石車超載，當然應加取締，不過有關的規定和標準，都需實事求是，妥爲規畫，不可由少數人（即使是專家）去閉門造車。訂了這樣那樣的規矩，又因其不切實際而行不通，這是政府自損威信，必當深戒。

砂石案不過是交通部路政司管的一件事。稍有未周，遺患竟有如此者。修憲工作動關國家百年大計，自更不容稍有差池，急轉彎的狀況，以後千萬不要再來了。

八十一年四月二日

建 言

近來沒大注意電視收視率的報導，想必都在下跌吧。因爲自從國大臨時會登場以來，六十天加十天，吵得比甚麼煽情連續劇都更火爆，別的節目都無足觀矣。

但其實大家都看得很煩，普遍的觀感是，吵得沒有甚麼水準；就像很差勁的電視劇，不合情、不合理，無理取鬧，所以沒看頭。

過去民進黨翻桌子，砸麥克風，主要理由是「萬年代表」在位，「結構不合理」。如今全面改選之後，老代表早已退隱，每位代表都代表最新民意的付託，從前那一套「打砸搶」搬到修憲的國大會場來，如何能讓同胞心服氣平？

有人說，民進黨的策略，就是要攪得國大開不成會，修不成憲，使大家對國大徹底失望，就可達到「廢除國大」的目的。

執政黨籍的國代們務應看清大勢，不要搞「窩裡反」，小私小利小算盤，同胞們看厭了、煩透了，「難道非要國大不可嗎？」提出這樣疑問的人越多，國大就越危險。除了國代端然自重，認眞工作以外，誰也幫不上國大的忙。

民進黨挾黨外的力量崛起，短短幾年間居然與執政黨分庭抗禮，當然不簡單。亦可見執政黨的施政尚有缺失，未能使全民滿意。那不滿意的一部分人，乃寄望於民進黨成爲「忠誠的反對黨」，朝野兩黨應從政策上從事良性競爭，民進黨到今天還只會敲打叫罵，未免辜負了支持者的期望，也低估了選民的政治智慧與判斷力。

其實，民進黨只要站穩了國家和全民利益的立場，可以貢獻之處甚多。試舉兩個例子：國代討論自身待遇，其事尷尬，頗招民間反感。民進黨團曾說「我們不要錢」，這就對了，這一手若眞能貫徹到底，比甚麼直選橫選的爭議都更得民心。

又一例，立法院裡有個跳來跳去的小丑委員，行止有虧，遭到民進黨黨紀處分。雖然此事還談不上「殺一人而三軍震」，但能斷然制裁一個大家都覺得可笑可厭的人，顯示民進黨還有是非，不護短，不全是政治頑童。

最近各方議論紛紛的黑道圍標工程案，傳有各級民意代表牽涉在內。又各銀行呆帳，也有民意代表借了錢不還。這類題目，民進黨應猛打直追，釘緊線索往下查。這才是忠誠的反對黨立功的機會。當然，民進黨要走這條路，第一個條件是自身必須乾乾淨淨，如果民進黨黨員也在包工程，吃銀行，那就只好「棉花店失火——免談（彈）」了。

民進黨諸君必須承認，去年底國代選舉，民意反對「臺獨」，已經表達得很清楚。貴黨部分人士的偏執狂，遠落於民意之後。今後應該找到眞正民間疾苦的癥結，好好下功夫。否則成天瞎吵亂叫，就算把國大吵垮，把五院吵散，對國計民生何補？對貴黨又有何益？

法國近期選舉，民意測驗中顯示，民眾認爲「政客對社會的貢獻，不如妓女」。千萬不要以爲我們老百姓永遠逆來順受，良善可欺。

八十一年四月八日

天道無親

古代的中國人，作學問要「學究天人之際」，講個人修持則要達到「天人合一」的境界。用現代術語說，就是要探索人與宇宙之間的關係，並取得人與大自然之間「萬物與我爲一」的大和諧。

至於天然災異等等，往往看作是一種「天心示警」，大旱洪水、地震山崩，都被解釋爲「人事」上有了嚴重的欠缺，而不止是自然現象。

不久前，在野的民進黨發動「四一九大遊行」，社會輿情反應，大都不以爲然。幾百幾千人露宿街頭，阻斷交通，上班上學的人無路可走，作生意的人叫苦連天，所謂「怨聲載道」，毫無過分之處。

就在那三天之間，有些奇怪的天象。

十九日上午大遊行剛開始，高屏地區十時半老天「變臉」，風雷交作，狂風暴雨中，夾著冰雹急降，「冰雹如高爾夫球般大小」，也和高爾夫球般強硬，瓜菜蕉園，頗有損折，萬幸沒有傷人。

二十日凌晨二時三十二分，臺灣地區地震，花蓮強度達五級，臺北也有三級，民眾多從夢中驚醒。

二十一日凌晨又有地震，震央在苗栗縣三義附近，強度四級。這是三義地方五十七年來第一次地震；民國二十四年四月二十一日（農曆也是三月十九日）發生的地震，曾奪走上千人的生命。

二十二日凌晨零時許，當臺北火車站前警民對峙之時，在場的人經連日來的日曬風吹，都已筋疲力盡，但火氣開始上升之時，忽然傾盆大雨，氣溫急降。

我平日對這類景象，不甚著意，而且傾向於「子不語怪力亂神」的態度；可是短短三天之間，連續發生這麼幾件不尋常的變象，是不是由於「人怨」也招來了「天怒」呢？

國劇「霸王別姬」裡，楚霸王項羽，不納其謀臣猛將的建議與妻子的諫阻，一意出兵，與漢王劉邦決戰。大軍出發之際，旌旗飄舞，軍容壯盛，可是項羽胯下的名駒，那匹烏騅馬狂嘶咆哮，舉步不前。一陣狂風，把象徵統帥權的纛旗吹折了。這顯然是不祥之兆。

項羽急召李左車問計，要不要中止征討？李左車的回答是：「旗折馬嘶，軍中常事。周以甲子而興，紂以甲子而亡，臣聞漢軍缺糧，大王不可坐失良機。」

於是項王決心已定，投入戰鬥。他不知那李左車乃奉劉邦之命前來詐降，進行「誤導」，把楚軍誘入陣地，中了漢將韓信「十面埋伏」，只好烏江自刎，一死了之。

同一時空，同一事件，爲吉爲凶，要看動機也要看結果。「周以甲子而興，紂以甲子而亡」，這是很具說服力的辯詞。甲子日有興有亡，未必是黃道吉日，也不一定就是凶煞。

往深一層著想，今日的天怒人怨，不止應在發動遊行的民進黨。把他們「慣壞了」的政府和執政黨又豈能說沒有責任？而我們這常常被當作籌碼的所謂「臺灣地區兩千萬同胞」，驕奢放蕩，任人擺布，是不是也招得老天爺怒氣不息，要用地震和冰雹來叫大家「悔改向善」？「天道無親，常與善人」，還是多行善事，自求多福吧。

八十一年五月二日

白臉後面

政治修明之道，必以人才爲先。而取才有種種不同的標準，最易引起爭辯的，便是「德」與「才」之難於兩全，究竟當以何者爲重？

能夠德才兼備，當然是上上大吉；如其不然，總要有個重點。中國傳統的理念，都是德重於才。「小有才而未聞君子之大道」，是最危險的事。

當然也有例外，譬如東漢末年的曹操，起兵於動亂之中，由一個割據州郡的小軍閥，逐漸竄起而形成「挾天子以令諸侯」的一世奸雄，把持政權，到他兒子手中完成了以魏篡漢的「功業」。曹操的用人，一反當時士人重視名節和操行的風尚，認爲「治平尚德行，有事賞功能」。太平盛世，方可以推崇道德的價值；到了四方多故、兵荒馬亂之時，就得要獎進能「辦事」的人。所謂「明君不官無功之臣；不賞不戰之士」。「德」可以擱在一旁無需考慮。這大體上是韓非子法家思想的實踐。

從漢獻帝建安八年到十五年，曹操的權勢越來越大，口氣也就完全不同，甚至明白地說，「得無有盜嫂受金而未遇無知者乎？二三子其佐我明揚仄陋，唯才是舉，吾得而用之。」盜嫂受金，乃倫常所不許，亦法紀所嚴禁。可是，在曹操的心目中，即使是罪犯都沒關係；篤行廉信之士，辦不了事，有甚麼用？

到了建安二十二年，曹操在政壇上勢力鞏固，唯我獨尊，其求才令也就格外露骨，並且假借古人來支持他的論點：「昔日韓信、陳平負汙辱之名，有見笑之恥，卒能成就王業，聲著千載。吳起貪將，殺妻自信，散金求官，母死不歸；然在魏，秦人不敢東向，在楚，則三晉不敢南謀。」於是他要求部屬，大膽舉薦人才，即使是「負汚辱之名，見笑之行，或不仁不孝」的人，只要是具有「治國用兵之術」，都將重用。由此可見，他對於「德」的條件，不僅輕視，而且採取全盤否定的態度，治國用兵，無需道德倫理的指導。比起西方的馬基維理「王者論」來，曹操可謂先知先覺。

曹操治國用兵皆見才略，而文采風流，自有格調，其詩文流傳至今者雖不多，但在文學史上有一席地位。在唐宋之前，史家對他的評價相當高，雖有「治世之能臣，亂世之奸雄」的說法；但有些人認爲，在那樣的時代背景之下，如果沒有曹操，也許會更加動亂。更多的人稱王稱霸，人民會受更多的痛苦。

蘇東坡〈魏武帝論〉，指出「世之所謂知者，知天下之利害，而審乎計之得失，如斯而已矣。」他批評曹操是「長於料事而不長於料人。是故有所重發而表其功，有所輕爲而至於敗。」後面這兩句話，正好是國劇裡從「群英會」到「華容道」的故事。

東坡議論縱橫，自有見地；但我覺得他所謂「不長於料人」，似不夠深刻。曹操之不長於料人，不僅在於對劉備、孫權的判斷不正確，更嚴重的應該是在他推翻道德價値、專注功能性的才具，重用有才而無德的人，縱令一時有速成之效，卻把世道人心搞壞了。魏晉以後的世亂紛紜，與道德基礎的崩潰，自有密切關係。

千百年之下，舞臺上的曹孟德，是以奸白臉的面貌出現。否定道德，排拒君子，一切手段都從功利觀點出發。最後免不了受後世史家的鄙薄譴責。他所能成就的，是點點滴滴的一時之利。他所毀壞的，是正常的社會規範與倫理標準。三國以後世道人心之敗壞，曹白臉要負相當責任。

八十二年七月十日

貝戈戈

臺北的年輕人曾流行一種說法，對於某些不大看得入眼的人，稱之爲「貝戈戈」，乍一聽好像是貝哥哥，其實就是最簡素的拆字格，貝戈戈即是「賤」。也算是罵人不帶髒字兒吧。

在《紅樓》、《水滸》這些小說裡，「小賤人」的說法常常看到，通常是罵人，偶爾也有親暱的反諷之意。其中不免包含著性別歧視（以男對女）、階級歧視（以貴對賤）；更厲害的則是常有價值鑑別的道德歧視。用現代語詞來解釋「賤」字，就是形容一個人全無尊嚴感。

全無尊嚴感，至其極也，便成爲「小人無忌憚」；說得更淺俗一點兒，便是「不要臉」，不知廉恥爲何物。人到了這般地步，做出甚麼「前言不搭後語」的事，也都沒有甚麼奇怪了；因爲他反正已經豁出去，甚麼都不在乎了。一個人能夠心平氣和地幹壞事，甚至還自以爲理直氣壯，可以侃侃而談，居然絲毫不覺得羞恥。這便是今日之病象。

不過，今日之病有甚於貝戈戈者，便是金戈戈。一個「錢」字，把甚麼尊嚴都打垮，拜金拜到癡迷的地步，男盜女娼，也都稀鬆平常。眼前見聞所及，樣樣事情都擺脫不了金光繚繞、臭氣千條的「金錢銅網陣」。從市井到廟堂，一切「鈔票掛帥」。像暴徒用炸彈勒索麥當勞，毋寧是「必然」的發展。爲了錢就可以無法無天。

王國維在《人間詞話》裡，曾引述兩段有趣的古詩：一是「昔爲倡家女，今爲蕩子婦。蕩子行不歸，空牀難獨守。」另一是「何不策高足，先據要路津。無爲守貧賤，轗軻長苦辛。」前者寫蕩婦之淫思，後者罵俗夫之貪鄙。王氏指此二詩「可謂淫鄙之尤，然無視爲淫詞鄙詞者，以其眞也。」文學上的眞，包括感情上的坦率，沖淡了道德意味的判斷。老老實實把內心裡的話都傾吐出來，不必遮遮掩掩，男盜女娼便是男盜女娼，你又能把他如何？今天若干檯面上人物被人們輕視，就因爲他們連這點「誠意」都沒有，所以才「貝戈戈」。

人間有「何不策高足，先據要路津」這種心理，往健康的方向發展，即所謂「力爭上游」。然若野心過大，不自度德量力，而只想著踩著別人的頭往上爬，其結果往往求榮得辱。塵世間的功名富貴，本來皆如過眼雲煙。求之不以其道，更有不可測的後患。個人的身敗名裂猶其小焉者；怕的是因個人的私欲無限擴張，搞到了禍國殃民的下場。

在一個紛亂的時代中，如何保持心地清明、天君泰然，不是容易的事。這要靠學問見識，更要靠道德修養。爭權者必奪利，說到最後仍脫不出金戈戈的羈絆。雖爲豪傑之士，運用這樣那樣的手段，揚眉吐氣一番，說了歸齊，仍會被人恥笑一聲：貝戈戈。此卽是「君子不重則不威」的下場。

八十一年五月九日

金牛

有位朋友說，他對「三三草」有偏愛，但最喜歡看的文章，「必須帶點兒辣味和火氣，才叫人過癮。」

其實我並無心於此，總覺得在這偉大的時代裡，煩心的事已經不少，「一怒一老」，能達到「晚來惟好靜，萬事不關心」的境界最好，發火有何用處?

近年來大家都討厭金牛，罵罵金牛是順人心也最容易的事。政壇上出現金牛，財大氣粗而見識迂淺，到後來一定惹禍，如英國人所說的「蠻牛闖進瓷器店」，唏哩大嘩啦。

讀一點點古書，才明白早年間的金牛並不是壞話。《瑞應圖》解說：「玉馬金牛者，瑞器也。王者清明篤賢則玉馬至，土地開闢則金牛至。」

清明篤賢則良才在位，土地開闢則國威遠揚，這兩個條件目前說不上，所以，玉馬金牛那些瑞器，也就不會應時而出。

「金牛」成爲醜惡典型的，也有一例。

唐朝的嚴昇期，官拜侍御史，糾彈百僚，官氣沖天。此人貪鄙無度，操行極劣，最喜歡的是黃金和水牛肉，在江南道巡察，所至州縣，烹宰極多。「大事小事，入金則弭，故江南號爲金牛御史。」這是所謂「火候到了牛肉爛，黃金送夠官司斷」，柏臺大人霜雪清操，就毀在貪墨二字，老百姓受多少疾苦，哀哀無告；官場中有多少黑幕，暗無天日，那都不待多說了。古往今來，貪官汙吏何止萬千，嚴昇期出名就出在金跟牛湊在一起，成爲有名的金牛。

大陸上有許多地名與金牛有關，《述異記》載有一段：「洞庭山中有天帝壇山，山有金牛穴。吳孫權時，令人掘金，金化爲牛，走上山，其跡存焉。」看來這金牛有似《封神榜》上的土行孫地遁的工夫。類似傳說還有若干起，很多人對金牛有興趣，但卻沒有人掘到牠。

另有一則歷史故事，也算有些時代意義吧。《蜀記》的記載，直如《木馬屠城記》的古中國版：「昔秦惠王欲伐蜀，路無由入，乃刻石爲牛五頭，置金於後，僞言此牛能屎金，以遺蜀。蜀侯貪信之，乃令五丁共引牛，塹山堙谷，致之成都。秦遂尋道伐之。因號曰石牛道。」

石牛能痾出金子來，當然是鬼話。貪心的蜀侯以爲得了大便宜，便下令工程特遣部隊開山關道，迎接金牛。金牛運到了，「難於上青天」的蜀道難，剷成平川大路。秦國的大軍緊緊跟隨而來，直叩都門，結果不問可知。

時代意義在哪兒呢？就在當前的兩岸關係上。共產黨盤算著「白衣渡江」，我們這邊可能有高明人士要耍一手「金牛開路」。

金牛至少要有兩個條件，第一自然是富而多金。多到甚麼程度，需要另組專案委員會，成立幾個小組，仔細去研究。究竟該以新臺幣十億或百億爲單位，要看大家的意見，十億以下談也不要談。

第二個條件更重要，必須是愚而自用，明明不懂裝作懂，錯了也不回頭的牛脾氣。一定要這樣，你說「此牛能屎金」，別人才會相信。

目前的兩岸形勢發展是，臺灣這邊的有錢人，已有不少位一頭栽進去，到大陸投資。也有幾位躍躍欲試，正在等待時機。政府有關部門雖然多方勸阻，曉以大義，剖陳利害，似乎鮮有成就，比扯住牛尾巴不許牠朝前走更難，很累人，而且不大好看。

何不換一個角度去看問題，乾脆採取主動，擺出金牛大陣，往前衝吧，這一場「社」、「資」大對決，勝負之數，無待蓍龜，當然是金光罩地、牛氣沖天的金牛隊大獲全勝。

金牛們大可不必忙忙爭逐立法院的席位。民主論政，絮絮叨叨，就算敲敲打打，也無啥風光。還是勇往直前，挾金奮進，到大陸上去推行國家統一綱領，作這奇譎萬變的大時代的開路先鋒吧。

八十一年九月二十六日

問小左

自從不再「動員戡亂」、不再戒嚴以來，臺灣的文化景觀頗有變化。最特殊的一點是，舊的新的各樣的左派，公開或半公開地露面了；有的甚至以烈士的面貌自居，破口大罵者亦非鮮見。可憐黨政大員們，內鬥起來雖然生猛火爆，但面對著踏進堡壘裡來的外患，似乎茫無所覺，「笑罵由他笑罵」；於是表現了比「唾面自乾」更高明的涵養功夫。

海外學人們把這一類縱橫之士，稱之為「臺灣的小左派們」，所謂小者，倒不是說年齡小、學問小，而是指其識見短淺，鼠目寸光。局氣甚小而影響亦殊微也。「小左」云者，就算是暱稱罷——雖然大家對小左們實在沒有甚麼可暱的。

小左們的說法，無非是活用三十年代國際共黨的那些名詞：法西斯、白色恐怖、階級敵人等等。種種惡毒的詛咒，刻薄的嘲諷，裡面都掩藏著一個明顯的企圖：先要取得意識形態上的優勢，製造「白衣渡江」的條件。

小左們生活在臺灣，論其內在與外在，其實都已經很「小布爾喬亞化」，甚至是「頭尖皮厚」的機會主義，東搖西擺的「風派」角色。他們的價值，無非在這兒唱唱反調，或轉彎抹角為「一個方向，兩個基本點」幫幫腔，大的作用是沒有的。

在臺灣的中國人，雖然彼此間懷著這樣那樣的異同之見，但對於共產黨那一套，倒並不迷糊。人們願意請教小左派：

你忘記了大陸上發生過三反、五反、土改鬥爭、再三再四的整風那些事情嗎？從一九六六年開始的「史無前例的文化大革命」，鬥得血流成渠，寃案如山，空間是遍及大陸全土，時間是連續十年。那樣的浩劫，在中國幾千年歷史上都是空前的。在臺灣的人逃過那場腥風血雨，你說究竟是幸還是不幸？

再往近處說，一九八九年六月四日的天安門血案，總是記憶猶新罷。外國人可以忘記，中國人忘得了嗎？小左們自己裝作不記得，也希望別人都不記得，辦得到嗎？大人物們以及工商鉅子們，對於「對方的善意回應」，抱著很不現實的期待。小左派的用處，就在提醒這邊的警覺。

小左，你知不知道，遲至今日你還要為那一黨垂死的教條來辯護，眞是不仁、不勇、不智。

大陸同胞受了那麼多的殘酷折磨，你何忍把臺灣兩千萬人拖下水？這是不仁。

功高如劉少奇、彭德懷都活不成，馴服如老舍之流都得自殺，你還幻想立功討好，豈非不智？

當初你或因某種特殊原因，一時激憤，誤入歧途，成了左道中的一分子，沉溺日深，不克自拔。可是，到今天應該覺悟，整個東歐都翻了，整個蘇聯的人民都反共了，中國大陸上沒有幾個人還迷信馬列史毛了。你應該有面對眞理的勇氣。

回頭罷，小左。一以貫之，原是高貴的情操，然而，已經確切證明那是一條錯路死路，再走下去，就太愚蠢了。「六四」近了，想想天安門吧。

八十一年五月二十三日

亮節

總統府資政楊亮功先生，於一月八日病逝，享年九十七歲，國喪老成，士失師表。在海外獲知噩耗，不能到靈前祭悼，中心尤感遺憾。

國人的習慣，對德高望重的長者，往往稱「公」以示尊崇，先生名諱中有「功」字，所以大家都尊爲「亮老」，幾十年前就是這樣稱呼。

亮老是留美學生的前輩，可能是中國人在紐約大學獲博士學位的第一人。回國後曾任北京大學文學院院長、安徽大學校長。後來爲當局徵召而入仕途，歷任監察委員等職。記得亮老由先總統蔣公提名爲考試院長時，監察院行使同意權，獲得全票通過，似爲空前絕後之事。亮老之才學淵雅，德望過人，於此可見一斑。

說到亮老之清操，文化界朋友有親身的體會。若干年前，亮老每於春節前後召宴寫寫文章的年輕人，到寓所小聚。有的是亮老的鄉晚輩，有的是舊日的門生受業，也有些只是文字結緣，得到老人的青眼，成爲忘年之交。

亮老平時在稠人廣座中緘默寡言，獨於這種小聚的場合，說文論道，談笑風生，或談掌故，或議時事，莫不有一分深厚的心意。亮老當年的寓所，處陋巷之中，小餐廳裡一張圓桌就擺滿了。席上菜肴，豐盛時鮮而絕不豪奢。生活之簡素平易，與我輩無異，對我們都是最好的身教。

某友人說，亮老光復之初來臺，任閩臺監察使，代表中央監臨百僚。當時若稍為身家謀，別的不說，至少居處不會這樣湫隘不便吧。然而，若竟是那樣，亮老也就不成其為亮老了。直到出任考試院長之後，體制所關，才喬遷新的官邸。

亮老的學問政績，非我所深知，更非小文所能道；我寫此文是在表揚那種日趨淡薄、漸行漸遠的醇厚士風與政風。

中樞遷臺以來，此刻被某些人稱之為「威權政治」的時代。退一萬步說，即令眞有「威權」，威與權的來源，來自道德者多，來自強制力者少。凡是樞要重臣之選，不僅要第一流的才識，更要第一流的操守。

自民國三十八年以來，五院院長副院長歷任者有四、五十人。各人的才能聲望和成就，評價雖有異同，但一個共同的最低標準是：取予授受之間皆清清楚楚。記憶所及，只有一位是受其家屬所累，帶著不光彩的疑雲而黯然掛冠。其人數年前下世，為全忠厚，亦不必再提姓名了。

幾十年間，院長級人物，從來沒沾染「金權」的汙穢，這固然是由於這些重臣大老砥礪名節，珍惜羽毛，更重要的應歸功於當年的政治倫理，以及實際運作中形成的不成文法。清議所許，眾望所歸，並不只是一句「恩出自上」就可以解釋的。

「升官發財」乃世俗祝賀之詞。但大家也都明白「為官清正」之理，管理眾人之事，要絕對清廉才會十分公正。岳武穆所謂，「文官不愛財，武將不惜死，則天下太平。」實千古不易之論。

發財之後作大官，並由此而發更大的財。這要不得！

作官之後發大財，並由此而升更大的官。這就更要不得！天下大亂，必由此而起。

往年情況是，那錢太多的人往別處去涼快，沒有人反對發財，但在院長級的人選中，卻絕不要金牛型的財神爺，而必須是冰雪清操、纖塵不染的正人。最高層的公務員有這樣的標準，方足以礪風俗而正人心。

眼前的情形似乎反其道而行，不僅官商勾結日切，甚至於發了大財才可以謀高位、作大官。官爵若竟可以「議價」，還談甚麼民主法治、內選外選之可言？

亮老以天年逝世，福壽全歸。他老人家所代表的「一介不苟取」的精神，政壇上已經很難看到。哲人日已遠，典型在夙昔，亮節高風，如何可以喚得醒這個渾渾噩噩、金光閃爍的時代？

八十一年二月一日

老 臣 心

在海外得悉周書楷先生逝世，驚愕與愴慟之情，連日不能去懷。前次在臺北相見，只見他談笑風生，逸興遄飛，精力充沛，一如昔年。誰想到就這樣匆匆去了，留下無限的哀思。

周先生是外交戰場上的重鎭，歷任外交部長、駐美大使等要職；都是當國家處境艱苦的時候，職責之重，心境之苦，非局外人所能體會。

周先生從青年時期進入外交界，畢生經歷，等於半部民國外交史，他曾講述早年在顧維鈞大使手下工作的情形，對顧氏之才華甚爲傾倒，尤其對顧氏勤於寫日記，有條不紊，持之有恆，認爲是常人所不及之事。周先生曾說，「退休之後，我最想做的事就是專欄作家。」我說，「您一定是各方爭聘的對象。其實，您不必評章時事，只是寫寫親歷的大事，足可嘉惠後學了。」聽說中央研究院原準備請周先生進行「口述歷史」；可惜遲了一步，聽不到他的證言了。

初次看見周大使，是在華府雙橡園。我和齊振一兄應邀參加美國新聞學會在哥倫比亞大學召開的亞洲編輯人圓桌會議，會後到華府參觀。那次和周先生相聚一個晚上。我覺得他言談風趣，但骨子裡是一位忠勤謹愼的公務員，「科班」出身的外交家。老友黃傳禮兄曾說，追隨周大使工作，十分辛苦，他自己從早到晚不懂甚麼叫休息，也很少度假，時時刻刻想的都是公事。「不過我們跟他的確學到很多作人治事的道理。」傳禮兄奉使拉丁美洲，爲國宣勤，是外交陣容裡的中堅。

後來幾年，我因公到歐洲，周大使駐節梵蒂岡教廷，往來必經，瞻拜的機會較多。一次是和朱炎、胡耀恆在丹麥參加國際筆會年會。會後到羅馬，義大利筆會和但丁學會的朋友們聚會歡迎。耀恆有一場有關中西戲劇的演講，場中一、二百人都是漢學界有關和文化界的要角，周大使那天與會甚佳，就中國文化和文學作了很精闢的講話，在耀恆講演後，還示範了一段國劇老生的清唱，唱的是「空城計」。從那次我才知道周大使眞下過點兒工夫，能一趕三唱「二進宮」。

有一年，我和殷張蘭熙女士到聖馬利諾開會。事前事後，周大使指教諄諄，他是擔當過大事的人，提示機宜，處處流露出操危慮深的心境；而且也很注意細節。當時義國境內工潮洶湧，火車、汽車、飛機輪番罷工。周大使懷中取出一張表，他已爲我們把往返行程都規劃好了。我們及時到聖馬利諾，發現有十多個國家的代表阻於道途。周大使細心遠慮，有如此者，相信他處理外交大計，一定更爲縝密。

還有一次也是在他駐教廷大使任內，民意代表的宴會，義方賓客遲未到場，引發責難。其實，拉丁語系國家習俗如此，八時晚宴，到十時才喝飯前酒，是常有的事。爲此而責備使館聯繫未妥，未免過情。周大使資深望重，不屑辯解，懂得的人都明白是非曲直。後來我見到他，大家都未提此事。

我辭行時，周大使忽然對我說，「你回去如果見到總統，請替我報告，在這兒已經很久，我能做的都已做了，很想早日回去。」過了一會兒又說，「羅馬的許願泉你們都去過。當地人說丟一個錢幣許一個願，將來就可以再來羅馬。我要許的願卻是，快快讓我離開，以後永遠不再回來。」

我聽了爲之愕然。使節進退，大臣出處，豈是我這一介書生所能置詞？周大使想來是信賴我的誠默守拙，才有此一託。

回國後，蔣總統關心歐洲文化界情形，有一番召見垂問。我乃得把周大使交代的話報告出來。當晚寫信給周先生：「……今日係『獨對』，晚乃不揣冒昧，轉陳我公去意甚堅之志，連許願泉的話也講了。但經國先生未示可否，只說『周大使這幾年很辛苦。』……」

國內政情變化，新人輩起，各行各業都有「接棒」之聲。可是，元首盱衡全局，在外交布陣上自有明斷。爲個人計，周大使早有退居林下，頤養天年的願望；但出於志士報國，酬答知遇的心情，寧願自己蒙汙受謗，也絕不肯把責任往上推，老臣孤忠，鞠躬盡瘁，求之當世，這樣的人不多了。謹記此一端小事，以明先生之志。

八十一年八月十五日

「細說民國」

雙十國慶，該是歡天喜地的日子。在海外，也仍有很多熱烈慶祝的場面。從前，十月慶典是最忙的一段時間，寫過多少莊嚴的文章，參加過多少隆重的儀式，眼前光景，「只今惟有鷓鴣飛」約略近之。

於是閉門讀書，讀一本與雙十節有關的書。

黎東方先生的《細說民國》——他細說的是從興中會到民國成立的史實。煌煌國史，中外名家寫過的大部頭專書已不知有多少本，但黎先生的書自有特色。他以史家嚴肅的態度，處理中華民族幾千年來的大變；筆法卻十分流暢生動，沒有一般學術著作的繁瑣沉悶，也絕非嘻皮笑臉冒充幽默。他做到了事事有來歷、字字有根據，而又筆端常帶感情。

黎先生河南人，一九〇六年出生，巴黎大學博士，曾任國內外學府的教授，林語堂先生創辦南洋大學時，黎先生是最重要的支持者之一。

老一輩人記得的是，抗戰期間他在重慶對公眾講中國歷史，從史實中激勵國人敵愾同仇、自立自強的精神。因爲他學問好、口才好，每有演講都吸引千百民眾爭相聽講。在戰時的山城裡，在不時有敵機臨空的威脅下，聽演講需要買票，而且場場客滿，惟有黎先生。把複雜的史實用極生動的口語表達，提要鈎玄，充分做到「深入淺出」的境界，這正是黎先生說史的特色——不是講故事，扯閒篇，而仍是在正史範圍和規制之內；他的「細說」系列之好處，與他早年之擅長演講有關。

黎先生爲「當代人應治當代史」有所辯，他說，

> 一個學過歷史方法的人，倘若只管過去的歷史，而不管現在的歷史，也多少免不了逃避責任之譏。懂得方法、知道應該力求客觀的人，不肯處理當代的史料，讓那些不懂得方法、不重視客觀，甚至用寫史作為達到其他目的之一種手段的人去糟蹋史料，厚誣今人——實在也辜負了自己的生平。

因此，當代人著當代史，特別需要勇氣，「必須是一個歷史家而兼大丈夫，才配得上擔承如此的任務，雖則這任務是自己交給自己的，也必須是自己交給自己的。」這些話，可見其人之風骨和抱負。

據作者序言所說，《細說民國》從民國五十二年元旦開始，登載在《香港時報》。「我很感謝許孝炎先生的鼓勵。陳訓畬先生不斷地督促我，叫我續寫……」算來這是整整三十年前的往事。許、陳兩先生都是新聞界的前輩。訓畬先生是我在研究所的老師。書生辦報，念念忘不了國家。《細說民國》正是用淺顯的方式，讓海內外中國人更加認識自己國家的由來。「先烈之血，革命之花」。

許先生、訓畬師都已作古，他們慘澹經營的《香港時報》，不久前也關門了。高齡八十有八的黎博士在洛杉磯近郊隱居，與外間少有往還。

《細說民國》是四十開本，兩册，四二三頁，六十八節，敍事簡練而得要領，對事件和人物的來龍去脈，交代清楚。他筆下的早期革命組織和先烈，都具有立體感，不只是一堆名號而已，其中有事業，有血性，有精神。

黎東方當年學成歸國時，與吳國楨聲名相若，同受時人器重。黎先生性格耿介，與流俗落落寡合。吳則長袖善舞，面面逢迎；後來飛黃騰達，歷任要職。中樞遷臺後，吳是第一個臺灣省主席。後來因案去職，到海外大唱反調，爲中外訕笑。有人爲黎東方之未盡展才而抱不平。黎先生說，「士各有志，各行其所安而已」。於此益可見其胸襟之曠達，管寧華歆，果然不同。

自臺北一別，與黎先生相違二十年了吧。重讀《細說民國》，遙念丰采，不禁想到，寫這樣的書，寫得這樣認眞的人，恐怕越來越少了。

八十二年十月九日

總統敬師宴

對於中國人來說，九月份裡的孔子誕辰和教師節，是一年裡最重要的節日之一。孔子是至聖先師，雖然廟貌莊嚴地被供奉著，但他是人而不是神。祭孔絕不同於膜拜神明，而是尊師重道的一種象徵。

早些年，教師節日還有一個節目，就是先總統蔣公的敬師宴，先是在中山堂，後來在陽明山中山樓。與宴者都是績學資深、名重士林的教授——他們是未經選舉而眾望所歸的教師代表。

在那種場合，老總統自己不多講話，只是再三致謝。有人說，彷彿老年頭大家族的家長，爲了酬謝各位教誨子弟、終年辛勤的老師，擺下酒席，慇懃致意，極富人情味。

當年國家財力艱難，雖然是元首請客，酒席不過只是一個名目，有一味復興鍋已算是隆重了。大家看重的不是珍餚，而是隆重之外的親切。

國家元首替全國的家長敬師，答謝清苦的教育界作育人才、孜孜終年的敬業精神，盛宴之中，副總統以次的文武百僚，都是陪客。像中央研究院院長（即使是王雪艇或胡適之）、大學校長（即使是錢思亮或于斌）都在陪客之列，至於教育部長（即使是張其昀或梅貽琦），更是敬陪末座。

那樣的宴會上，被推請坐在上席，或應邀「講幾句話」的，都是皓首窮經、終身以之的「陽春」教授。薩孟武、沈剛伯、陳大齊、方東美、錢穆、吳經熊……他們平日以講堂上授課和閉門研究著述爲主，與外間往來無多。那年頭還沒有電視開講，名教授不輕易爲報紙雜誌寫與本行無甚關係的文章，所以一般人雖也聽到了名教授、大學者的聲名，對於他們眞正的成就和貢獻卻不怎麼清楚。

教師節的宴會，在答謝辛勞之外，大概還有這樣一層深意：尊重讀書人，尊重知識分子，特別尊重老師。元首有表率群倫的身分，以具體的行動，來實踐和顯揚「尊師重道」的道理。雖然不過一餐之聚，卻可凸顯出教師不僅是清高行業，而是關繫著民族命脈、國家與亡的「造人」的事業。

德國大哲學家康德，在世八十歲，將近五十年都在教書。他強調，「好教育即是世界上一切善的源泉。」由此亦可見教師使命之重大。

反過來也可以說，世界上諸般罪惡與錯誤，都是起源於教育沒有辦好，或根本沒有教育。

國內的教育，從統計數字上去看，進步不少；但從社會整體去透視，問題很多。在我看來，過分重視了「術」，過分忽略了「道」，教育也患了支離症。各科各類的專精，有若干表現（只能說是表現，說不上大成就）；至於基本精神的凝聚與發揚，越來越「淡化處理」了。

在這種客觀情勢之下，「尊師重道」就格外有重大的意義。

李登輝總統和李元簇副總統都是學術界出身，杏壇講學，書生本色。可是，近年來總統府的聚會，除了國賓來訪，和黨政軍首長會議是例行公事之外，請工商界大亨吃飯有之，音樂、美術、宗教、體育等各界人士吃吃茶點者有之，對於教授和老師們，似較疏遠。這究竟是「同行相輕」呢，還是有甚麼別的原因？外間不太清楚。如果一定要等到人家得了諾貝爾獎或者來個反對黨甚麼的，才可以到介壽館去飲茶，那就不是「道」了。

前人留下的規矩，有的應學，有的不應學，有的容易學，有的想學也學不像。總統一年一度敬師宴，當年辦得到，今天更可以辦，尊師重道，總統府可為天下倡。經師人師，國是賴之。

八十一年九月十二日

學術中人

人生至於暮年，彌覺友情之可貴。見到老朋友們事功學問，與年俱進；身體健康，家室和樂，都有說不出的欣喜。可是，亦不免有同輩友好，或爲病魔所困，或竟先我而去。內心的愴痛，更不止悼惜而已。

老友繆全吉教授，平日意氣風發，議論縱橫，在那一群朋友中，被列爲「五小」之一——他是年齡比較小的；不幸因腦瘤症發，於六月二日在臺北逝世，享年六十五歲。長才未竟，令人有「天道寧論」之憾。

全吉是學術中人，亦是性情中人。世人對他可能有不同的評價。有人欣賞他治學篤實，思深慮遠，每能見人所未見，言人所不言，遂稱之爲「妙人」。也有人認爲他某些見解不中繩尺，驚世駭俗，責之爲「謬論」——都與他這「繆」姓諧音。

所以全吉欣然自解，「你們說我是謬論，只怪我的姓不妙；但我的名字叫得好。就算是謬論，結果卻是全吉。」

全吉專攻政治學，理論之外，自亦不能不論及國務時局。「如果眞照我的辦法，中華民國就有福了。」這是他在學問上的自信，非徒大言快意而已。

過去我只知道他是苦學有成，其間經歷之曲折，一直到讀了他身後的「事略」方得梗概。從民國四十年入行專，到五十六年成爲第五位國家法學博士，十六年間他讀過五所學校；以當年大環境之艱難，他能克服坎坷困苦，潛心學問，從無旁騖，著實難得。他的著作中，《明代胥吏》和《清代幕府人事制度》尤稱力作。有次聽他慨乎言之，「國民革命之初，官變而吏未變，以致政治的底層還是清末因循敷衍的那一套，所以鼎革之後亂象依然。」這是鞭辟盡理、觀察入微之見。

自兩岸逐漸開放以來，全吉曾將九旬高年的父母自杭州迎養來臺，晨昏定省。老母後來思念在家鄉的兒孫，全吉又自己背著老娘上下飛機，回歸故里。一時傳爲美譚。全吉爲迎送老親，也爲學術交流，數年間出入大陸不下十次。一度遠至新疆。我問他跑那麼遠幹甚麼？他說他去大學和機關演講，第一句話就說，「今天，我要跟各位講講三民主義。」別人講這話，我未必盡信；但是小繆這樣說，我毫不置疑。因爲這正是他爲人處世、「出其不意」的一貫風格，其人之忠孝大節，於斯可見。

二十多年前，全吉應臺灣大學之聘在政治系和政研所任教。當時的系主任連永平博士，即前述「五小」之中最爲傑出的一位。今春連氏拜命組閣，以他們二位交誼之厚，相知之深，全吉應可本其所長有所獻替，不意竟於此時病發而不起。

東坡有〈蘇潛聖挽詞〉七律一首：

妙齡馳譽百夫雄，晚節忘懷大隱中。
悃愊無華真漢吏，文章爾雅稱吾宗。
趨時肯負平生志，有子還應不死同。
惟我深思十年事，數行老淚寄西風。

全吉無子而有三位冰雪聰明的女兒。除此點之外，詩中稱揚皆有暗合之處。在全吉兄公祭之前一日，謹借前賢的名句，奠告亡友的英靈。

八十二年六月二十六日

朱夫子一疏

海內海外關心國事的人士，近月來的話題集中在卽將到來的縣市長選舉，對於兩項「比數」，與趣尤濃：一是原有的朝野陣營席次的增減進退，一是各陣營總得票數的升降變化。越臨近投票之期，各種調查與分析亦必隨之增多。

不論有多少種統計和理論，基本上的數字只有一組，那就是民心。得其心者得其人，得其人者得其票，這是自然之理。

西方傳播學者每每強調，「輿論不是只有一種，而是有許多種」，道並行而不悖，民心也有許多不同的道理。到了時候，會從選票上表現出來，「一一垂丹青」。

有關民心輿情的解析，衆說紛紜，莫衷一是，歌功頌德者很多，指天咒地者亦不少。站在立言盡責者的立場，當然要實事求是，好話壞話都無所避忌。我們以生活在民主時代爲榮，自以爲「天下莫予毒焉」，所以甚麼話都敢講，大勇無畏，正正堂堂。

可是，讀古人之書，覺得千百年前專制時代的知識分子，更有膽識和正義感。儘管那年頭進言稍有不合上意之處，就可能有不測之禍。但正人君子當仁不讓，直言諫諍，略無瞻徇。其尺度之寬，辭鋒之嚴，都比現代人高明許多。

南宋朱熹的〈南康上疏〉，就是極有見識，也極爲剛直的典型文章。南宋孝宗時，雖知朱夫子的高才，卻未能重用，在南康訪唐代有名的白鹿洞書院，奏復舊規，大興儒學，在文化教育上發生重大影響。淳熙六年（西元一一七九年），夏日亢旱，孝宗下詔訪求直言，遂有朱熹上疏這篇流傳千古的大文章。

朱熹開宗明義就指出，天下之務，莫大於愛護老百姓。而爲民服務的根本，「在人君正心術以立紀綱」。這是主旨所在。

國家紀綱之所以立，「必人主之心術，公平正大，無偏黨反側之私，然後有所繫而立」。作爲政治領導中心，無需全知全能，但他必須勉力做到公平正大。沒有正人，不會有正法正道。古今中外皆然。

君心並不能自立，「必親賢臣，遠小人，講明義理，閉塞私邪，然後可得而正」。在所謂專制政體之下，制度上的不完美，可以由人事的健全上求得補償。

下面的一段話，講得很厲害，直有「嚴如斧鉞」的正氣凜然之感：

> ……陛下所與親密謀議者，不過二三近習之臣，上以蠱惑陛下之心志，使陛下不信先王之大道，而悅於功利之卑說；不樂莊士之讜言，而安於私暬之鄙態。

用現代話來說，便是那極少數近倖的小人，一不研究三民主義，二不篤行國家憲法，只在急功近利的枝節上動腦筋，事情怎能做得好？

接著論小人之禍害：

> 下則招集士大夫之嗜利無恥者，文武彙分，各入其門，所喜則陰為引援，擢置清顯；所惡則密行訾毀，公肆擠排。

凡是政局演變到這一步，大概就是所謂國事日非，天下要亂了。

> 使天下之忠臣義士，深憂永歎，不樂其生；而貪利無恥，敢於為惡之人，四面紛然，攘袂而起，以求逞其所欲，然則民安得而恤？財安得而理？軍政何自而修？土宇何自而復……

在學術史上，朱熹是上承孔孟、成一家之言的大儒。在一般人的印象中，是帶些頭巾氣的道學先生。殊不知他對時務政局有這樣激烈嚴正的建言。當然，這次上疏惹得皇帝老官沖沖大怒，若非大臣力保，說不定連性命都難保。批逆鱗，逢上怒，在世俗眼中是只有傻子才肯去做的事；然而，朱夫子半生仕宦，因此疏而留名。他在事功上可謂一敗塗地，可是學問思想上成就卓然。他的這一團正氣、滿腔忠義，也是很多貪慕功名利祿的人們望塵莫及的。

今日之事，不見得比南宋好多少，然而，肯吐直言的人越來越少。爲政而未能以至誠至公去贏得民心，光去推蔵數字，是找不出正路來的。

八十二年十一月六日

君自此遠矣

朋友說，十月裡有各樣重大慶典，所以會使人格外地愛國。我的感覺是，一旦身在異域，海天遙隔，那便月月都是十月。「人生豈得常無謂，懷古思鄉共白頭。」愛國也會讓人白頭的。

但是，此刻的愛國心是相當低調的。只希望長者健康長壽，少壯平安和諧，不要出甚麼不好的事情；尤其不要因爲我們自己的愚昧而走錯了腳步。

這樣低調的願望，竟很不容易實現。於是發生了令人嘆息且憤慨的「倒王」事件。省市議會差不多同時行動，爲了抗議土地增值稅政策，要求撤換財政部長王建煊，王部長最後提出辭呈。當我執筆寫此短文時，他已兩度請辭，郝柏村院長兩度慰留。

照常情，代表民意的各級議會，要財政部長下臺，本應該是大快人心的事。因爲財政部長雖不是大家討厭的金牛，卻往往被定位在「聚斂之臣」，正是孔子所說的「小子鳴鼓而攻之」那樣的人。

事實卻大謬不然。連日來看到聽到的，廣大的民間反應、知識界輿論界的批評，包括黃碧端教授那篇精闢的短論，幾乎全都是站在王建煊這一邊。有人勉勵，有人慰問，大多數希望他堅守立場，當仁不讓，不應該在這時候掛冠求去。

高深而專精的財稅理論，也許非一般外行人能懂，但依照土地交易的實際價格徵稅，並沒有那麼玄奧。也許爲了政局的安定，這件事目前尙非「當務之急」，但絕不能說那樣作是不對；更不能說建議那樣作的財政部長就該下臺。

事情總有是非，道理總有曲直，究竟應該怎麼樣徵稅，才符合公道的原則，眞正符合大多數國民的利益？這要弄清楚。

如果說王建煊只是「官意」（且只是他一個人或少數人的官意），他不可能得到這樣普遍而強烈的支持。

然則眞正的民意究竟在哪裡？

以前常聽說「官意」、「黨意」與民意不一致，在土地增值稅的問題上，讓大家瞭解，原來所謂民意竟是這樣曲折複雜。

王建煊今後行止如何？是堅決求去，抑或在長官慰勉、民眾呼籲之下續任艱鉅，我完全不曉得。如果容許我設身處境提出建議，很簡單一句話，不幹也罷。

大概有人會說，王建煊即使辭職，中華民國不愁沒有當財政部長的人才。

但從另一角度說，王建煊辭官不作，不愁沒有在其他方面施展才華、報效國家的機會。

這樣一個清廉負責、有爲有守的幹才，如果是爲了政策和理想不能貫徹而走，在政壇上眞可說是罕有的「佳話」。因此而留下的去思，遠比當一個窩囊部長高得多。至少可以換得堂堂正正的心安理得。

《莊子・山木篇》有一段很美也很灑脫的話：「君其涉於江而浮於海，望之而不見其崖，愈往而不知其所窮，送君者皆自崖而反，君自此遠矣。」

昔人說，莊子浮於哀樂，而不滯於哀樂，雖然傷感而又能自遣，所謂入而能出，自然超脫。在一個越來越容不下好人的社會裡，不走何待？這樣辭職而去，不是一個蒼涼的手勢，而是讓眾人沉思反省的鐘聲。君自此遠矣。

八十一年十月十七日

秋心

「何處合成愁？離人心上秋。」不幸如今正是深秋天氣。去國懷鄉之人，如韓愈所說的「窮居而野處，升高而望遠，坐茂樹以終日，濯清泉以自潔。」這樣的日子，差不多已近於起居無時，惟適之安的境界，理亂不加，寵辱兩忘，還有甚麼可憂可愁的？說來說去，無非是想到臺灣，聽到臺灣傳來的事情。像十一月十一日一項重要會議裡的報導，那張報我剪下來又看了幾遍，眞是「剪不斷，理還亂」，越看越覺得心酸，說不出的難過。

李登輝總統一再聲明，中國就是中華民國，臺獨是絕對走不通的路，話講到此處，就非常之好；下面關於李瑞環的話，大可以不講。至於「一個中國」的涵義，要再加研究的裁示，外間的意見似乎覺得不必。否則將置國家統一委員會的研究結論於何地呢？

在先總統蔣公生平言論中，有沒有「一個中國」這樣的說法？即使有過，也跟目前有些人的說法涵義完全不同。在蔣公的心目中，中國是崇高、完整的存在，不能「論個兒」掂斤兩的。自從中華民國建立之後，再沒有別的中國。

因為國家至上，中國唯一，所以才會有「漢賊不兩立」。儘管當時很窮、很亂、很弱、很危險，但我們畢竟挺過了那一段艱難歲月，也奠定了今日自由繁榮的基礎。為甚麼？因為有堅強果決的決策，敵友之辨，義利之分，都是清清楚楚的。

當然，這幾年來情況大變，和大陸上的中共，由對立轉化為和解，這一轉化的過程相當突然，有些人難以適應，有些人想從中取利，於是步調不一。社會上有種種不同意見，連執政黨也出現了相當不一致的看法，這樣繼續搞下去，臺灣有甚麼前途？中國人有甚麼希望？

譬如李瑞環那段話講了沒有，內容如何，應該不是討論的要點，更談不上甚麼「誤導」。共產黨如果開開玩笑，就叫李瑞環甚至比李地位更高的人，把那「反臺獨」的話再講一遍，「寸土不讓，不能和稀泥，甚至犧牲流血，前仆後繼，亦在所不惜。」這在他們不過是開口之勞，隨時可以做到。臺北下面的文章就不好寫了。

我們反臺獨，中共也反臺獨，原因不一樣，「反」的方式也不同。我們對臺獨，看作是離家的浪子，希望他有回心轉意、重作新人的一天。至於中共，如果武力上占更大優勢，政治上再多幾分把握，對臺灣動武是極可能的。臺獨的出現，不過是給中共一個「正大光明」的藉口。

李總統和國民黨堅決反對臺獨的立場，都不容懷疑。不過，從解嚴以來，政府的措施越寬大，臺獨分子反而越囂張；最近甚至連執政黨籍的一、二民意代表，也附和「一中一臺」。這樣案件的處置，本應一清二楚、無需瞻徇的，現在卻似乎變了性質。在這問題上還要鬧意氣之爭，那就太當不起「承先啓後」這幾個字了。

當家人的爲難之處，大家要體諒。但是，當機立斷，不可姑息，這是各方對當家人的翹望。

歐陽修〈秋聲賦〉裡說，秋日其色慘淡，其意蕭條，其聲則「淒淒切切，呼號憤發……其所以摧敗零落者，乃其一氣之餘烈。」臺灣現在需要的，正是這不容許和稀泥的「餘烈」。

八十一年十一月二十一日

「銅 銩」

八十多年前，中華民國肇建之初，由君主而共和，在政府的體制、組織、名稱等各方面，都有煥然一新的變革。在民間，變化雖不那麼明顯，但也有許多「新」的流行。譬如像「大人」、「老爺」之類的稱謂，被人視爲落伍反動，凡沾新派氣息的人物，以「君」互稱，帝王專制時代，天地君親師，「君」是天地之外最爲尊貴的對象。事君不忠，奉親不孝，那簡直就無所託足於天地之間。革命之後，幾千年相傳的「君」被推倒了。民主時代，人民至上，所以老百姓都可以稱「君」，彷彿人人都已經「南面王不易也」那樣神氣。

但這種改變，畢竟只是浮光掠影，而且是有心人士鼓吹倡導，而非水到渠成、眾謀咸同的演變。五四時代的新文藝作品裡，還有一些張君、李君的說法；但後來漸漸被「密斯特」、「密昔司」等譯名取代，老式的「君」抵不住新來的西潮。

在南方的政治圈裡，國民黨活躍的地區，「同志」漸漸流行。「二人同心，其利若金」，可知這樣的稱呼有多麼厲害。

共產黨那一圈子，後來也盛行以同志相稱，而且叫得更熱呼。誠如吉拉斯所說，共產黨在得勢之後，已經成爲一種新階級、新貴族。「同志」起碼也得是個黨員，至於史達林同志、毛澤東同志等等，好像廢除官銜，眾生平等。切不要忘了《動物農莊》裡的警句，「大家都平等，但他就是比別人更平等一些。」

同志本來是冠冕堂皇的用語，可是，在大陸上已成爲諷刺。自文革以後，劉少奇、彭德懷、林彪等，都是同志，有時還要特別加上「親密戰友」等高級形容詞；不旋踵之間被鬥垮鬥臭，很不同志了。過一陣風水輪流轉，有的又據說是平反了、恢復名譽了，因此也就由叛徒、內奸一變而又成爲同志了。

這樣翻雲覆雨、折騰幾回之後，究竟誰是同志、誰不是同志，或者誰原來是、後來不是、更後來又變回來成了同志，很讓人傷腦筋（譬如趙紫陽還能不能以同志的面貌出現，就大成問題）。

所以，今日大陸上受聽的尊稱是：「師傅」，無分男女，無分老少，師傅已經取代了同志。這一名之微，很微妙地反應出大陸人心的變化。信仰既然發生危機，基本的共識沒有了，誰能相信誰是同志？

臺灣的情形比較有趣些。在民國三十八、九年，經過了空前的慘變之後，痛定思痛，

「同志」好比親逾骨肉的關係，而且恢復了幾分早年的光采。「某某人是好同志」，便是極高讚美。不幸的是，局勢好一點兒，想法和說法就變了。當大家很注意外匯存底有多少多少億，且引以自豪的時候，同志之說渺乎小矣。甚至於在某些靠著耍政治吃飯的人口中，「忠黨愛國」也成了帶有輕蔑嘲諷意味的話題。黨跟國都很重要，但都趕不上鈔票重要。財大者氣粗，金多者勢壯，鈔票掛帥之後，同志就像滿清末年的候補道一樣。可以上秤秤的，有甚麼稀罕？

民主政治不能沒有選舉，選舉的時候，本來最需要同志們幫忙捧場，以張聲勢，也該是同志最受歡迎的時刻。但現在各黨各派的作法，都很令人眼花撩亂。有的本來不是同志，忽然之間，不但成了同志，而且馬上收編，賦予衝鋒陷陣的政治任務。有的已是同志了許多年，忽然連黨籍也掛不出來了。

於是有人說，這年頭兒沒有同志，只有「銅鋕」，要加上「金」爲公分母，才算得是「志同道合」。

選舉是要花大錢的。聽說今年的立委最貴的可能要兩億。不「銅鋕」怎麼行？

《後漢書》記載，「靈帝時開鴻都門，榜賣官爵，公卿以下皆有差。」有個叫崔烈的，花了五百萬錢居然當上了司徒。崔烈問他的兒子，「外間風評如何？」兒子說，「您年輕就有才名，又歷任要職，當然可以晉位三公。可是您上臺之後，天下失望。」為什麼呢？兒子說，「論者嫌其銅臭。」銅臭這個名詞，原義專指花錢買官而言，今乃指一切涉及金錢的壞事。

當前的種種典章制度，組織文宣，已都「無力感」起來。如何把「銅銑」們篩檢出去，只有靠選民的良知這最後一道防線了。

八十一年十二月五日

震盪

此刻心境，讀讀《孟子》很合適。開宗明義第一段，就是孟子對梁惠王說，「王何必曰利？亦有仁義而已矣。」孟子的道理很簡單，「上下交征利，而國危矣。」所以他竭力鼓吹義利之辨，尤其掌握政權的人，更不可老是在「利」字上動腦筋。

在第二屆立法委員選舉完成之後，報上斗大標題，「國民黨空前挫敗」。執政黨這次獲票率只有百分之六十一，在立院總席次的比率劇降百分之十三。難怪說「高層政局震盪」了；心裡不免難過。

然而，令人興奮的是，王建煊、趙少康這兩位辭去官爵、自行參選的「非銅銡」，竟然分別以全臺北、全國最高票而當選。沒有人說他們買票，他們沒有錢，退一萬步說，就算有錢，也不會笨到買那麼多票——他們得的票，足夠七、八個委員選出來。「讓好人出頭」，「爲好人出氣」，民心所向，蓋可知矣。

但是，馬上又看到，民進黨由十八增加到五十席，多位主張「臺獨」的候選人紛紛高票當選。另有一股民心所向，朝向另一個極端。那些委員們將來會很勤奮、很細密地用立法的方式，把中華民國廢掉。

責人莫若修己，民進黨人怎麼想、怎麼做，是他們的事。國民黨這邊有沒有盡到維護中華民國國家安全和國民福祉的責任？這才是大義之所必爭。

有人——不止幾個人，而是相當普遍的看法，認爲執政黨的理想性和道德性越來越低，不足以號召群心。有些事情上（特別是表現在有關人事問題上），急功近利，金權與黑道勢力公然介入政治，把政壇搞得烏煙瘴氣，執政黨要負相當責任。

義是甚麼，「行其所宜謂之義」，是該怎麼做，就怎麼做，很簡單的道理。

中華民國要生存、要發展，憲法之治是大原則，憲法精神裡本來就有，反共產，反臺獨，反抗任何足以威脅國家安全的外侮內患。

國民黨近年所做的，似乎是四面八方去討好。若能以好換好，倒也罷了。結果是事與願違。有的人以「和稀泥」爲開明，首鼠兩端，吞吞吐吐，誤以爲這樣做，「利在其中矣」。其實是大錯了。

所謂義利之辨，容易被人責爲迂闊，其實這才是最現實的東西。失去了「義」的標準，連君子小人都分不淸，還談甚麼選賢與能？還談甚麼共同理想？

民進黨雖然有所斬獲，但仍有根本的缺失。如果民進黨不搞臺獨，在公共政策上多提具體主張，可能得到的席次更多。因爲，眼前的國民黨大概是改造以後四十多年來最窩囊的國民黨。這一番低潮過去，痛定思痛，重加整合，國民黨雖然不復一黨獨大，但依然是第一大黨。振衰起敝，前途仍有可爲。

太注意一時之得失，個人的升沉，所謂名繮利鎖套上頭來。選舉已經過去，許多窩囊事都不必再提。像這一陣「王趙旋風」，其實也就是「行其所宜」的例證。他們作的是他們自認應該作的事。選民覺得應該支持他們，於是他們就「超額」當選了。經由群體智慧作了這樣的決定，讓人鼓舞欣幸；天下事，有可爲。

至於說臺獨呢？如果將來民意由百分之三十幾變成六十幾，怎麼辦？

我依然很樂觀，以中國人的聰明才智，不會看不透這一點。從元首到小民如我，都堅決相信「臺獨是一條絕對走不通的路」。難道一定要試了才死心嗎？

八十一年十二月二十六日

有容

中國的政治家，講究要胸襟開闊，氣度恢宏，《書經》上說，「有容，德乃大」。越是能容人越是偉大。相反的則如《莊子・庚桑楚篇》所說，「不能容人者無親，無親者盡人」。最後便陷於四面楚歌，處處是敵人了。

孔子的立身處世之道，「一以貫之，忠恕而已矣」。這恕字也有容人的涵義。

近代西方政治每多強調容忍，特別是指容忍反對的意見。伏爾泰所謂，「我完全不同意你的看法，但我全力爭取你把意見說出來的權利」。此正是民主的奧義。

另一種容人之量同樣難得，那就是能容忍，能接納在自己陣營裡不同的（有時是更好的）見解；能跟不同流俗的人才推誠合作。有些時候，朋友或幹部在某一方面比當領袖的人高明，作領袖的能夠欣然相處，不但不以爲忤，而且更加推心置腹，善盡其所長，這就是成功立業的大人物的標格。

三國時代的劉備，如果草草看去，此人除了是「中山靖王之後」這一個條件之外，幾乎別無所長。論文韜武略，所謂運籌帷幄之中，決勝千里之外，他遠不及諸葛亮和龐統。不要說臥龍鳳雛，就一個徐庶也比他高明多多。

至於戰陣之勇，劉備麾下的五虎上將，關羽、張飛、趙雲、馬超、黃忠，皆萬人敵也。劉備揮舞雙股劍上陣，最出名的一役，是「虎牢關三英戰呂布」，哥兒三個聯手也只跟呂溫侯打成平手，並不是甚麼光彩的紀錄。

在群雄並起、各霸一方的時代，魏之曹操挾天子以令諸侯，得天時之便。吳之孫權雄視江東，國險民附，享地利之勢。劉備於歷遭顛沛挫敗之後，竟能開創鼎足三分之局，主要條件是人和。劉備之知人、容人、信人，正是人和的主因。

五虎上將個個是英武蓋世，忠義嶔崎；可是，除了趙子龍之外，另外那四位或驕矜，或粗莽，都很有「性格」。然而一旦作了劉備的部屬，便都甘效犬馬、誓死靡他。贏得這些英雄人物死心塌地效忠到底，就很不簡單。

劉備與諸葛亮的君臣關係，如魚得水，更是千古難得。三顧茅廬，顯示劉備求賢若渴的誠意與虛心。隆中一對，表現諸葛亮洞燭全局的先知和遠略。這就是決定歷史命運的一剎那。

自此之後，「玄德待孔明如師，食則同桌，寢則同榻，終日共論天下之事。」

拋開演義裡和舞臺上給我們留下的形象：劉備並不是那樣怯懦猶疑、畏難怕事的窩囊廢。諸葛亮也不是掐指一算、呼風喚雨的活神仙。他當然是智略過人的天才，但若沒有劉備的知人善任，全心信託，恐怕他也無法充分發揮那以寡克眾、制敵決勝的長才。

早在青梅煮酒之時，曹操就曾對劉備說，「今天下英雄，惟使君與操耳。」曹操爲英雄下的定義是：「有包藏宇宙之機，吞吐天地之志者也。」可見劉備之不簡單。

在火燒連營七百里的大潰敗之後，劉備臨終託孤，流著淚對諸葛亮說，「君才十倍曹丕，必能安邦定國，終定大事。若嗣子可輔，則輔之；如其不才，君可自爲成都之主。」諸葛亮聽畢，汗流遍體，手足失措，泣拜於地曰：「臣安敢不竭股肱之力，效忠貞之節，繼之以死乎！」

有人說，劉備之言未必出於摯誠，他說的是反話。我的看法不是如此，劉備志在翦除國賊，復興漢業；他已看出兒子阿斗並非堪當大任之材，所以他要以「心腹之言相告」。至於諸葛亮的反應，則是典型的感激知遇，鞠躬盡瘁，略無僭越之想。否則不但與傳統的政治倫理有違，連做人的道理都不合了。

傑出的人才不易得，集合許多傑出的人才於一堂，而能共患難，同安危，肝膽相照，同心若金，更不是偶然的事。關鍵之一，就要看在上位的人是否能做到開誠布公，休休有容。

評量古今人物之高下，尤其是政治上負領導責任的人，不在他自己有多大的本領，而要看他是不是眞正的「有容乃大」。

八十二年一月三十一日

壯士心，孤臣淚

上元夜，陰雲四合，未見月華，與日來的心情頗相近。臺北爲了內閣總辭，前後紛擾了幾個月。身在海外，心念鄉邦，總還冀望著有一番雲開月霽的轉機，增一分和氣，卽是添一分元氣，結果是悵然廢然，哭都哭不出來。

報上說，謝東閔、孫運璿兩先生曾有求見進言而「未獲安排」的事。孫先生談及國事，痛心垂淚。謝求公更口吟丘逢甲的詩句，「孤臣無力可回天」，其心情之沈重可知。這兩位舉國敬仰的大老，都處於這樣的「無可如何之境」，我輩草野流民，還有甚麼話好說。

丘逢甲乃清末民初臺灣抗日的志士。甲午戰役，清廷割讓臺灣給日本，逢甲獨申大義，嚙血力爭；倡議立「臺灣民主國」，草擬憲法，開議院，定官制，自組義軍守臺中。卒因眾寡不敵，潛渡廣州。此後致力教育事業，兩廣革命志士多出其門下。其子名爲「念臺」，以示不忘雪恥復臺之志。丘先生逝於民國元年，年僅四十九歲，沒能看到臺灣的光復。

謝資政引的詩，原題〈有感書贈義軍舊書記〉，共四首。依詩中所言，是在馬關條約割臺（一八九五年）後五年所作，去今九十餘年矣。燈前展讀，重有所感，且有新的詮釋，似與眼前景況亦頗相合：

其一

拜將壇高卓義旗，五洲睽目屬雄師。
當時力保危臺意，只有軍前壯士知。

〔彭注〕光復而後，再起風雲，海峽戰端時起。八二三之役，將士鐵血奮戰，保住了臺灣。郝柏村當時是鎭守小金門的主將。觀其在國大會場上振臂高呼「中華民國萬歲」之時，正氣凜然。歷經艱難而有此壯烈的心情，也正是「只有軍前壯士知」了。

其二

宰相有權能割地，孤臣無力可回天。
啼鵑喚起東都夢，沈鬱風雲已五年。

〔彭注〕當年割地者是宰相李鴻章，無力回天者是在臺灣「義不帝秦」的孤臣。今日種種亂象，非因強鄰壓境，而在於上下離心，誰對誰都沒有甚麼敬意和信心。大局明明可爲而變成不可爲，豈不是比馬關之後的景況更令人憤憤難平？

其三

鳳凰臺上望鄉關，地老天荒故將閒。
自寫鄂王詞在壁，從頭整頓舊河山。

〔彭注〕精忠報國的鄂王岳飛，壯志未酬，出師未捷，爲奸佞所陷，成千古遺恨。「待從頭收拾舊山河」，慷慨昂揚，擲地有聲。逢甲先生於事敗後到廣東徐圖再舉。我們今天萬一失敗，連想要「鳳凰臺上望鄉關」也不可得。沒有中國，還有甚麼鳳凰臺？

其四

誰能赤手斬長鯨，不愧英雄傳裡名。
撐起東南天半壁，人間還有鄭延平。

〔彭注〕前面的沈鬱悲愴，到此仍然歸於雄邁義烈、一往直前的奇節。臺灣能堅然挺立，不僅是撐起東南半壁江山，而足以影響到全中國，扭轉全體中國人的命運。鄭成功及其後人，憑一孤島與滿清周旋，延續明祚達二十二年。英雄偉業，永垂青史。這一代在臺灣的中國人，應該更有「人間還有鄭延平」的抱負。

不過鄭氏王朝的分崩挫敗，也值得省思戒惕。由於自身的分裂與對立，才造成了敵人可乘之機。往史斑斑，令人驚心動魄。鄭克𡒉之受屈被害，陳永華之罷黜兵權，都種下了敗亡的原因。

「宰相有權能割地」，固然是喪權辱國的悲劇；把一個政績良好、深得民心的宰相逼下臺去，其實更是悲劇。好人都走了，國家怎麼辦？

有人說，郝柏村之去，是因為他堅決「反臺獨」。這是甚麼話？難道以後的「宰相」能夠不反臺獨嗎？

謝求公是臺灣人，孫資政是山東人，他們對國家的貢獻，海內外同胞永懷不忘。他們的悲憤與熱淚，無非是為了回天乏力。難道「天意」眞是這樣不愛中華民國嗎？

八十二年二月十三日

交替

改革，說起來頗有誘惑力。特別是遭遇到某些難局之後，便讓人想到「窮則變，變則通」的老話。本來好像已是山窮水盡疑無路，這樣那樣變一變，說不定就會柳暗花明又一村，找出新境界來。

問題是，改革要往好處改，如果只是爲變而變，事前並無周詳的計畫，對改了以後的結果又沒有甚麼把握，那就不能叫改革；正如前些時一位大老的名言：「天下本無事，庸人自擾之」。

近來由改革聯想到一個有趣的例子。

美國通用汽車公司舉世聞名，它不但是全球最大的汽車生產者，也是世界上最大的企業。通用生產的各類汽車，曾經達到占美國市場將近一半的好景。方其極盛之時，每年營運上千億美元，員工七十多萬人。可是，正由於過去的成功，養成「獨大」的心態，研究發展漸漸落後，管理經營又有缺失；通用各型汽車的平均生產成本，單單工資一項，每輛車要比福特公司高出八百美元，由於經濟普遍不景氣，消費者自然要斤斤計較，通用的業務江河日下，虧蝕累累，於是只好關廠裁員，不勝悽慘。

通用有名的廠牌，雪佛蘭最大衆化，往上是奧斯摩比、別克，以至凱迪拉克，各有特色，各有銷售的對象。

其中「奧斯摩比」屬中上級，據調查第一次買這種車的人，平均年齡五十五歲，收入大概也是中等以上。開這種車的名人，包括新任美國總統柯林頓的夫人。當希拉蕊仍是住在小岩城的州長夫人時，就駕一輛藍色的奧斯摩比，送女兒上學，再到律師事務所上班。

通用的領導階層爲推廣奧斯摩比的銷路，要使它年輕化，從外形到機能，都作了一些修改，並推出了一句廣告詞兒主導著「推陳出新」的宣傳攻勢。那句話簡單明白，大概很花了一番心思：This is not your father's Oldsmobile。

直譯過來便是：「這不是你老爸的奧斯摩比」。意思很明顯，表示著求新求變的決心，正所謂「世代交替」罷。

然而，推行之後結果如何呢?

早自一八九七年創出牌子來的奧斯摩比，擁有將近一百年的歷史。一九八六年銷售量約一百萬輛。可是經過「交替」的折騰之後，到一九九二年只賣了三十多萬輛。當然是大蝕老本，股票跟著灰頭土臉，領導們有的砸了飯碗。

事後檢討，奧斯摩比的失敗，由於所謂 weak identity，可說是有點兒「身分不明」的樣子。尤其那句很帶刺激性的口號一叫，年輕的一代並沒有排隊買新車，屬於老爸的一代也望望然而去之。本意要討好一批新顧客，卻失去了許多忠實的老朋友。

奧斯摩比這次改革，本是以福特的「金牛」和豐田的「冠美麗」爲假想敵。金牛近兩年來是美國市場中級車暢銷的首席，冠美麗今年入選爲十大名車的榜首。奧斯摩比眞是莫得比了。

通用家大業大，分支機構遍全球，發發薪水需二百二十五億美元，爲它供應各種物料和零組件的公司廠商就有兩萬八千家。其盈虧興廢，影響不能說不大，自一九八〇年代以降，領導階層明爭暗鬥，內訌不已。花了太多心思去搞人事，而沒有從產品的性能風格上認眞下工夫。積重難返，乃有今日之衰。

臺北前些時的話題是「世代交替」。李總統說，他沒說過這句話，想必中間有人傳話時出了誤差。交替本無不可，只怕是落到「兒子也不痛，老子也不愛」，兩頭落空，那就要命了。

此時想起「四郎探母」國舅爺勸鐵鏡公主的話，「沒有老的，哪兒來小的？救下了老的，往後還愁沒有小的？」

搞政治的「小的」們也要明白這個道理，即令眞有世代交替一說，也得讓人心悅誠服才行，不可勉強，更不容「一廂情願」。

八十二年二月二十日

無欲

中國的成語：「有容乃大，無欲則剛。」不僅在字面上對仗工穩，涵義更是切當，幾乎可以說是一體之兩面。

位高權重、官大勢大，或者再加上財大，都不能算是眞正的「大」，必須是道德高潔、休休有容，這才是「大」。器識恢閎，有汪洋萬頃之度，這才配稱是大人物。

還有一副對聯說得也很好：

大海有真能容之量；
明月以不常滿為心。

這是對政治人物的箴勉。一個要在政治上有所作爲的人，特別是主導方面的領袖級人物，既要有大海一樣的度量，又要像明月一樣，盈虧圓缺，總不失其皎潔的謙懷，永遠不會自以爲「圓滿」。

在有容之外，眞正的政治家更要無欲，不是完全沒有欲望（救國救民，也是欲望之一），而是不容有私欲。《論語・公治長篇》，孔子就說過，「我沒見過眞正剛直堅強的人。」有人提醒他，「您的學生申棖算得剛直了罷？」孔子斬釘截鐵地說，「棖也欲，焉得剛？」

這眞正是知徒莫若師。作老師的人看透了這個學生私欲太多，私欲跟剛正方直恰好是對立的。卽使一個人的本性很剛直，一旦他被私欲所左右，良知良能都被蒙蔽起來，想要剛也剛不起來了。

無欲則剛，正是由此而來。

但是，叫一個人完全沒有私欲，實在是很難的事。從市井中平凡的引車賣漿者流，到廟堂上望之儼然的所謂大人物們，哪一個能夠擺脫私欲的影響呢？甚至有憤世嫉俗的人說，「人不自私，天誅地滅。」一般人不僅要追求從無到有、自少而多的財物，而且也要追求權位利祿，乃至當時的和身後的名聲。

爲了達到這樣那樣的欲望，如果是循著正道以進，並不是壞事。百行各業之中，凡是能力強、學識廣、操守好，而又特別勤奮負責的人，往往都能出人頭地，獲得適度的精神與物質上的報償。旁人努力一分，你努力十分，因此享受到某些好處，大家不但讚許稱羡，而且心悅誠服。

不正之途，謂之歪道。實現某種欲望而是經由歪道，便不免爲人輕蔑笑罵。拍馬屁，吹牛皮，製造小圈子，設計陰謀等等，古往今來，頗不鮮見。而且幹這種勾當的，沒有蠢笨的人，都是「小有才」，小有才而又懷著超越了常理常情的私欲，千方百計、不擇手段去製造糾紛，進行私鬥，到最後總是心勞力絀，等於惹火自焚。

戰國游談之士，如公孫衍和張儀，都能憑其三寸不爛之舌，說動人主，大動干戈，具有「一怒而諸侯懼」的影響力，有人認爲這樣的人可以算「大丈夫」了吧！《孟子・告子篇》裡記載孟老夫子的評論說，「長君之惡，其罪小。逢君之惡，其罪大。今之大夫，皆逢君之惡。故曰，今之大夫，今之諸侯之罪人也。」公孫衍、張儀之流，只是逢迎君王之所好，好戰以兼併鄰邦，聚斂以充盈府庫。在孟子看來，「以順爲正者，妾婦之道也。」是焉得爲大丈夫乎？這眞是罵得痛快淋漓。

爲甚麼本來蠻聰明的人，竟會喪失了判斷力，不顧公是公非，不重人情義理，一腦門子「以順爲正」呢？難道他不明白已經很不對了嗎？

也許明白，但已經沒有辦法了。因爲中心無主，爲種種私欲所籠罩，想要剛直堅強也辦不到了。作了小官想作大官，賺了百萬想賺十億，欲無止境，不知不覺便陷入「權勢導向」的惡性循環之中，原來即使有一些道德倫理、聰明才智，也都沒有作用了。

政治上重現澄明之象，首先得要求局中之人都能朝向「無欲則剛」的標準看齊。有剛直方正、有所不為的人，才能有清明的政治。

八十二年二月二十七日

仁者之後

北宋時名臣王祐，「文武忠孝，天下望以為相」。可是他賦性耿介，「卒以直道，不容於時」。官至兵部侍郎而止。王祐在家中種了三棵槐樹，很自負地說，「吾子孫必有為三公者。」後人讚揚他是修德於身，責報於天。所以福澤綿延。

王祐的兒子王旦，真宗時拜相；其孫王素，仁宗時「出入侍從，將帥三十餘年」。天道之報善人者，歷歷不爽。

蘇東坡與王素同時，王素的兒子王鞏，是東坡的門生輩。有此淵源，所以請東坡寫篇文章以紀其家世；這就是有名的〈三槐堂銘〉。東坡一開篇就提出了兩個有趣的問題：「天可必乎？賢者不必壽。天不可必乎？仁者必有後。」

世事種種，有時好像是沒有甚麼道理。盜跖安享尊榮，而且活得很長；孔子卻畢生窮厄，惶惶如喪家之犬。他最好的弟子顏回，不幸短命早死。讓人覺得天道茫茫。可是東坡說，「此皆天之未定者也。」東坡指出，「松柏生於山林，其始也，困於蓬蒿，厄於牛羊，而其終也，貫四時，閱千歲而不改者，其天定也。」

他的結論是：「善惡之報，至於子孫，而其定也久矣。」這才是眞正的天意。《紅樓夢》裡賈母教誨兒孫時，口中一再出現的「天恩祖德」，也正是這個意思。

臺北的政局，經過一番擾攘之後，終以立法院同意連戰組閣而告一段落。國民黨內事前雖有異同之見，最後皆能本著相忍爲國之義，一致支持連氏的新命。民進黨則保持了「健康的反對黨」角色。眼前看來，這是若干可能結果中較圓滿的一個。這是連戰之幸，也是國家之幸。

連戰是中華民國第十四任行政院長，是第一位臺籍的閣揆；也是第一個政治學博士來挑這個重擔的。把他和最近幾任行政院長相比，互有短長。綜理財經、縝密穩重，他恐不及俞國華；調和鼎鼐、折節下士，他似不及李煥；剛毅果決，明恥教戰，他大概比不上郝柏村。儘管如此，他自有他的長處。

首先是春秋鼎盛，年富力強，向前展望，「潛力」無窮。至於他的學養經歷，琢磨鍛鍊，還有與時俱進的機會。

他更好的一個條件，卽蘇東坡那句話：「仁者必有後。」連戰是《臺灣通史》作者連雅堂先生的長孫。那本書是臺灣開天闢地以來第一部歷史，也是中華文化在臺灣生根長葉、開花結果的啓示錄。

任何人好好地讀讀《臺灣通史》，甚至於只是讀讀〈開闢紀〉、〈建國紀〉、〈經營紀〉，和〈獨立紀〉那四紀，就絕不會有「臺灣人不是中國人」的荒誕想法。

雅堂先生在萬般困難的環境中，皓首窮經，十年治史，其用心之所在，不僅是存此史乘，更是要在日人宰制之下，發揚中華民族的正氣，維護儒家文化的傳承。

他在〈自序〉中的一段話，最足見其心志：

> 洪維我祖宗渡大海、入荒陬，以拓殖斯土，為子孫萬年之業者，其功偉矣。追懷先德，眷顧前途，若涉深淵，彌自儆惕。烏乎念哉！凡我多士及我友朋，惟仁惟孝，義勇奉公，以發揚種性，此則不佞之幟也。婆娑之洋，美麗之島，我先王先民之景命，實式憑之。

雅堂先生以史學家和詩人終其一生，他也不曾有過「吾子孫必有爲三公者」那種意念。當今艱難之會，連戰拜相組閣，績效何若，須期之於來日。〈三槐堂銘〉有言：「不有君子，其何能國？」連戰不僅要上承祖德，以君子自勉；更要體會到諸葛亮〈出師表〉裡的名言：「親賢臣，遠小人，此先漢所以興隆也。親小人，遠賢臣，此後漢所以傾頹也。」背負著歷史的十字架，「若涉深淵，彌自儆惕」吧！

八十二年三月六日

壽公之言

劉安祺上將，字壽山，軍中宿望，國之干城，先總統蔣公手創國防研究院，名學者張曉峰先生爲主任，劉將軍爲副主任。平居言行簡默，頗有靜如山嶽的大將風裁。諸生請他講講治軍要領，每遜謝而不言。請之再三，壽公說就講一件小事吧。

將軍少壯從戎，起自基層。他說他在歷任班、排、連長時，自己必先做到一件事：熟記全單位每一個士兵的姓名和略歷。官兵相處，親如手足，「我坐在營房裡，門外有士兵走過，只要我能看到他的背影，或者聽到他講一句話，立刻就可叫出他的名字來。」

這有甚麼重要？壽公說，「到了火線上，鎗林彈雨之中，連長一聲號令，弟兄們就要拿性命去拚。如果你平日連他的姓名都說不清楚，到了生死關頭，他怎麼能聽你的命令勇往直前？」從政要得民心，治兵要得軍心。牢記姓名正是相親相重、誼同生死的第一步。壽公說，他後來主持的單位大了，士兵太多，自不可能一一記住姓名；但對於部屬僚佐，重要幹部，仍要做到「聞其聲卽能呼其名」的地步。

說起來這並不是甚麼高深的理論。用寫小說的眼光來看，卻正是觸及人性最敏感的地方。

四十多年前，大陸局勢逆轉。劉上將督率所屬，自青島乘艦來臺。危而不亂，定而能安。那支部隊爲鞏固臺澎金馬，曾發揮重大的影響。

當大軍將行之際，山東父老悽然送別。有不少人把未成年的兒女託付給部隊官兵，請把那些孩子們，帶到臺灣，給他們一條生路。

那船上帶來的兒童和青少年，輾轉來臺之後，都經歷過一番艱苦歲月。刻苦進修，各有成就，許多位都成爲社會的中堅。衆所知名的，就有一位臺大校長：孫震；和兩位臺大文學院院長：侯健和朱炎。壽公看到這批年輕人很爭氣。回想當年那樣兵荒馬亂之中，爲國家葆育了人才，他也頗感自慰。

最近連戰組閣，啓用不少新人。其中國防部長由孫震出任，引起的議論不少；反對黨員稱之爲「亂點鴛鴦譜」，就是支持政府的人們也不免暗暗搖頭。

其實，書生領軍，在中國是古已有之，從姜太公到諸葛亮，從漢光武到曾國藩，都是以文人起兵而克成大功的，問題是：這個書生必須是「知兵」之士。不是任何讀書人就都能掌理國防軍事。

不過，以孫震的學養資望而言，他可以主持經建會（出任臺大校長之前，他就是經建會副主委），主持經濟部或教育部，他都能勝任愉快。把他擺在國防部，斯人也，而就斯職也，不免令人惶惑。

從報上看到，孫部長就職後答覆新聞記者問及金門馬祖防務時說，他到接任時，並不知道金馬駐軍究竟有多少。態度坦誠，無愧乎飽學君子。但由此亦可見，這一顆重要棋子，擺得不恰當。

想來想去，也許高層有這樣的構想：這是對大陸的一個「手勢」。「看，我們絕不會動武的。我們連國防部長都不知道……」

就在這時，我想起了劉壽公那一番話。國防絕不止是飛機大砲潛水艇，打仗還是靠人，帶兵就是要得軍心。

切切不要講甚麼前瞻性大陸工作那些空話。一條最眞切的道理是：自身有不怕「打」的實力，然後才有本錢談「和」。本身站得住，說話才能算數。如果說「今後絕不會再打仗」，這樣大膽的假設太危險了。

說句逆耳的話：就算臺灣有一天眞搞「臺獨」，對國防也不該看得太輕率。我不是不贊成孫震當部長，而是反對目前流行的這種預估不打仗的「國防思想」。

《孫子兵法》有謂：「不知三軍之事，而同三軍之政者，則軍士惑矣。」不僅軍人疑惑，連我這老百姓也感到疑惑。

八十二年三月十三日

緊縮

連內閣新人新政，一上臺就碰上了新問題。甚麼問題？「羅鍋兒上山，前（錢）緊」。從帳面上看，總預算勉強有一點點剩餘，雖說是緊縮型，但緊縮得有限，往後的日子怎麼過？公債已經發了不少，看樣子「增稅」是勢所難免。這當然是誰都不會喜歡的事。

如果不能開源，或者只能開小小的源，那就必須節流。政府想要老百姓多出一些稅金，老百姓第一個反應就是，「先把眼前的帳算算清楚，你們是不是花得太兇了？」

據一般人的經驗，官場中做事，層層關卡，法令千條，誰想妄用一文錢，談何容易？

可是，同樣是根據常識，單是報紙上報導出來的若干怪現象，就讓人很難心平氣和。

前些時，臺北市買公共汽車，居然選中的是匈牙利製造的，一口氣就買了四、五百輛。直到驗收時過不了關，才查出其中有弊。

在海外看到報上這段消息，不禁廢然長嘆。不要說好幾百輛大型公車，多少億的生意，就是自己買一輛車來代步，再怎麼選也不會選匈牙利的產品。這不需要甚麼專家指引，任何一個摸過汽車的人都會有這樣的判斷力。

比公車更熱鬧的，是購買F十六戰機案，先前是講得天花亂墜，好像我們占了多大的便宜；想不到後來的發展是，我們要買的一百三十架戰機，「每架無端增加三百三十萬美元成本」——報上的大標題是：「我當了『肥羊』」。這個「肥羊」未免太貴了。現在空軍說這個價碼不能接受。下面如何了局？

由於人口增加，也由於政府「爲民服務」的項目和內容都有擴增，機構和人員的增加也許情有可原，但增加的幅度不能太離譜。在野黨的批評雖然有時候跡近「鷄蛋裡頭挑骨頭」，但當人事費用跳得太快，跟「服務」的績效不成比例的時候，老百姓不耐煩去挑骨頭，就乾脆要摔鷄蛋了。

在民主憲政體制之下，民意機構與行政部門互爲制衡。我們這兒似乎不是這樣。立法院一面批評政府開支浮濫，一面自己也在大花特花，自身不正，何以正人？所謂民意代表「看守荷包」的重責大任，老百姓怎能信得過？

過去幾年間，大家聽得最多的是：我們的外匯存底有八百多億美元，彷彿有點兒「富甲天下」的味道。究其實際，大大不然。社會上有種種驕奢淫逸的醜態，官場中有種種揮霍貪瀆的歪風。這樣搞下去，再有人說「明天會更好」，還有誰肯相信嗎？

行政院連院長說，新的總預算案是緊縮型的。考其金額，確乎如此。不過，今天需要緊縮的，不光是帳面上的加減乘除，更要緊的是作大官的（包括薪水比大官們更多的民代們）大把花銀子毫不心痛的心態，先得緊縮起來才好。政壇上這派那派勾心鬥角，大家已經聽厭了，看煩了。不管你是何黨何派，請先把帳算算清楚。

八十二年四月三日

機　會

自從一年多前寫了〈中國人〉之後，很久沒有談「臺獨」了。去年年底國大代表選舉的結果，顯見大多數民心之歸趨，皆不以臺獨爲然。所以後來才有「一中一臺」之說，換了另一種包裝。

臺獨之種種，時賢論之已極透澈，自總統、院長，以至父老昆幼，稍明事理的人，皆知臺獨是絕對走不通的路。甚至可以說，已是一種不值得再去討論、不需要再加譴斥的妄論。

爲甚麼有的政黨還要「以獨爲綱」，從這上頭去找選票？爲甚麼有的候選人至今執迷不悟，誤以爲關起門來搞臺獨，就可以外力不侵、天下太平？

我們無法接受臺獨，其實最簡單的理由只有一條。臺獨不承認自己是中國人，往下的話，再有甚麼高明的理論、動聽的詞辯，都不必說了。既不承認是中國人，又要在中華民國的土地上，根據中華民國憲法，競選中華民國的民意代表，這不是胡攪蠻纏、自我矛盾嗎？

回顧過去四十年來，臺灣經歷了可歌可泣的遭遇，眼前本應是貞下啓元，漸入佳境。但如果大家不自珍惜，「一失足成千古恨」，也並不是完全不可能。內心有一個很大很大的疑問：

大陸上的中國人，究竟犯了甚麼錯誤，造了甚麼罪孽？爲甚麼要承受幾十年全世界人都沒受過的折磨？文化大革命、六四天安門、秦城監獄、幾百座勞工營，並沒有因爲一聲「改革開放」就一筆勾銷。他們過去受的苦，受的冤，有沒有辦法補贖於萬一？今後又有甚麼熬頭？

反過來看，在臺澎金馬的中國人（包括那少數自己不承認是中國人的人），究竟有何德何能，配得上享受這樣自由富足、安和樂利的生活？

如果跳出自我的格局，從第三者的眼光來觀察，是不是覺得十分不公平？

若比聰明才智，彼此相去不遠。如比勤勞刻苦，大陸同胞恐怕勝過我們——當然，他們過去被強迫、被壓制而不得不勤勞、不得不刻苦，正是值得我們同情和珍惜的地方。

跟大陸同胞們談心，他們也都明白，臺海兩岸的差別，完全是由雙方不同的政治理念和體制造成的。所謂「臺灣經驗」，絕不是懷著「富貴驕人」的鄙劣心態，去向大陸同胞擺闊，也談不到甚麼急統慢統；而是希望大陸上能夠開動腦筋、徹底改革，把臺灣發展的經驗和精神，當作參酌取法的材料，重自由、講實效，讓每個人的良知良能充分發揮，全中國人民都將受惠無窮。

臺獨以至改裝過的一中一臺論，骨子裡只是怯懦避縮的逃避現實。他們以爲一個「獨」字就跟中共劃清了界線，井水不犯河水，這是何等短視而又自欺的想法！

臺獨離不了以偏狹的地域意識作爲爭取政權的藉口。其唯一可見的「功能」，是形成內部的分化與混亂，無形中是在削弱自己，幫助中共。親痛仇快，何忍出此？

依照馬列主義理論建立起來的蘇聯已經垮了，東歐各共黨政權也都已倒臺。中國何去何從？這正是臺灣可以對大陸發生引導發展作用的最佳時刻。中國人在臺灣在海外，幾十年來茹苦含辛，不就是在期待這樣時機的到來？

我們要勇敢沈著地往前走，中國大陸將來有一天都可以達到臺灣的自由繁榮的水準。如果我們只是退縮，只是想要「互不相干」，到最後臺灣若眞的不幸成爲中共統治之下的一部分，則大陸同胞過去、現在與將來所受的苦，我們又何能倖免？

而現在，我們還有抉擇的機會。

八十一年十二月二十一日

會談

借用相聲演員的開場白：「今天是甚麼天氣？」照這一陣子的風雲變幻來看，應該這樣回答，「今天，是會談的天氣。」

邱唐會談已經談過了；辜汪會談不久就要登場。雖然說這都是所謂事務性、功能性的民間團體之間的接觸，絕不涉及政治話題——但是，各方面的「關心」人士，大概都不會那麼天眞吧。因爲這樣的會談，本身就具有高度的政治意味。而這是兩岸都各自懷著某些「期待」的、具有里程碑性質的一個開始。再往前走，還有很長很長的一段路。

照共產黨人的理解，「談判，是另一形式的戰爭。」經歷過抗戰勝利前後的重慶談判、政治協商那一階段的人，大概都不會忘記共黨仁兄的內規：「針鋒相對，寸土勿失。」從列寧、史達林，到毛澤東、周恩來，可謂一以貫之。

其實，也不止是共產黨人如此。就在一般人，大至軍國大事，小至作筆小生意，也都得先有一番盤算：「必須有一個明確而具有決定性，並且勢所必爭，而志在必得之目標。」談判的過程中，就必須集中一切智慧，運用一切技巧，來達成那一目標。

中共的目標是甚麼？自始就清楚得很，最要緊的就是拉住了坐下來談判。只要開始談了，一切都好辦。近十多年來，他們在這個問題上從來都是口徑一致的。

條件可以放得很寬，小地方都非常之「良性反應」；尤其是肯去談談的人，大都可以給予種種禮遇；客氣而周到的程度，會使人覺得這年頭兒再談「憂患意識」有些不好意思吧。

也許這就是他們的長處吧：目標一致，準備充分，手法極爲細緻。但在「中央對地方」之類的關鍵上，不大會有甚麼彈性。

我們這邊的人馬，學識才略，都屬一流的；所差的恐怕就是「鬥爭經驗」。那玩意兒要鬥過方知——往往是爲時已晚。

兵書上說，「戰爭爲概然性、偶然性的交織幕，亦卽爲錯誤、衝動與紛亂相加之和……所以減少自己的錯誤，逼使對方陷於錯誤，乃爲致勝的要著。」

我們這邊的長處是自由，惟其自由所以就不得不透明化。人馬未動，所有的底牌都翻出來了。好像是「要談就是這樣，不談就算了」的樣子。這種態度是否最爲有利？尙待以後的事實來證明。

談判是相當痲煩的事。成敗得失，跟戰場上的影響差不多。現在，雙方都似乎有這樣的樂觀心理：慢慢磨下去，總有瓜熟蒂落的一天。

說不準的是，究竟誰能摘到那個瓜。

辜振甫先生前些時演唱「借東風」轟動一時；聽說五月間他要再演一場諸葛亮，這次是「空城計」，也是好戲。

當言過其實的馬謖失守街亭之後，諸葛亮不得不上城樓去飲酒撫琴，用這空城之計去嚇退司馬懿的大軍。當諸葛亮登城之時，面臨著存亡安危的重大危機，他有一句西皮搖板：

「望空中，求先帝，大顯威靈。」

自比管仲、樂毅那些大兵家的臥龍先生，從這句唱詞中表達出「鞠躬盡瘁」的忠誠。當大家都沒有甚麼憂患意識的時候，才想到了先帝的威靈吧。

很好聽的一句，但也很難唱。相信辜先生會唱得很好。

八十二年四月十日

貪龍

正當臺北的朝野名流們，爲了究竟要「陽光」還是要「烈日」而聚訟紛紜之時，看到一則新聞，令人怵目驚心。在十個亞洲國家或區域中，嚴重貪汚地區，臺灣名列第四。我個人的感受是，這件事比甚麼三〇一報復案更糟——壞到心裡了。

香港的政經風險顧問公司最近調查的結果，這份不名譽的排行榜上，名列前茅的是印尼、中共、菲律賓、臺灣和泰國。

從前有人講笑話，泰國官員受賄，在桌子底下悄悄拿紅包。菲人則在檯面上公然爲之，無所畏忌。印尼人更高明，乾脆連桌子也呑下去了。菲國的馬可仕夫人當年以三千雙皮鞋騰笑國際，印尼政壇也曾有「百分之十夫人」的傳言。印尼石油公司出過幾次大醜聞，天下皆知。高踞貪汚榜上的魁首，良有以也。

不過，我們且莫誹笑他人。臺灣考了第四，可見病已不輕。如果把海峽兩岸的劣績合併計分，中國人在這場國際貪汚大賽中，很可能已獨占鰲頭。貪龍擺尾，直上九霄。

「一個中國，兩個實體」之論，不惟切合實際，而且還有很大的好處。兩種不同的制度比較切磋之中，給中國人保存了不斷改革的光明希望。大陸上專橫霸道，臺灣的自由民主可以啓導之、浸潤之，逐步走上全面改革之道。臺灣地窄人稠，發展有限，大陸上山河萬里，儘有鳶飛魚躍的空間。一方的缺點，往往可由另一方的優點彌補之。有的外國人就說，中國人不管怎麼走，都是「活棋」。

令人慚惶無地的是，中國人無論姓資姓社，貪污舞弊都有高人一等的才慧。大陸上近兩三年經濟發展很快，自上而下，貪墨之風大行其道，而且各種手法層出不窮。到京、津、滬、穗等大都市裡看看，豪華餐廳等交際場所，一席之費，足抵農民幾年的收入。那些地方座無虛席，家家常滿，全都是「吃公款」。這不過冰山一角而已。至於送禮、送錢、收取回扣、安插人員等，幾乎已約定俗成，見怪不怪了。

臺灣情形如何？相信大家都有深切的感受。香港那份報告裡，把馬來西亞、南韓和臺灣合而論之：這三地「最可怕的貪污行爲，僅限於最上層社會。通常那些人都擁有正當的政治職位，很難對他們進行制衡」。

輿論一致聲討金牛干政，正是這個道理。民主政治本以制衡爲貴，可惜當政權金權水乳交融之後，就無從再制衡了。某卸任的大官，仍住著公家付租金的官邸，每月五十多萬元，這當然很離譜。但是，立委們手握預算大權，高下隨心，（這是否可稱之爲「自高身價」？）把自己的薪資補助等大幅提高，三年內增長了百分之一百五十。

不僅此也，除了自己拿，還要蓋大廈，據說問題「比第十八標工程」更多。

這次國民大會臨時會，平均每天費用高達新臺幣六百四十八萬元；老百姓看得到的，是天天吵吵鬧鬧，這回居然還有打嘴巴事件，眞不成體統。

國家總預算要緊縮，政府機構要減肥，可是貪黷案件，日有所聞。所謂民意代表也只是打著民意的幌子，謀取自己的「最高福祉」。我們辛辛苦苦掙來的「亞洲四小龍」的美譽，就敗在一個貪字上了。貪而成龍，只好說是一條該受詛咒的孽龍吧。

八十二年四月二十四日

悲哀與滑稽

北方有句歇後語：「王小二過年」，有道是「年年難過年年過」。報上的新聞說，執政黨決定八月中旬要召開第十四大了；我的反應便是這樣，難過恐怕免不了要難過，但不至於有甚麼眞「過」不了關的事體。

爭爭吵吵，打打鬧鬧，想必是「應有之義」，否則哪兒來的收視率？怎麼對得起海內外看官？

有人說，這回不會了，因爲已經「天下一家」，而且世代交替過了，還有甚麼好吵？說這話的人恐怕有味於現實，立法院跟國民大會的全武行，全民共賞，十四全又豈可冷場而貽「跟不上時代動脈」之譏？

十四全會場上，據說是要票選主席、中常委、增加副主席等等，這都不算甚麼了不起的興革。把事情搞砸了的人，不但未受責處，反而加官進爵，眾人的怨氣鬱結難解，大會場上聽不聽得到「八月砲聲」的不平之鳴？這才能看得出黨的「活力」。

又據報載，會中一項可能的偉大決定，將是取消「革命」，專搞「民主」。這叫甚麼話?!

中國國民黨從來以革命自許，「革命就是打不平」，同志們只要肯稍稍研讀國父的遺教，重溫革命的歷史，就不會有甚麼誤解。近百年來，從滿清帝王到日本軍閥，從袁世凱到毛澤東，都打不倒國民黨的革命傳統，現在，卻輪到了不肖的後代來自己「了斷」。

我曾寫過幾篇短文，痛陳「革命」大義不可廢。而今看來，大勢去矣，談又何益?友人勸誡，不必如此「竹本先生」，所謂一士諤諤，以當世標準言，就是不開竅。其實，我倒也並不是那樣想不通，無非要堅持一個「理」字。人生天地之間，無理寸步難行，不守國父的道理，還算甚麼國民黨員?

某民進黨人近有一文譏嘲國民黨：「在權力與利益腐化之下，今時今日國民黨所眞正擁有的，不再是創黨時的理想，也不是兩百萬的黨員人數，而是總價值三千億以上的資產，以及貪污浪費的精密技術。」所以他說國民黨「最適合擔任監督角色的在野黨」。誠可謂謔亦虐矣，挖苦到家了。

上一屆縣市長選舉，尤清說，「早在四年之前，大家就知道我尤清要競選臺北縣長。可是，投票前四個月，各方還不清楚國民黨候選人究竟是誰。」今年，縣市長年底要改選了，國民黨的候選人是誰，好像也還是不大清楚。

民進黨目前在七個縣市「執政」；聲言今年選舉要拿下十一席。主席許信良說，若達不到目標他就辭職。有的觀察家以澎湖選情爲例，正告國民黨如再不能開誠心、布公道，好好團結內部，拔擢眞才，展望前景殊難樂觀——許信良的話並非空砲。

萬一到年底國民黨保不住半壁江山，明年的省長選舉就難說有把握。大家都明白，省長選舉乃是後年總統大選的前哨戰；執政黨不但輸不得，而且非大勝不可。後退沒有路了。

在這樣「危急存亡」之秋，百年老店的國民黨如果自己把「革命」招牌砸掉，認爲這樣就是順應潮流，符合人心；認爲這樣就可以有選票、保政權，那眞是捨本而逐末了。

韓國的金泳三總統，上臺來大力肅貪，雷厲風行（包括文武大員都不得打高爾夫球），有多大效果不敢講，至少已「切中時弊」。

咱們這兒的藥方之一卻是「取消革命」，我不覺得悲哀，只是覺得滑稽，Bye-bye，革命。多輕鬆。

其實也無需動氣。今天，不是國民黨要不要革命，而是這樣的國民黨，還配談革命嗎？

八十二年五月八日

相忍爲國

權，是這樣富於誘惑力，足以令「千古英雄盡折腰」的神祕東西，究竟它的奧妙在哪裡？

有人說，所謂權，就是最後一個說「就這麼辦吧」，於是居然就這麼辦了。誰能拍板定案，說了就算數，那就是「權」。

像《聖經》上的故事，上帝創造世界，第一天要甚麼，第二天要甚麼，六天之內，天地山川，日月星辰，樣樣都有了。上帝之無所不在，無所不能，就表現在這創造的歷程之中。然而，對於不信上帝的人而言，那只是一番「假設」。

人，不是上帝。人不能夠想要甚麼就有甚麼，或者想要怎樣就怎樣。人有人的極限，人不能跟上帝去比「權」。

正如英國學者阿克敦爵士所說，「權力使人腐化；絕對的權力，使人絕對的腐化。」古今中外從事政治的人，其實都多多少少明白這個道理。可惜的是，事到臨頭，往往身不由己。凡夫俗子也想當當上帝，「欲與天公共比高」，結果就很糟糕。

爭權如只是爲了奪利，那是很平常的事，有權的人最容易的答案就是：「要官給官，要錢給錢」，功名利祿，不怕天下英雄不入彀中。不過，所爭者若是在理想、在原則，那就不是在「權術層次」所能擺平的了。

於是這就牽涉到一個「理」字。

在民智普遍提高、社會發展到相當程度之時，「權」與「理」是一致的，至少是絕不能相離相背的。民主政治的厲害處，不僅在少數服從多數，而更在權力必須來自「以理服人」。

握有權力的人，常會受到濫用權力的誘惑。「順我者昌，逆我者亡」，大概總會覺得很「爽」吧。

然而，不講理、不合理地使用權力，弄到最後總是要失敗的。硬幹、蠻幹、傻幹、胡幹，幹的時候何嘗不是「快哉，快哉」，但結果如何呢？不失敗者幾希矣。

道理人人都懂，尤其是跟別人講的時候，危險卽在此。

有權的人要能善用其權力而成就好事，制度化、民主化等等固然也都很要緊，但最重要的是他要講理，要在各種複雜情況中追求合理化的目標。和協萬方，不是獨霸天下。政治的道理雖然很簡單，但畢竟不只是你多少票，我多少票，加加減減就算清楚了的。

數目後面要有「人心」，而人心的傾向則取決於理。

在某些人看來，權也是理，有權就有理，有權就可以創出各種似是而非的道理來；問題是，「理」要能衆人心悅誠服才算數，用高壓或動權術，可以使人屈服，卻不能令人心服——遲早還是有麻煩的。

事前觀察執政黨的十四大，雖有「一年不如一年」的苦惱，但仍將是「年年難過年年過」，沒有甚麼「過」不了的事體。

百年老店累積下來前人的教訓和經驗，到了緊要關頭，起了一些作用。權跟理之間，取得某種微妙的平衡。拆夥分家？到臺灣來以後沒有過，將來最好也不會有。

這是一次新鮮的經驗，旁觀者願意說一句，相忍爲國吧。

八十二年五月二十二日

矛盾之例

我有一小小偏見，喜與朋輩道之。我認爲，臺灣最大危機之一，就在人口太多。從各種傷天害理的人禍，以至這樣那樣的環境汙染與災害，溯本追源，都是因爲「人多不是福」引起來的。

許多具體數據已無需再舉，反正臺灣的人口密度，已是全球數一數二，而且還在繼續迅速增加之中，每當新聞報導中預估，到西元若干年，臺灣的總人口會增加到三千七百八十萬，光一個臺北市會有四百五十萬人云云，我都覺得像是一場噩夢——可怕的深淵。眼前已經這樣擠、這樣吵、這樣髒、這樣亂，再加上多少多少萬，這座美麗寶島承受得起嗎？

政府施政，對千頭萬緒的國計民生，無不細心研討，謀求最善的解決之道。惟對最基本的人口問題，過去雖曾有優生節育、家庭計畫等說法，近年已不大聽到。而且在某些措施上，反其道而行。反正已經多了，再多些又有何妨？大概是這麼個想法。

行政院勞委會五月二十三日決定，再開放陶瓷、水泥等六個行業，引進外籍勞工一萬五千人。另據統計，由於國內人力不足，政府開放外勞以來，目前在臺的外勞已在十萬人以上。雖說有種種嚴密的規定，期滿都須離去，但瞭解各國勞力流動趨勢和我們執法效率的人，都明白事情絕非那樣簡單。外勞過一陣子就會落地生根了。

人口自然成長率已經可觀，外勞之來，說得嚴重些，眞不啻火上澆油。爲了解救眼前人力不足的燃眉之急，不得不敞開了人口政策的關口，這是否自找「人無遠慮，必有近憂」的煩惱？

臺灣人口這樣多，勞力卻告不足，這是否一大矛盾？由於人口太多已形成種種難題，住宅、教育、衞生、交通，生活水準日益低下，我們反而要一再大量引進外勞，這是否又是一大矛盾？

無妨把話說在這兒，外籍勞工，包括大陸勞工，大量入境之後，管理稍有差池，必有無窮後患。

凡事道理上講不通，都可稱爲矛盾，矛盾就一定不會有好結果。

譬如說，政府財政緊張，行政部門正多方緊縮，手握預算大權的立法院，卻要動用三百億的巨款，修建三十幾層的辦公大樓。不管某些委員如何能言善辯，這件事要說得眾百姓心服口服，千難萬難。

再如執政黨十四全大會的當然代表吧，外間稱之為「七百羅漢」：此事已經定案，本無須多口。照理說，由民意代表而黨代表，民意與黨意結合，這是好事。可是，立法院裡執政黨席次明明占了多數，事關重大的總預算案卻被反對黨任意砍伐，削減得一塌糊塗。臺灣省議會更因議員不出席，連農林預算都擱置下來，議長急得直跳腳。那幾位民代們，既不重視自身職責，更未執行黨的政策，請問，黨意跟這樣的「民意」結合，豈不又是一大矛盾嗎？目標正確、方法正確、道理能一以貫之，即使事情有辦得不圓滿之處，也還有改進的機會，如果明知其為矛盾而要繼續「矛」下去，那就非撞鐵板不可了。

八十二年五月二十九日

人何在？

最近在報上讀到好幾組甚有份量的文章，和生動而有意義的報導。譬如保羅・甘迺迪的〈預謀廿一世紀〉，對於下一個世紀的世界前途，作了觀照全局的透視。朋友們談天，都覺得此人的觀察力和分析力殊非泛泛，用這麼少的文字探討如此重大而繁複的問題，堪稱一代巨筆。

我一直認為，小至臺灣和中國，大至全世界，眞正威脅人類命運的因素，正是人類自己所造成的——首惡便是人口膨脹。甘迺迪剖析影響全球的新力量，首先指出：永遠的「人口問題」。

冷酷的事實是：「人口成長對自然界會有所影響，也可能波及社會秩序與國際體系，這種趨勢愈來愈明顯。過多的人口不但使新生代得不到合理的生存空間與營養，還會對地球其他地域造成嚴重的損害。目前世界普遍的共識是——以現有的消費形態與水準，地球無法養活未來大幅增加的人口。」不需要展望遙遠的未來，只是看看眼前的現況，這種悲劇正逼人而來。也許沒有一個人能完全置身於事外，誰都不應該存著「隔岸觀火」的僥倖之心。

另外有一個系列報導，是幾位年輕的記者，走訪臺灣海峽兩岸，報導了這兩年來臺商到大陸創業的壯觀，他們「塡平了臺灣海峽」。有親切的人物訪談，有具體的數字分析。臺商們把多年來在臺灣從事生產、貿易所累積的技術、經驗和智慧，推展到對岸大陸那廣大的空間去。統一和味全縱橫南北，他們懷著創造「世界第一」食品王國的壯志雄圖，具體地傳播了「臺灣經驗」，爲大陸同胞增加了許多就業機會，新的管理和經營方式，也使得過去長久被不合理地禁錮著的生產力獲得相當程度的「解放」，於是市場上「百花齊放」起來。

當政府陸委會和民間的海基會還在「海陸交戰」之時，臺商們卻已默默展開了登陸的行動。甘迺迪指出，中國大陸的十一億多人和印度的八億多人，到二〇二五年（僅不過三十二年之後），會各自增加到十五億。這兩個亞洲巨人「翻身」很難。甘迺迪最重要建議之一，就是要西方國家幫助中印走出貧窮。

臺商們所作的，雖然不完全是「利他」，而是由於擴大市場，爭取利潤，追求「世界第一」的動機；可是，實際上卻發生了幫助大陸同胞「走出貧窮」的效益。誇大一點兒說，也是爲這道世界性的難題尋求有效答案。

甘迺迪看到了我們也都已發現的一大矛盾，中共領導階層「無法容忍衞星通訊、電子郵件或媒體集團不受限制的活動，因爲這會威脅到他們的極權統治」。尤其在一九八九年天安門事件之後，中共的立場一直是：「經濟可以自由化，但思想自由，免談！」

臺商的價值也許正在這裡：現代化有很多條件，但最基本的成敗關鍵正在於自由。不自由，現代化的努力到最後必是「毋寧死」。

不過，我也有一個小小疑問。

臺灣「頂天立地」的工業，雨傘和製鞋都已大批轉進大陸。以前我到西歐，聽人說，「自羅馬以西，所有的雨傘全是臺灣製的。」又聽說臺灣造的鞋一年有幾十億雙，行銷世界。現在這兩個行業不但出走，而且沒落到了快要「收攤子」的地步。雨傘、製鞋之外，還有很多所謂勞力密集的產業，都已遷往大陸，尋求更低廉的勞力和更大的市場。

照理說，關了那麼多的廠，臺灣失業問題應該相當嚴重；可是，今夏在臺灣所見，從大臺北到鄉區，從大工廠到小飯館，到處都鬧人手不足的問題。連鎖性速食店窗口上最大的廣告，不是招徠顧客，而是「熱情招募工作夥伴」。比較辛苦的製造業和營建業，缺工情況更是嚴重，不得不考慮引進外勞，乃至陸勞。

臺灣人口密度舉世數一數二，當此各種產業紛紛轉移到大陸之時，臺灣自身卻找不到工作的人手，究竟人都到哪兒去了？

房地產、股市，乃至大家樂狂飆早已過去。另一說是由於人民教育水準高了，就不肯再去從事辛勞吃力的活兒。

難道這又是「禍福相倚」，好運與厄運總要不時交替？

自由，眞好。自由而依然勤勉，就更好。也惟有如此，才談得上「預謀」——預謀這兩個字是否太重了？

八十二年七月二十五日

臺獨七日

有位潛心研究戰史和大軍戰略的朋友說，他正在寫一本書，題爲《臺獨七日》。純從軍事觀點去分析，臺灣萬一有一天「獨」了，海峽兩岸會發生甚麼情況。其中並不涉及對臺獨問題的態度，無所謂贊成或反對；他只是就事論事，依據已知的和可以估計到的諸般因素，進行一次大規模的紙上沙盤作業。

大陸和臺灣目前的關係，似乎是處於「既聯合，又鬥爭」的狀態。兩岸經貿往來，越作越熱絡；但敵對的情況並未終止。雖說這樣那樣的會談已經舉行過了，但是，「互相承認爲政治實體」這一步還未能落實。中共對於「使用武力」這一環節，至今並未鬆口。

中共一向的立場是，有下列三種情況任何一種發生，它就要對臺灣動武。那些情況是：臺灣宣布獨立；臺灣社會發生重大動亂；外國勢力侵入臺灣。由此可知，搞起「臺獨」來，兩岸目前這種迷迷濛濛、非友非敵的關係，必然惡化，甚至緊張到互不往來的地步。

因爲已經「有言在先」，中共爲了反對臺獨而動武，國際間卽令反對，恐怕也不會有人挺身而出，爲臺海和平而有所主張。

《臺獨七日》所作的推演，如果臺灣眞箇「獨立」，中共便要以國家主權和民族大義爲詞，採取激烈的行動，包括使用武力和武力威脅。

研究戰史的人大概都知道，在海空攻擊之後，動用傘兵空降、垂直攻擊，是島嶼作戰常用的策略，然其得逞的機率甚小。至於直接兩棲進攻，可能的地點無非是新竹沿岸、嘉南沿岸，還有就是日軍當年侵臺的路線，在東北的三貂嶺登陸。不管它怎麼來，必將付出慘重的代價。

另一種方式則是奇襲金馬外島，猛撲澎湖。這個正面一旦被突破，後果不堪設想。二百多年前，施琅率清軍水師，在澎湖海路重挫明鄭守軍，鄭克塽就不得不北面請降。所以，外島的得失，與臺灣的安危息息相關。若竟有人貿然打出臺獨旗號，無異是刺激中共動武。國軍是國家的軍隊，守土禦敵，本屬天職；但若要他們爲保護臺獨而戰，於情於理於法皆有未合。將無鬥志，軍有貳心，這仗是打不下去的。所以軍事家的判斷，臺獨命運不會超過七天。

我轉述這一判斷，絕不是「爲匪張目」，藉中共來恫嚇臺灣的同胞。中共不肯承諾不對臺用武，是大家都知道的事實；而中共現有之兵力，對臺冒險進犯，並非不可能的事。

事實上，中共無需率然強攻，它只要對臺灣海域實施封鎖，中東的石油運不進來，電力不足，生產停滯，要進口的原料進不來，要運出去的貨品出不去，以出口貿易爲導向的臺灣經濟，就要面臨大麻煩了。對中共而言，這就是「不戰而屈人之兵」的一招；既無需打硬仗、碰勁敵，自無所謂風險；也不致落下黷武好戰的惡名。可是，封鎖與威脅併用，對我們臺灣的影響，將是立竿見影的。

民進黨裡本不乏老成之士，深知臺獨不是路。但近年由海外回來的激進派分子聲音越來越大，溫和派也不得不被拖著走了。

冷靜觀察，民進黨走向執政之路的最大障礙，其實就是臺獨主張。叫得越響，就越發惹人懷疑，那些對國民黨感到不滿的人，雖可在相當程度內投民進黨的票來發洩不平之氣，但卻絕不肯孤注一擲到「否定自己是中國人」的地步。況且有「臺獨七日」這個大限擺在前頭，就越發不願讓少數人鋌而走險。

近一、二年來，臺獨氣燄稍稍上漲，這與國民黨上層人士一度流露出來的曖昧態度有關。國民黨誠能堅定地站穩了國家民族的立場，臺獨是不會有市場的。

八十二年六月五日

反「間」

自從解除戒嚴之後，廢止了有關懲治叛亂、檢肅匪諜的法律；兩岸間若友若敵的關係發展，來往日益密切。最近情治單位首長公開呼籲，爲了遏阻中共的滲透，應另訂「間諜法」，以保障國家安全云云。話倒是幾句好話，可惜晚了半拍，老百姓不免要問，「政府早幹甚麼去了？」

兩種敵對勢力交鋒對壘之際，一方派出間諜去偵測對方的虛實動靜，甚至滲透進去，進行分化顚覆，不僅常有，且爲事所必然。《孫子兵法》幾千年前就強調「用間」的重要，上兵伐謀，不戰而屈人之兵，是最高明、最經濟的作戰方式。從過去、現在，以至可預見的未來，中共派遣間諜到臺灣，可說是「情理之中的事」。

也是根據情治首長提供的數字，自民國七十六年到今年五月，六、七個年頭之間，大陸人民合法來臺者四萬四千四百七十二人；查獲的偷渡客有二萬六千五百七十人。據偷渡客自述，每偷渡十人裡，有二人不會被查獲，依此比例，「尚有三千多人未逮捕。」

這些人若只是尋親訪友，或找工作賺外快，尋求自由的生活，沒有太大的問題。如別有所圖，那就難怪大家不放心了。「明槍易躲，暗箭難防」；誠如調查局長吳東明所說，中共諜員在臺活動，肆無忌憚，且以「內部分化，先亂後取」的策略，激化國內紛爭，從中取利。至於走私毒品，販賣武器，背後更往往有黑手在操縱。可是，目前要制訂「間諜法」，社會上尚有異同之見。

有人說，當兩岸剛剛開始「會談」，彼此都期待著善意的回應，此刻來立這麼一個法，會不會與整體的政策目標不合？更有人認爲，這豈不是冷戰時期「白色恐怖」之重來？

「白色恐怖」這個名詞，其實是中共叫出來的。當年臺灣抓了很多的匪諜，他們當然恐怖。究竟是否抓得都對，我們無從判斷。不過有一點大家都很清楚，若沒有早些年的大力整肅，臺灣很可能三、四十年前就被「統一」了。從三反五反、三面紅旗、「文化大革命」以至天安門血案，那些罪過臺灣一樣也少不了。那「紅色恐怖」比任何「恐怖」都厲害多多。

年輕朋友們對當年的情況不甚了了。彼時曾有官居國防部參謀次長的吳石，竟然是匪諜組織的頭頭。還有蘇聯派來的汪聲和、李朋等國際間諜，他們的祕密活動若未經破獲，必將陷臺灣於萬劫不復之地。那些大案一一破了，對於臺澎金馬的安定和鞏固，有絕大關係。這是絕不容否認的。

要理解匪諜的性質和影響，我願再度推薦「傳記文學」出版的《中共地下黨》；那裡面都是眞人實事，是當年的匪諜（中共那邊的功臣），現身說法，如何滲透到軍政大員身邊，以小忠小順取得信任，然後利用國民黨的架構權力，暗中幹共產黨的工作。今天和中共打交道的人們，包括「大內高手」，這本書都應仔細閱讀。人人有此「心防」，比立甚麼法還要緊。

立法以防匪諜活動，道理上本應如此；實際則顧慮仍多。且不談黨派之間難求共識，連執政黨一家能否整合得起來，也頗成疑問。看到陽光法案的審議過程，殆可思過半矣。共諜圖不利於臺灣，當然應及時防制，但也不可藉這一個題目「恐怖」一番。如何處置得宜，這是大政治、大學問。

當務之急，恐怕是高階層的「意向」要表達得清清楚楚，上層稍有模糊，下面就謬以千里。嚴格地說，應該是「上頭」先有心防，下面才會有「法」。

八十二年六月十二日

青天白日

喧騰一時的「公職人員財產申報法」，於六月十五日經立法院三讀通過。這是我國憲政史上第一個「陽光法案」。

論者認爲，一系列的陽光法案——在財產申報法之後，還應該有「政治獻金法」、「游說法」等等——足可達到澄清吏治、刷新政風的作用，用意當然是好的。

不過，在法案審議的過程中，立法院內外也有很多不同看法；有人說「窒礙難行」，不能達到防止貪瀆的目標。有人說，由於「太情緒化」，法條內容和文字上都有許多顯而易見的瑕疵。

當初想到用「陽光」來形容這個法案的人，實在高明。因爲「陽光」意味著「光天化日，朗朗乾坤」；這面招牌一掛，幾乎是「立不敗之地，策必勝之謀」。民心輿情，甚至在還沒有搞清楚法案的內容和影響之前，就已經無條件支持它了。

中國國民黨以「青天白日」爲黨徽，以「革命就是打不平」爲號召；不幸的是，在這次陽光法案辯論中，不但沒有能掌握主動、創機造勢，也沒有能運用議場上多數黨的優勢，去貫徹黨的政綱政策；反而是處處受制，步步後退，在立法的辯論中輸了（「黨版」幾乎全部被打消），在政治的競爭中也失敗了。黨中央常常談的「黨意要與民意結合」的話，完全落空。民意支持陽光法案之強烈，黨方似乎茫然。

二讀時表決票數差距之大，出人意表。

由此可見，這不僅是第一部陽光法案，也是執政黨推行憲政改革以來遭受最重大挫敗的一個法案。

以前民意機關吵吵鬧鬧，推翻講臺，砸爛麥克風，罵三字經，扯白布條，種種暴烈的肢體語言，大家都看得太多，心裡很氣憤、很難過；但十有九回是對著在野黨。對執政黨則是同情、憐憫。同情它的「委曲求全」，憐憫它近乎麻木般的「忍辱負重」。

這一回則大大不同。為了陽光法案，氣是氣的執政黨，怨也怨的是執政黨。

執政黨近年來內爭熾烈，波濤洶湧；可惜「爭」的大多在人事層面，真正政策性的辯論與抉擇很少很少。換言之，權位爭衡的意味，遠較政策取決為濃。不是講道理、辨是非，而只是派系升沈，門戶戈矛，陷於「負數競爭」的困局，輸的固然是輸，就算能贏的也是輸。

這個法案這樣「不完美」的通過，不能怪新連線年輕人「標新立異」，不能怨某些立委不聽中央的話「陣前倒戈」，不能怪民進黨人「心懷叵測」；也不必責備大小黨鞭「德不足以服衆，才不足以馭人」。這些畢竟只是「技術」問題。

根本的力量，很簡單，就是民意。

國民黨以革命爲本務，現在，據說連「黨內精英都唾棄革命」——這話聽來眞令人惡心作嘔！

令人痛心的是，黨現在不僅沒有革命打不平的勇氣和智略，卻成了「不平」的製造者。近三數年來，金權與政治密切勾結，金牛金豬的影響無遠弗及，「從政」成了「發財」的新捷徑。過去引以爲榮的「經濟蓬勃成長，且能保持均富」的成績，漸被推翻。財富集中，貧富的差距越來越大。埋頭苦幹、守法守分的人，得不到發展的機會；經濟進步的果實，不公道地爲少數人（其中包括最沒有貢獻的一批敗類）所享受。

民衆的怨氣很高，反感很深，大家急於想知道朝野有頭有臉的人物，「你們究竟闊到甚麼地步？」「你的錢怎麼會增加得那麼快？」「我們可否和你們同樣的發財？」這些疑問，這股「不信任」的力量，就是陽光法案的由來。

依常理看來，陽光法案絕非針對李連體制，也不只是要找那兩三萬公職人員及其家屬的麻煩，而是反映出國民大衆對近幾年來政治圈子唯利是圖、唯錢是貪的「金權崇拜」的總反彈、總爆炸。

不管陽光法案有多少缺點，老百姓的想法是：青天白日，陽光普照，總是好事！

八十二年六月十九日

也說團結

八月裡執政黨要開十四大，年底是縣市長選舉。由於選情的展望懸懸乎乎的，所以近來到處聽到的是「團結」之聲；可是，在實際動作上，離團結似乎漸行漸遠。無論是作為一個愛國憂時的國民，或是一個「具有革命精神的民主政黨」的同志，總之是心裡很著急。

不團結當然不好；可是，從不團結回到團結，不光是喊喊口號、作作文章、開開會議、聽聽檢討，就可以完事大吉的。要緊的是知恥知病，對症下藥，不管是丸散膏丹、打針開刀，都得把病根去掉。人人廓然至公，肝膽相照，自然同舟一命，精誠團結。

眞正的團結，應以共同的信仰和理想為基礎，如果單單是功名利祿那一套，去牢籠天下士，最後總是要失敗的。

由理想建立共識，由道義培植眞情，這才眞能交切金石，終生無悔。人與人之間互信互諒到了這一地步，甚麼話都可以攤開來痛痛快快地談，用不著和稀泥。

而執政黨的團結成了問題，毛病出在上層，如所謂「李郝心結」。究竟他們二位的心結從何而起，我不甚了了。從新聞報導中露了形跡的，澎湖那次選舉應是一個誘因。

去年底第二屆立委選舉，國民黨遭受重挫，使在野的民進黨聲勢大振。其中最使局外人感到莫名其妙者，便是澎湖不提名而開放，搞得黨內先來一場骨肉相殘。

在提名審核小組裡，郝柏村力保原任立委的陳癸淼競選連任，中央卻不同意提名，一定要開放競選。爲的是另一個候選人林炳坤。

依照情理和慣例，郝先生的保薦應可成立。過去擔任行政院長的人，無論是強勢如陳辭修，溫和如嚴靜波，只要他肯明確地保薦某人，中央都不會打退票。

澎湖那次選舉被炒得很「昂貴」，有人據說送出了兩萬部傻瓜照相機。可是，澎湖的選民眞有水準，他們用選票表達了「心中的最愛」，陳癸淼不負眾望，蟬聯立委。

陳癸淼對國家能有多大的貢獻，此刻言之尙早；但至少大家看得出來，他是個行己有恥、淸白端正的書生，郝柏村爲國舉才，沒有看錯人。澎湖選民有眼光。

至於林炳坤，施出全身解數，又勞動了張榮發、陳重光等名流助陣造勢，結果還是落選。落選不足爲奇，奇的是近日中油公司汚水工程大弊案，這位林先生竟是要角。翻雲覆雨，一轉手叨光了好幾億元。搞這種花樣，可算罕見的一流人才！

李登輝總統事後說「受騙了」。我相信這是老實話。一國之尊的元首，不可能也不必要萬機親裁。一時聽了小話，甚至被人蒙蔽欺騙，作了不當的判斷和決定，都有可能。挽救之道，第一就是坦坦白白認錯，君子之過，如日月之蝕。認錯更能增進向心力。然後要知過必改，根絕錯誤的成因。是誰送來錯誤的訊息，總統最清楚，「親賢臣，遠小人」，諸葛亮常說，我也常說。澎湖上次的縣長補選結果，已顯示民心之不耐煩。執政黨裡頭再不可不「天下爲公」了。否則怎會有團結？

八十二年七月三日

核爭之後

今年夏天，臺灣特別炎熱，好難熬。前一陣，聽說高屏地區缺水，這樣燥熱的氣候，限起水來，如何得了？幸而後來下了幾場大雨，旱象解除，還是靠老天幫忙。

臺北地區住民更密集，用水量更大，倒沒有遭遇限水的威脅，據說是因爲水庫比較多的緣故。

於是想起了翡翠水庫的故事。

這是十多年前的舊話了吧。當時爲了要不要興建翡翠水庫，也曾發生過激烈、冗長的爭辯。從立法院到街頭，都有「對抗」。不過，那年頭兒人們的火氣不似今天這樣大，吵歸吵，還不至於流血鬥爭。

不過，那場論戰到後來也陷於意氣之爭，雙方的話都講得很「醜」。

反對派的人斥責主其事者，別有企圖，罔顧臺灣的安危與居民的福祉。是孤注一擲，一意孤行。

贊成派則反責反對造水庫的人，目光短淺，自私自利——據說他們有地皮，就在預定水庫的壩址下面。一造水庫，他們的產業就全泡湯了。這話當然也未獲證實。

反對者更說，臺灣處於地震帶，萬一來一場大地震，水庫震垮了，大臺北地區將盡成澤國。

他們又說，臺灣處於戰時，政府豈可不「居安思危」？一旦發生甚麼情況，敵人丟一顆這樣那樣的炸彈，把大壩炸掉，周邊地區或百萬生靈，全都會變成「水漫金山寺」裡的魚鼈蝦蟹。

我還記得，當時看到過一個木造的模型，顯示出翡翠水庫如果不幸垮了下來，巨量的蓄水滔滔而下，臺北盆地很快就是一片汪洋。那景象的確驚心動魄。

雙方的說法，似乎皆能言之成理。後來靠著「多數決」的智慧，翡翠水庫終於興建完成。壩倒庫崩的事沒有發生，像今夏這樣酷熱天氣，大臺北無虞水荒，翡翠水庫的貢獻不小。如今，知道感謝當年建庫辛勞的人不多，記得以前那場辯論的人大概更少了吧——贊成與反對兩方陣營的人馬，大都已似電影裡的「淡出」，不知到何方去了。

最近一個多月來，爲了核四廠預算，朝野立委打破了頭，雙方的「鄉親」北上集中，血濺街頭，幾乎要引發大規模的慘案。所幸後來局面急轉直下，爭執暫告一段落；到明年審查國營事業預算時，免不了再吵一番。看來這問題不僅是高度情緒化，也過分政治化了。

中央研究院吳大猷院長對部分民眾這樣反核四，頗爲不解。核一、核二、核三，都已正常運轉，造福萬家，「何以單單要反核四呢？」

諾貝爾獎得主李遠哲說，他不明白臺灣反核的民意爲何這樣狂熱。別的國家頂多不過是遊行示威，開開會，喊喊口號，很少看到打得這樣兇的。

反核跟反水庫，心理上有一點相同：都是從安全著眼，不怕一萬，只怕萬一。萬一出毛病，那眞是不得了。

翡翠水庫這麼多年來默默地發揮功能，沒有出過毛病。此刻回想起來，當初的反對派似乎是「過慮」了。

但是，核四畢竟跟一座水庫不同。就像我看到的小模型那樣，水庫即令保不住，水淹臺北也還有個「過程」。可是，核電廠若有差池，那過程只在分秒之間。而且，臺電各電廠「跳機」的紀錄多了一點兒，跳得大家心驚肉跳，連本來並不反核的人也放不下心。

經歷了這樣酷熱的長夏，大家都承認，臺灣——尤其是各都市區，沒有電、沒有水，那簡直活不成。反核派「反」的道理雖振振有詞，但反完了之後，總得提出一些解決的方法。電力不夠，該怎麼辦？

臺電及其主管，不要只怪別人「不合作」，而要從改善管理、追求「零故障」著手，爭取廣大消費者的信心。要電，不要核能，這不合理；但是，要核能，更要安全，是很合理的要求，臺電非兼籌並顧不可。

八十二年七月十七日

盛衰之理

「話說天下大事，分久必合，合久必分。」這是羅貫中《三國演義》開宗明義的一句話；分合之際，其實更涵蘊著盛衰之理。月盈則虧，花開自落，歷史不一定循環往復。「青山依舊在，幾度夕陽紅」，是客觀的事實；而「古今多少事，都付笑談中」，則是主觀的感受。滄桑閱遍，直可入於無悲無喜之境——人生本來就是如此無常無住，何所用其悲與喜？

近日略讀史書，回顧世局波瀾，盈虧之變，歷歷在目。就以我們中國人來說吧，近百年積弱，老大帝國受盡侵凌，眼看著快要被瓜分了。國父挺身而起，立黨建國，打開一個新局面。最老最大最衰最窮的中國翻身了，這是由衰亡到新興的契機。

豈知共和肇建以後，多災多難，大權在握的袁世凱要當皇帝，割地自據的各路軍閥都想作小袁世凱。曹錕之流不敢再當皇帝，卻弄出「五百羅漢」賄選的事。亂了十幾年，到北伐是一個轉機。黃埔軍校的子弟兵，從廣州打到南京，東北易幟，全國統一。此後雖有種種波折，但總的方向是由衰而盛。

九一八事變，七七事變，中國終於站起來跟日本鬼子拼了。可是，那幾年我們眞是受盡了人間各式各樣的磨難，槍林彈雨、飢餓逃亡、大轟炸、疾病，每個人都背負著千重萬重的生離死別，從來沒有一個願望——一碗熱湯、一件乾淨襯衫、一封家書、一本字典——能夠輕易實現。似乎都是戰敗、屈辱、流淚、死亡。直到今天，任何戰爭場面，包括電影電視裡的和眞人實事的，對我而言，都不再有震撼作用。「比起當年抗戰時，這算得了甚麼？」是自傲，是自負，也是無可奈何。

一聲勝利了，八年血戰，無數犧牲，換來了「四強之一」。盛之極矣，但也是另一個衰之極矣的起點。從民國三十四年到三十八年，僅僅四年不到，「四強之一」只剩下了臺澎金馬。茫茫無告的七、八百萬人。

中國國民黨開十四全會，便想到在重慶的六全大會。那是抗戰勝利前夕的盛會，正因爲大家都喜孜孜地盤算著光復失土，競選搞得很起勁，「換票」之類的花樣流行。在黨史上，那是一次相當不光彩的大會。果然後來招來空前的災難。

從六全到七全，隔著漫長的八年。從升官發財的狂想，到痛定思痛的懺悔，是振衰起敝、起死回生的轉機。六全產生的那些委員「全堂撤免」，因爲黨已經改造，一切從頭來過，從挫敗和熱淚中站起來。

大環境艱難無比，可是，那些年人心似火，幹勁沖天。汗在胸前淌，淚往心裡流——不是好漢也得跟著充好漢，輸一口氣就全完了。

從天空到海峽，戰爭的火光照耀，不能畏怯，不容遲疑。大家記住的一句話：「退此一步，便無死所。」全世界都知道，臺灣眞不含糊；一島中興，抗得住那麼大的壓力。而且，因爲有臺灣在，才激發了大陸上的種種變局。眼前叫作「改革開放」，再走下去，也可能有民主法治，有自由而統一的中國。

然而，事情沒有那麼順遂，剛剛出現了小康之局，有些人已經驕盈自滿。「政治先生們」爭權奪利起來，種種自私自利的醜惡面孔出現，都是些小丑。

雖然口號還是很堂皇，離著民意卻越來越遠。因爲金牛金豬大得其道，道德文章，正人君子只好紛紛退避。最衰不過的事，是二十萬元買一張青年學生代表的票，去選甚麼委員，你可以算得出來，這樣選出來的委員很「貴」。

但其實是一文不值。

一部分年輕人已經分出去，另搞「新黨」。留下來不動的還有些人，期待著有容乃大，公正廉明——懷著一份不信邪的心情：「一心一德，貫徹始終。」

百年老店，不可以搞分裂，分者不祥。這是老朽如我者一輩人的想法。好也罷壞也罷，總是青天白日旗下的一家人。

希望是暫時的出走，不是永遠的分家。

也許這是又一次的「改造」，在盛衰分歧的當口，找出一條應該走的道路。

八十二年八月十四日

「實甚恥之」

八月間的一場大秀，已經如期落幕了。從海外遠遠瞭望，只覺得跟往年有些不一樣，究竟是禍是福，還有待以後的事實發展去印證。大概總不脫過去也有過的現象，花開花落，一番陰晴圓缺之後，「幾家歡樂幾家愁」吧。

前回「三三草」中曾提到中國國民黨第六次全代大會。彼時我還是一個從淪陷區跑到後方考大學的所謂「戰區青年」，對這些黨國大事完全不懂。只是從新聞報導或若干傳聞中得到這樣的印象：那是一場爭名奪利的會，後果則是黨內更加明顯的分裂，亦是幾年後大陸淪陷的遠因。

最近讀到正在連載中的《唐縱失落在大陸的日記》，第十七回已記到了民國三十四年。六全大會就在那年五月五日在重慶揭幕。三個月之後，日本就投降了。

依時機和大環境而論，六全應該是迎接勝利、意氣風發的盛會，可是，照唐縱所記的情景，已是隱憂重重。唐氏出身黃埔軍校，當時是在軍委會委員長侍從室任組長，應屬少壯派裡很肯用心研究問題的人才。日記裡逐日簡記開會情形和他的感觸，甚有參考價值。因爲他雖然接近領導中心，但仍官卑職小，筆下所記乃能超越於歌德、缺德的泛論，而有眞意存焉。

在五月五日大會開幕後，連續兩天都涉及派系衝突。八日，「黨內派系對立，門戶森嚴，有人調停，終無希望！余主張應有一超派系之團結，無論何派何系，凡進步者團結起來，若追隨於任何派系，不過作一尾巴主義而已。」

大會中波瀾迭起，但會衆最關心的，如唐氏的檢討：「大會自始至終，注意選舉問題。」「有一部分中委是從組織者手中直接爭來，黨中眞正人才無人說話便無法出來，此爲黨中之一危機。」這些話，現在聽來也是很熟悉的。

唐縱透露，那次大會選舉中心人物有五位，中委之產生多由這五位提出；他們能大公無私，就可以「網羅天下英才」，「假若乘機爲私人造勢力，則私人成功，黨卻因此傾潰！」唐縱說的五位先生，有四位和他一樣，都已作古多年。

至於一般氣氛，「對於政治之刷新尤爲大會所屬望，主張懲辦貪汙、遏止官僚資本。」那年月還沒有金牛金豬等說法。

二十三日記，「六全大會結果，外間反應甚劣；有將黨證奉還中央者，有直接責備組織部者……」

三十一日反省錄中又說：「此次大會通過農民政策、勞工政策、土地政策與中央黨部組織等案，在理論上是比較進步的；而人事上除孔祥熙、盛世才打下臺以外，餘均引起普遍之反感；因選舉中央委員未能使各代表發揮自由意志。」孔時任行政院副院長，總綰財經，盛原爲新疆省府主席，形同割據。會後都告解職。

唐縱的結語說，「本黨在此次會議中完全表現爲一保守性之政黨而非革命性之政黨。」他分析，因爲黨員大部分爲公務員，得一黨專政之利，不希望改革。

六月三日唐縱所敍更爲痛切：「聞六全大會職員近千人，耗費近十萬萬元。如此糜費，不務實際，國民黨安得不失敗！可爲浩嘆。余被選爲中央委員，實甚恥之！余爲國民黨分謗，抑將爲國民黨分罪！」

他雖當選中委（是屆名額由三百六十人擴增到四百八十人，爲了擺平各種勢力），不但沒有悻悻然自得，內心中反而是「實甚恥之」；他以局中人身分，在勝利那年便看到「安得不失敗」的危機，應算是一個有心人了。

來臺之後，唐先生曾任黨中央的祕書長，後來外放駐韓大使。我首度訪韓時，承他盛情款待，可惜當時沒有機會聽他多講講早年政壇掌故。

我選擷唐氏的日記，並不在借古諷今，只是讓大家想想看，諸如派系對立、爭權奪利、不務實際、不肯改革等等，這些毛病可有改善，或是更變本加厲？六全時中華民國是光輝響亮的招牌，十四全時如何保衞這塊招牌，是各方最關心的話題。

唐縱以一個年輕資淺的軍系少壯派，當選中委，大概也少不了派系的支持。可是他能講出「實甚恥之」，不能不說他是有血性的好漢。當世精英，蒿目時艱，與他有同感而秉筆留言的人，想必大有人在。

請爲歷史留一筆眞實的注腳吧！

八十二年八月二十八日

遙觀

我不敢以「先見之明」自許，但是，某些事平情論理，大體總可看出一個輪廓來。五月初寫一小文，預測執政黨的十四大，將如「王小二過年」，難過恐怕免不了要難過，但不至於有甚麼眞「過」不了關的事體。

而今是盛會方散，佳期已渺，回頭來再看看，再想想，既不是像制式宣傳所說的那樣圓滿而寧靜，倒也並不至於劍拔弩張，你死我活，如某些人所預告的大分家。我所作的「年年難過年年過」的斷語，可說是「幸而言中」。

黨主席的選舉，一人一票的方式產生，符合民主化的大趨勢；當然，這是冠冕堂皇的說法。畢竟只是「同額選舉」，一尊菩薩一炷香，無驚無險，本該如此。

事先引起極大風波的「七百羅漢」的這一手棋，成了圍棋高手們所謂的功過難明的「問題手」。篤定當選的事，這一來反顯得畫蛇添足，徒然示天下以不廣。

不免想到了二十年前美國的總統大選，尼克森競選連任，氣勢甚盛，各方一致看好。但他的謀臣策士還是不放心，搞出了水門案件，本意是爲了「格外保險」，結果是名實兩失，非常之不美。

副主席的事，一時說要設，一時說不要設；一時說一位，一時說若干位；變化起伏，一日數驚。這中間的曲折，學問太大，遠在海外的人懶得去推敲了，設固甚好，不設亦佳。那四位先生的位望和影響力有沒有這個新頭銜，反正關係不大。媒體上的種種分析，更讓人如霧裡看花。

倒是有兩幅圖片，令人印象深刻：

一幅漫畫，包青天坐堂，四大護衞都成了副主席。包大人問，「各位同志，還有甚麼寃情？」臺下一片叫好聲。

再一幅是新聞照片，四位新任副主席在同席吃飯，說明好像有一句李淸照的詞，「別是一番滋味在心頭」。

甚麼滋味呢？報上說，副主席到中常會，究竟是出席還是列席，有沒有投票權，似乎都沒有明確的交代。當初設想未周，幕僚作業未臻精審，才會出這樣的問題。

中常委選舉是重頭戲，大概因爲事前作業太過精密了，例行的「幾家歡樂幾家愁」之後，還有「等著瞧吧」之類的反彈。我猜想，不會有甚麼大問題，「一時瑜亮」們都已網羅在內。相忍爲國吧。

最惹人注目的，反而是不在規劃之中而異軍突起的那兩位，雖說是敬陪末座，掛了車尾，但卻享受到許多人的敬佩之意。論能力和操守，論資望和貢獻，他們當之無愧。

宋時選在黨中服務時，奔走地方，席不暇暖，形同苦行僧。有人開玩笑說，「你這樣辛苦，一個不小心，他們會派你去作祕書長。」那年選舉失利，他把責任挑起，默默下臺。十三大時幾乎成了「光人」，同志們提名才選入中委會。

《史記・李將軍列傳》，記載李廣及其從弟的事，頗有啓發性：「初，廣之從弟李蔡，與廣俱事孝文帝。蔡爲人在下中，名望出廣下甚遠，然廣不得爵邑，官不過九卿，而蔡爲列侯，位至三公。」

漢文帝不是笨皇帝，用人也有賢愚不分的錯誤。辛棄疾詞，「若將玉骨冰姿比，李蔡爲人在下中。」這只能歸之命運了吧。

至於李鍾桂，巴黎大學博士、救國團主任等等都不必講，只講一件事：十全大會時她就是主席團之一，代表著黨的清新一代。然而迴翔多年，她並未有充分展布才華的機會。黨外的張博雅早已入閣，黨內後進的周荃已成了新黨的領袖之一，至於國會殿堂裡的女將們，無需一一比量了。

李鍾桂上午任副祕書長，下午選入中常會，似乎榮寵集乎一身，其實還不夠。依鄙人之見，乾脆再增加一位第五副主席，就由李鍾桂出任，既激勵婦女，又號召青年，這樣的「不費之惠」，有何不好！

最後，當然也不能不提那最不愉快的話題：迗金鍊的賄選案。無論是嚴辦寬辦，大辦小辦，反正非有一個清楚的交代不可。對李宗仁、徐抗宗、丁守中等堅守原則的幹部，中央應如何獎勵，也是萬目所視的焦點。

八十二年九月四日

二許

那一天，翻開報紙，發現最惹人注目的，是兩位許先生接受訪問的報導。

一位說，「考慮離開國民黨，這輩子的最痛。」

一位說，「『六四』將來一定會平反。」

他們的談話，各自占據了顯著的篇幅，引起讀者的某種震撼。

許歷農是中華民國的陸軍上將，曾任國防部總政治部主任、行政院退除役官兵輔導會主任委員；現職是總統府國策顧問。

退輔會的工作很繁重，吃力而不易討好。過去有兩位主委，後來升任國防部長：蔣經國和鄭為元。許歷農做得也很好，榮民們喜歡他的勤謹篤實，稱他為「許老爹」。報上曾傳他是國防部長的適當人選。

另一許是許家屯，中共體系內的大員，曾任江蘇省委書記，照他們那邊的做法，省委書記的實權大過咱們的省主席。後來派到海外，擔任新華社香港分社社長，在「九七」大限到達之前，他就是香港的地下總督。他的《回憶錄》正在聯合報系各報作「全球性」的發表。

許家屯在江蘇時，江澤民是上海市長，地位不相上下。目前最當紅的副總理朱鎔基，有一度本要派去香港，作許的副手。

在六四天安門慘案發生時，他比較同情學生，與趙紫陽的想法一致，於是被罷官，後來還開除了黨籍。他近年在美國卜居。記者問他想不想回國？他說，「當初因爲鬥不過他們，才到美國來。等到政治清明以後，我一定回去。」他所說的「他們」，是指大陸上的當權派，江澤民和李鵬一干人等。而他相信「六四」一定會平反，跟我的想法一樣。「文革」那樣的大禍亂後來也翻了案，「六四」的錯誤當然應該矯正過來。

許歷農近來之成爲話題人物，與國民黨十四大的選舉有關。許是十三屆的中常委，照黨的傳統，中常委不再連任時，通常多轉爲評議委員。可是，這次發生了漏列的情況，引得很多人爲他不平。後來雖再補列，那就好像一幅好好的字畫被塗改過，味道大不一樣了。

去年立委選舉，執政黨重挫。但許歷農負責的部分，票開出來都很像樣。「敗軍之將」不是他，不該由他作代罪羔羊。他痛感金權汙染之害，五十多年的黨齡，眼看著黨「變成了這個樣子，眞是錐心之痛。」

身在海外，我對國內若干情況不甚了了，許歷農是否眞的會加入新黨，是否眞的牽動臺北等好幾個縣的縣長選情，此刻無從論斷。容我依照老一輩們的想法，也許他仍是會「寧人負我，我不負人」吧。

但，無論最後的結果是甚麼，這位少壯從戎、赤膽忠心的老將，經歷了一番「出走」的心路歷程。

許家屯不止有同樣的感慨，他確實「出走」了，而且走得很遠很遠。從他的《回憶錄》裡不難索解，許家屯不僅有錐心之痛，更有身家之憂。

將兩位許先生相提並論，純屬巧合。但由於這兩件事例，可以得到如下的推論：

第一，所謂政治也者，不僅冷酷，而且骯髒，無分中外，也無分國共，大概都有這種說不盡、解不透的寃情。

第二，大丈夫可以高歌「三十功名塵與土」，視功名富貴如浮雲。放不下的是自己的信仰。二許都在各自的信仰圈子裡徘徊。這似是這一代中國人共有的痛苦。上帝問聖保祿「你往何處去」的時候，答案是以身殉道。出走其實比殉道更痛苦，因爲人生最空虛難過的，無過乎信仰的幻滅。

第三，以二許爲例，我不得不說，國民黨比共產黨畢竟仍勝一籌。許歷農可以在臺北說，「你不讓我講，我也要把心裡的話講完」。許家屯則自知甚明，如果他回到大陸，很可能被加上莫須有的罪名而下落不明了。所以他的《回憶錄》才這樣重要，因爲這是他僅有的（也可能是最好的）方式，把心裡的話講完。

信仰之幻滅，不只是某一兩個人的痛苦，而是全體中國人的流行症。向錢看，向權看，向上面的大老闆的眼色看。不願看或不忍看的時候，只好頓足「出走」。

二許將來在歷史上的地位：兩個出走者，孤獨而勇敢的、把話講完的人。

八十二年九月十一日

中共白皮書發表之後，第一個合理的反應是：「我們的軍隊怎麼樣？」軍隊挺得住，無畏風狂雨驟，儘管慢慢談吧。萬一軍事上有閃失，對不起，那就一切空談。總統直選橫選，省縣市長誰輸誰贏，全都無關宏旨；就算能馬上重返聯合國，也代替不了戰場上鐵血考驗。

離譜

臺灣建軍備戰的努力，無人可予輕估。據美國國會研究處的報告，一九九二年臺灣購置的傳統武器共一百億美元，在第三世界國家裡高居首位。臺灣購入的包括美國的F十六戰機一百五十架、法國的幻象二〇〇〇—五式戰機六十架。

多年來蓄積的外匯，使我們「買得起」，同時也因爲世界經濟普遍不景氣，生產國家不得不賣，同時還有更複雜的政治因素，出於敬佩和同情……臺灣很要強、爭氣、自由進步，應有充分自衞的武器。

買得起，買得到，武器裝備方面供應無缺，可以放心。更重要的是，「人」的條件如何？「每一桿鎗後面都有一個人」，不論多麼精銳的武器，還要靠人來運用。將士的忠誠、奮勇、知能、戰技，才是眞正決勝的要件。

在海外讀報，偶見幾則與軍中有關的報導，跟以前所瞭解的規矩大不一樣，可謂之「離譜」。

第一件，「李登輝總統日前巡視臺中地區陸戰隊六六師，部隊當場向總統反映，陸戰隊目前裝備狀況不好，戰力不足。總統非常重視……」

陸戰隊乃全軍精銳，號稱「打第一仗，立第一功」的先鋒。六六師原爲陸戰第一師，向以驃勇善戰出名，有「天下第一師」的美譽。這條新聞來得突兀。難解的是「部隊當場向總統反映」這句話，是師長？是政治部主任？是官佐代表？還是士兵突然站出來講話？天下第一師「戰力不足」，自令人關心，而這種反映的方式，前所未有。越級上告的下文如何？

第二件，兼任今年國慶籌備會主委的立法院院長劉松藩，爲了空軍拒絕支援軍機參與雙十慶典活動，「表示不解，並稱如空軍不支援軍機，下年度國防預算審查，他將撒手不管，不參與協調」。

國慶慶典是一年一度的盛事。空軍以戰備等理由，不肯派軍機在慶祝會場上空實施噴霧飛行，理由是否充分，自有適當管道去查明。藉故推諉，固然不可；如係實情，則籌備會就不應強人所難。劉院長後面那兩句話，不像中樞重臣的口氣，而是市井小兒，「彼此扯平」的想法。此必將招致三軍袍澤的反感。

第三件，服兵役的陳世偉，在軍中被毆打致死。事發後憲兵卻兩度到陳家追捕「逃兵」。經立委質詢，國防部長當晚到喪家致歉慰問。

軍中至今有施暴的情形，且毆人致死，足見其嚴重。第二次大戰期間，美軍名將巴頓轉戰歐陸，功績彪炳，卻因他曾掌摑一個假稱病號的士兵，為軍紀和輿情所嚴責，解除兵柄，鬱鬱以終。陳世偉怎麼死的？軍方應對社會有一交代。

人已死在部隊，憲兵又追緝逃兵，這對死者家屬是極大的傷害，同時也暴露軍憲之間左手不知右手在幹甚麼的盲點。

宋代岳武穆治軍嚴明，金人對他畏憚十分，所謂「撼山易，撼岳家軍難」，軍隊能達到靜如山嶽、動如風火的境界，全靠公正的軍紀和嚴格的訓練。

國軍過去有光榮的歷史，也曾受過挫敗的教訓。幾十萬人的大團體，難保人人都健全。出了不好的事要處理，出了不好的人要懲辦。以上三個例子，都經報端公布，舉國皆知。

軍人以保國衞民為職責，政府與民眾對於軍人都應愛敬支持。軍事專家曾指出，在任何一個國家，如果軍人需要爲權益站出來講話時，都將是動亂的惡兆。尤其在今天的環境下，國之安危與軍之強弱是一回事情。千萬不可讓「執干戈，衞社稷」之士，自覺他們是被遺忘了的一群。

八十二年九月十八日

挫折感之後

癸酉年的中秋夜，月華千里，依然是月圓人未圓。中秋節是中國人最重視的「一年三節」之一，對月懷人，有說不盡的惆悵。

就在中秋前數日，臺海兩岸的中國人遭受了讓人有「挫折感」的遭遇。

「在臺灣的中華民國」朝野各方，爭取參與聯合國的努力，雖然事前講得義正辭嚴，終因中共方面的強力阻撓而偃旗息鼓。中美洲七國的提案，在聯合國總務委員會裡就被「擋住」。在第四十八屆大會裡討論此事的機會不會有了。

這樣的結果，情感上又受了一次打擊，但，理性上卻並不覺得意外。中華民國以創始會員國的身分，又是安全理事會常任理事國，在聯合國組織裡本來享有崇高地位。不幸而大陸變色，外交是內政的延長，國內的鬥爭失敗，外交上也就越來越棘手。退出大陸、播遷臺灣之後，聯合國席次仍能保持多年，殊非易事。後來又憑著「三分之二票決重要議題案」，把中共奪權的活動遷延了好幾年。如今回顧，正所謂「看似容易卻艱難」。

當年毅然退出，乃是壯士斷腕般不得已。實逼出此，根本沒有別的選擇。

現在再要參與（不必分辨是重返或新參加的那些細節），因爲大環境和主客觀條件沒有太多的改善，當然還是十分困難。如果不這樣難，當初也就不會退出了。

爭取參與聯合國，事前講得太多，明知一時做不到，未免有傷元氣。外交作戰，必須內部意志凝結一體。這次有民進黨人乘機推銷「臺獨」，殊虧大體，且極不智。這樣搞法，不僅聯合國進不去，更將在國際間留下笑柄。誠所謂成事不足，敗事有餘，徒令親者痛、仇者快，而外人看笑話也。

行政院長連戰九月二十四日在立法院報告施政時強調：「政府堅持一個中國的原則。」這個原則比進不進聯合國重要多了。

中共那邊受到的挫折，則是國際奧林匹克委員會決定，西元二千年的奧會地點，在澳大利亞的雪梨，不在北京。

二千年是一個整數，口彩甚好，有歷史性意義。所以中共爭之甚力。前後花了三年時間，幾千萬美元的經費，不計其數的人力，和相當可觀的政治成本，包括不太心甘情願的開放，以及開釋魏京生等著名的異議分子。

這些活動相當成功。在大陸上，「爭取主辦二千年奧運」蔚然形成了全國性的運動。在海外，近如港澳，遠至歐美，相當多的華僑華裔都希望北京主辦，民族的榮譽感超越了政治上的異同之見。也有些人舉一九八八年漢城奧運爲例，由於那次大會成功，南韓的聲望大爲提升，民主化的進程也頗見加速。主辦奧運的盧泰愚政府隨後就垮臺了。

奧委會投了四輪票，前三次都是北京領先雪梨；第三次把英國的曼徹斯特淘汰出局；曼城原有的十一票，八票轉給雪梨，北京只增了三票。結果成了四十五對四十三，北京就以兩票之微而敗北。

北京之挫，主因仍在人權紀錄太差，六四天安門血案的陰影籠罩在世人的心頭。國際輿情的反應，中共領導階層應好好檢討，不要怨天尤人。

大陸只差兩票，兩票之中有一票變一變，就造成平手。又不知會如何收場。

中共多年來四面封殺臺灣的對外交往，必置之孤絕而後快；現在看來，大爲不該。「本是同根生，相煎何太急！」此中款曲，無需細說了。

二千年辦不成，二〇〇四年仍有希望。那將是二十一世紀第一場奧運大賽。大家不是說「二十一世紀是中國人的世紀」嗎？希望到那時兩岸領導者都想通了，

由交流化解敵意，由互信促成合作。

好景無限，前途光明，何止於主辦奧運會，重返聯合國？以臺灣之富，大陸之強，經過民主自由調和在一起，中國人聯起手來，那眞是「天下莫予毒焉」。你以爲如何？

八十二年十月二日

銅像

銅像，不過是一尊人像，爲了紀念他的德行功業，以誌後人的敬仰、追慕與感恩，無論用多麼珍貴的塑材，無論出諸多麼高明的名家，銅像仍不過是一個沒有生命的形體。

重要的是那一種眞摯的感情。

偉人自有其偉大處，眞正的偉大，不是世俗的表彰崇揚所能顯示其萬一。

寵辱不驚，閒看庭前花開花落。
去留無意，漫隨天外雲卷雲舒。

偉大何嘗著意於人間的寵辱、塵世的去留？

今年十月三十一日，是先總統蔣公一百零七歲誕辰。在海外讀報紙，有一版是報導「李登輝率首長慈湖謁陵」，另一版上有段報導，標題是，「走過銅像歲月，蔣公風光不再」。

下面的小標題說，「塑像已經不流行 破的破 舊的舊 拆的拆 各地活動也不熱絡」云云。衡情度理，報導的都是實情。難道這就是所謂的世情冷暖，人在人情在？

想起了前人的一段話：「事業文章隨身銷毀，而精神萬古常新。功名富貴逐世轉移，而氣節千載一日。君子信不當以彼易此也。」那「萬古常新」和「千載一日」兩句，蔣公曾手書聯語，可見他的胸懷，偉人之所以爲偉人，不只見於其事功學問，也更見於其精神志節，即使從來沒有一座銅像，他的堅毅剛健的精神，他的救國救民的志節，仍將永垂青史，長在人心。

重讀那本厚厚的《哀思錄》，許多篇具有歷史意義的文章，其中有這樣的話，「爲了國家、人民和這個世界，凡是他所能給的，他都給了；凡是他能做的，他都做了，直到他的脈搏停止了最後的跳動。」「每一個具有人性良知的中國人，在悲慟之餘，都應該捫心自問：我們是否有負總統蔣公對我們的期望和付託？我們是否對總統蔣公尚有很多虧欠？我們的所思、所言、所行，是否對得起這位偉大的革命領袖？如果答案是否定的，我們應該如何補過贖罪，以慰蔣公在天之靈。」

這樣錐心泣血的沈痛文章，反映著當時國人普遍的心情。

報上有李國鼎先生的談話，「老總統不服輸、不求人的個性，正是開啓臺灣經濟向上起飛的動力。」這是今年讀到的僅有一段肯定蔣公貢獻的記載。李國鼎是推動臺灣經建的功臣，他的感受是，「沒有蔣中正，就沒有今天的臺灣經濟發展奇蹟。」

更簡明的說法應該是，「沒有蔣中正，就沒有今天的臺灣。」甚麼憲政民主，甚麼地方自治，甚麼「臺灣錢淹腳目」，都無從談起。說不定還要搞「史無前例」的文化大革命呢。

現在，臺灣小康了，小龍了，遠離了當年鐵血奮戰的危機歲月，擺脫了當年物力艱難的困窘生活。「吃果子，拜樹頭」，這是民族傳統的厚德遺風。卽使不拜，也沒有反面成仇去挖樹頭的道理。

感恩報德，是人立身處世的第一要義。世間的大忠大孝，亦莫不由此一念之善而來。史家嘗謂，「不知感恩的民族，不會有前途。」不記得如何走過從前，也就很難把握著開拓未來的方向。

在臺灣史上，開闢草萊的第一功臣是鄭成功。他驅退荷蘭人，光復故土，振興農墾，普及文教，雖號稱「生聚十年，嚮義百萬」，其實他用兵取臺在永曆十五年（西元一六六一年），第二年就以三十九歲英年抱恨病逝。其後人繼志承烈，奮力抗淸者約二十年。鄭成功開臺之功，「開萬古得未曾有之奇」，儘管他主持臺局只有兩年，但在幾百年後的今日，仍受同胞的崇仰。以古例今，蔣公所處的環境，還較鄭成功爲複雜艱難；爲臺灣建設所投注的心力和得到的成果，亦非明末清初的時代可比，中華民國屹立臺灣，就是紀念蔣公最好的證明。千秋青史，自有公評。

八十二年十一月十三日

二　江

前些時，美國作東道主，邀請亞太地區十多個國家的領袖在西雅圖開會。這一類的會議，本就是形式重於實質，大家互頌互禱、熱鬧一番。熱鬧之中，兩位江先生特別受到海內外華人注目。

經濟部長江丙坤爲了一句「階段性的兩個中國」，頗遭誤解和指責。他自嘆，多少天的辛勤，就被這幾秒鐘給弄糟了。他解釋說，他這樣說「是爲了讓外國人聽得懂」，是一種戰術的運用；而他說的每一個字，都未超出外交部電報提示的範圍。

問題在於「兩個中國」，在國內引起軒然大波，連外交部長錢復也對立委說，「我也不喜歡這幾個字。」外交部以外還有幾個人喜歡？那就更難說了。

爲了讓外國人聽得懂，用意很好。但外國人眞聽懂了嗎？我很懷疑，我現在身居海外，各種報紙、電視、廣播的報導中，沒見到有一個字涉及此事。各種外國人有各種頭痛的問題，至於中國人之間走到了甚麼「階段性」，他們很少操心了。

江丙坤起自基層，是個方正不苟的公務員。這場是非使他代人受過。但經此一事，使朝野各方看得更清楚，政府談兩個中國，不管你說是甚麼「策略」，結果總是自己吃虧，而且後患無窮。所謂「豬八戒照鏡子，裡外不是人」，蓋此之謂也。

大關大節之處，一步退不得，一字錯不得。虛驕自大，固然不可；軟語曖昧，徒招紛擾。「一個中國就是中華民國」，從上至下都要認清這一基本原則，不要三心二意，就不會七嘴八舌。

在此同時，大陸來的江澤民亮相，江目前是黨政軍一把抓，在「總設計師」鄧小平之下的第一人。這次是他就任國家主席之後最重要的一次出訪。他的鏡頭不多，而且好像有點兒落落寡合。一路飛來，當然很累，人多的地方便顯得疲態，勉強周旋，少有笑容。他跟胡耀邦、趙紫陽都不大一樣，在某些方面近似「你辦事，我放心」的華國鋒。

有一次旅途中的集會，有記者問道，臺灣近年來經濟搞得很好，大陸上開放改革，是否應該吸收「臺灣經驗」？江澤民的回答「出言無狀」，他說，臺灣那麼一個小地方，有甚麼值得學習的經驗。這種說法在海外引起的反響很不好，連某些平日對北京保持「友好關係」的人士，也都不以為然。

臺灣地方的確很小，這是客觀的事實，但卻不能說小地方就沒有寶貴經驗可資參酌學習。

臺灣這樣小的一個島，島上三分之二的面積都是山區。這島上生活著兩千多萬人（超過了澳大利亞）；有相當長的時間，全國總預算約有半數用於國防，那「六十萬大軍」是沈重的負擔，但也屏障了基地的安全。在這樣小、這樣難的環境中，老百姓能過今天的生活，國家有不斷擴展、逐年增強的實力，豈是簡單之事？民主政治引起來的各種吵鬧和醜劇，固然令世人見笑，但比起慘絕人寰的天安門血案來，卻仍高明多多。

把這些情況總結起來作對比，臺灣經驗又豈是一個「小」字了得？老子說，「治大國若烹小鮮」，在幾乎是沒有甚麼迴旋餘地的小小臺灣，居然能別開天地；大陸上四、五十年來除了製造錯案、冤案的成績冠於世界之外，恐怕很多方面都應該向臺灣看齊，虛心學習，才有出路。

大陸電視節目，近來大力宣揚私營企業的發展。上海一市每天平均增加私營工商事業三百多家。儘管中共十四屆三中全會十一月十四日通過的、光題目就有二十五個字之多的「中共中央關於建立社會主義市場經濟體制若干問題的決定」，其中強調「以公有制爲主體」，實際卻已經在那裡變了，而且變得很迅速、很公開。

上海是江澤民的基地，在私營壓倒公有的過程中，臺灣經驗已經在發生作用了。江澤民只顧意氣風發，取快一時，卻不免自暴其短，既不夠虛心，也不夠誠實。

八十二年十二月十一日

經營草根

各縣市長選舉，熱鬧了一陣之後，也就過去了，因為身在海外，站得遠一點兒，心情比較冷靜，細節雖然不甚了了，也許反而對全局看得更清楚一些。許多年前，臺灣曾發生過一件很轟動的社會新聞。事後報上有一篇總結報導，標題聽說是出於名編王潛石兄之手，道是：

多少風風雨雨事，
化作輕輕淡淡煙。

在風流蘊藉之中，無傷溫柔敦厚之旨，所以隔了多年還記在心頭。而這兩句用來批評臺灣政壇上的亂七八糟，烏煙瘴氣，也別有意趣。風風雨雨之後，這一段不必再提，下面又有新節目了。

新節目是修憲，成立小組，專案研究。將來說不定會建議總統直選、提前選舉等，反正現在憲法的莊嚴性已經早晚市價不同。大權在握，高下隨心，眞可用古人的豪語：「世俗禮法，豈爲我輩設。」修憲小組怎麼樣作文章，盡在不言中了。

海外有一些憤激的論調，認爲中華民國當局弁髦憲法，朝三暮四，「這跟共產黨有甚麼分別？」令人難過的是，臺灣似乎已經失去了「我們比共產黨高明」的自信和氣魄了，說得難聽一點兒，這是「無來由的失敗主義」。

但也有人覺得，與其沈悶鬱結，倒不如大拆大改一番。修憲易制，求直於選民，未嘗不可以推陳出新。因爲司法院長林洋港曾表明競選總統的意向，他是否會在「提前」的變局中脫穎而出，一時成爲話題。一般多認爲，如果一切循規蹈矩，李登輝總統這一任期還有三年；到那時阿港伯年逾七旬，是否適合出任艱鉅，他自己是否仍有此興趣，多少都是個問號。「提前」之說，對他是「正中下懷」吧。

海外某位「有資格人士」，默察大勢，認爲如果明年辦大選，應該是林洋港最好的、也可能是最後的一次機會了。這位L先生是政治圈外人，他的「資格」，是由於他是林洋港在臺大的同班同學，知之甚深。從旁觀者清的立場提出具體建議。

L先生認爲，林洋港既然有競選總統的決心，目前應該做的第一件事，就是辭卸司法院長的職務，並即成立競選總部，擬定競選的政綱。然後深入基層，在全臺灣三百多個鄉鎮巡行，一處一處舉行公開的政見發表會，不殫勞煩，不問得失，要眞正做到向下扎根，前景甚爲樂觀。美國民主黨籍前任總統卡特，和現任總統柯林頓，能夠從初期形勢極其不利，進而一步步克敵致勝，先贏得黨內提名，再取得大選勝利，靠的就是這種草根之下的經營。在一對一的選舉時，金牛布陣，椿腳拉票，恐怕都使不上多大勁頭兒。候選人本身的「德、才、容、功」才是決定性的要件。

林洋港從政資歷完整，沈著老練，他經歷過地方政治的選舉考驗，後來出任臺北市長、臺灣省政府主席，在李總統之前；他的政績不錯，而他特有的「林洋港國語」，成爲一種草根性的魅力。他的國學基礎深厚，具有歷史感，從他最近在南投論命，強調「立命」之說，可見端倪。這些條件正是當今若干政治人物所不及之處。在眾人心目中，林洋港很正派，很傳統，有果斷，重感情。

前次大選時，林洋港本已決定出場；後來經過幾番協商，一席懇談，他悄然退出，免除了雙雄對決的場面。李總統移樽就教，到司法院長辦公室致謝的那一幕感人畫面，大家記憶猶新。彼時是否曾有甚麼承諾或默契，非外人所能知。但由於林洋港一再宣示這回要競選的意向，想來是經過深思熟慮之後的決定，而不會是一時興起、旋起旋落吧。

我很同意L先生的看法，既然已經叫明了要競選，那就不如早日開始，作草根下的經營。政治人物貴乎知機。說不定修憲直選，讓林洋港得到「天與人歸」的機會，也未可知。

八十二年十二月二十五日

憶高陽

英國名小說家普瑞契特曾說，人活到了暮年，「翻開親友通訊簿，彷彿是在墓園裡徘徊。」其言也不勝感傷，然這正是人生中無可如何之事。

昔年「春臺小集」的舊侶，司馬桑敦（王光逖）、周棄子、吳魯芹、劉守宜等先生，先後逝世，高陽兄今年六月六日大去。如果不算在海外定居的潘琦君、聶華苓等，這個小團體還在臺北的成員已寥寥無幾。杜工部所謂「訪舊半爲鬼，驚呼熱中腸」，此時領會益爲深刻。

高陽是杭州世家子，因戰亂游走四方，刻勵自學。壯歲在空軍王叔銘將軍幕中。後來由鳳山來臺北，我們相交卽在那時開始，彈指間約四十年了。當時有軍人經歷而寫小說的朋友，有海軍的郭嗣汾，陸軍的南郭，與高陽共稱「三軍一體」；其實都是軍中文友。

高陽早期的小說，如《花開花落》等，未見特別出色，後來寫歷史小說，從《李娃傳》開始，一部比一部好，他因寫小說而著意於淸史的鑽研，廢寢忘食，《玉座珠簾》以來，確立了大家巨筆的地位。當行出色，當世的歷史小說作者裡，不作第二人想。

我只舉一極小之例，來說明他的用功不苟。在《小鳳仙》裡，他寫蔡松坡將軍被困北京，佯狂欺世，與小鳳仙定計脫身。有一段打電話的對話，電話號碼是「西局○○○號」。

我讀到此處，不禁讚嘆不已。按北平早年的電話，設備功能自無法與今日相比，分爲東、西、南、北四局，再接下面的號碼。我在北平長大，童穉時打電話，就是這樣叫號。但年深日久，早已忘卻了。高陽在寫《小鳳仙》之時，從未到過北方；能注意到這樣的細節，來增進小說中的實感，其用功之深，運思之細，於焉可見一斑。寫歷史小說雖不必過分拘泥史實，但亦不能完全嚮壁虛造。我對他說，「不經你這樣一寫，連我都記不起『西局○○○號』這種說法。」高陽許爲知言，「小處也要留意。」

高陽小說之可貴，就在如何將客觀的事實，融入其想像的架構，而又令讀者覺得合情入理，若有其事然。這就是了不起的手段。尤其他筆下的對話，朝堂有朝堂的規範，市井有市井的風習，各守分際，栩栩如生。

幾個月前在舊金山，看到電視上重播的「徐老虎與白寡婦」片段。其中有一段揚州鹽幫三老，爲了說合人情的談判，那幾位老演員是葛香亭、常楓、古影，舌劍脣鎗，針鋒相對，精彩極了。這固然由於這幾位演員「薑是老的辣」，也更由於原來的本子寫得好。後來才知道那本書是高陽舊作，戲亦由書中蛻演而來。

不過，高陽畢竟只是一位歷史小說家，與正規的歷史學者有別，他的筆記式的考據，可讀性甚高，但可能未盡合乎治史學的矩範繩墨。

關於袁世凱告密的一段，高陽否定了袁的「戊戌日記」，認為這是袁「迫不得已為求自保的手段」。但是，在袁之外，還有其他史料。梁任公《飲冰室全集》裡有關的戊戌政變的專文，是重要的當事人之見聞經歷，《新考》並未提及，取舍出入之間，令人有高下隨心之憾。

但是，作為一個小說家，能夠從林林總總的材料裡，發揮其想像力，從而構成一部一部的動人心魂的小說，這才是他最重要的任務。考據只是準備工夫或副產品，小說才是他最重要的成果。高陽之可傳，在他的小說，不是在他的史學。《三國演義》和《三國志》各有不凡的價值，無需放在一個天平上衡量。

多年前，楚崧秋先生主持《中華日報》時，一度約高陽為總主筆，總攬評論工作。楚先生後來告訴我，「這是一著險棋。事實證明，我們合作很愉快。」

我在《中央日報》承乏社務時，請高陽參加主筆陣容，他寫的社論大多與文化、社會有關。我們的合作也很愉快。只有一回，輪到他寫社論，夜深了還未完稿，取稿的工友拿回來半篇，高陽電話中說，「我已醉矣，拜託你續下去。」幸好那個題目我尚不陌生，我一句話沒說，匆匆成篇，趕上了截稿時間。

第二天，他酒醒了，在電話上道歉，我不免藉機會諫勸一番，貪杯誤事，好酒傷身，何不自惜乃爾？他說，「好了，彭歌，你不要講了，我都知道了。」又過了幾天，他請我到一家很有名的餐廳吃飯。座中有極賞識他的王新衡先生、寫清宮掌故的唐魯孫先生，和研究歷史的某女士，因爲唐老和某女士我都是初識，席間便不好再多說。只記得那一桌菜餚甚爲精美，作主人的高陽沒有喝醉。

在他病逝之後，有的悼念文字中提到他「不善理財」。他的著作風行海內外，照理不致有這類煩惱。充其量不過是對於飲食起居，稍稍考究一些，興來時多喝幾杯，如是而已。高陽過去的家庭生活不甚圓滿，這也可能是他「傷心人別有懷抱」的原因。在他去世之後，有幾個和他相熟的年輕人說，「我們都戒酒戒煙了。」

高陽去矣。江湖寥落，文壇寂寞，放眼當今，有誰能接下他苦心孤詣、撰寫歷史小說的彩筆？這是我們難以補償的損失。

八十一年七月十四日

賀卡滄桑

天寒歲暮，到了寄卡片、賀新年的時候。當然有一番忙碌，也有一番喜悅與悲愁。在臺北的時候，從十一月初就有熟識的廠商來提醒，「今年有新款式，要不要現在就選定？」其實也沒有太多的選擇。「招財進寶」式的不要，太新潮的也不要；宗教氣氛太濃的不要，太板起面孔和太嘻皮笑臉的也都不要。選來選去，大概無非是典雅的古畫，有幾句吉祥話，然後加印上姓名，鞠躬拜年，這就老少咸宜，中外皆通了。

那種拜年，有人情味也有些「辦公事」的味道。那是因爲你在做某種工作，對內對外，對上對下，有若干本來不甚相干，但卻不能不禮尙往來的對象。幸好有幹練的秘書小姐，加減乘除，都有預備好了的底册。最忙的那幾年，來來往往，不知要寄多少卡。自己收到的賀卡比寄出去的更多；因爲有很多位素昧平生的讀者朋友，寄卡給我略輸款曲，連地址都沒留。那些賀卡來自天南地北，形式大小不一，花色繁多，美不勝收。我奇怪爲甚麼沒有人像蒐集郵票那樣熱心地、有系統地蒐集賀卡？

我自己曾發願把好看的、有紀念性的賀卡都保存下來，整理歸類，自有「可供自怡悅」之樂。但後來因爲搬家，也就顧不得了。

如今閉門靜坐，安享閒中情趣。選卡片、理名單，從寫信封，貼郵票，到送入郵箱，事事皆須親手料理，自己覺得，此中情意也更重了。

美國郵局的規定似乎很通情合理，賀卡上可以寫字，雖說是紙短情長，畢竟可以講幾句「與眾不同」的話，甚至是多時未通音信，藉此暢敍契闊之情。我們臺灣的規定以前是不得寫字，後來聽說是「以多少多少字爲限」，我不太懂爲何有此限制，一年一回的事，何必如此殺風景？

因此，在美國寄賀卡，好像是同時寫很多的信，向遠方的親人知交，稍致懷想存問之情。可戲稱之爲「年終的感情結帳」；其實，感情又何嘗能用語言或數字來計算盈虧得失呢。

說是悲愁，傷逝嘆往的心意，到了年關便格外覺得深切。張九齡有〈照鏡見白髮〉的五言絕句：

夙昔青雲志，蹉跎白髮年。

誰知明鏡裡，形影自相憐。

現在的人都想得寬些，沒有那麼多的自憐。但年來發現寄卡的名單越來越短，有些位師友前輩已成古人，更讓人痛感人世之無常。

但無常之中，也有可喜之事，今年收到的賀卡裡，有一張是莫斯科的產品，大約是三乘五的一小張，封面是一行紅色的數字：一九一七；另有幾行俄文。好像是從報紙上複印下來的黑字：「和平法令，一九一七年十月二十六日全俄蘇維埃代表大會一致通過」。另有一行大些的紅字，意思是：「光榮屬於偉大的十月」。當時是列寧領導的布爾什維克派人馬，控制蘇維埃，左右大局，意氣風發的時候。

七十六年之後的今天，俄羅斯、烏克蘭等共和國紛紛自立，所謂蘇維埃社會主義共和國聯邦，已經不復存在。連俄羅斯都已有命令，不允許慶祝十月革命了。今年十二月十二日俄國舉行大選，通過了新憲法。同時，反對葉爾欽自由市場改革的極端民族主義者和前共產黨員，卻也得到了不少選民的支持。但不管怎麼變，共產黨過去所強調的「光榮屬於偉大的十月」那些標語口號，已經完全不靈。

因此，這張看上去並不怎麼起眼的賀卡，「現在就已經是骨董，請你好好保存」。

世局變動得愈是疾劇，變成「骨董」的東西大概就越多。保存下來慢慢觀賞，別是一番滋味在心頭。

八十二年十二月二十六日

三民叢刊書目

1. 邁向已開發國家　孫　震著
2. 經濟發展啓示錄　于宗先著
3. 中國文學講話　王更生著
4. 紅樓夢新解　潘重規著
5. 紅樓夢新辨　潘重規著
6. 自由與權威　周陽山著
7. 勇往直前
・傳播經營札記　石永貴著
8. 細微的一炷香　劉紹銘著
9. 文與情　琦　君著
10. 在我們的時代　周志文著
11. 中央社的故事(上)
・民國二十一年至六十一年　周培敬著
12. 中央社的故事(下)
・民國二十一年至六十一年　周培敬著
13. 梭羅與中國　陳長房著
14. 時代邊緣之聲　龔鵬程著
15. 紅學六十年　潘重規著
16. 解咒與立法　勞思光著
17. 對不起，借過一下　水　晶著
18. 解體分裂的年代　楊　渡著
19. 德國在那裏？(政治、經濟)
・聯邦德國四十年　郭恆鈺 許琳菲等著
20. 德國在那裏？(文化、統一)
・聯邦德國四十年　郭恆鈺 許琳菲等著

㉑浮生九四　・雪林回憶錄　蘇雪林著
㉒海天集　莊信正著
㉓日本式心靈　・文化與社會散論　李永熾著
㉔臺灣文學風貌　李瑞騰著
㉕干儛集　黃翰荻著
㉖作家與作品　謝冰瑩著
㉗冰瑩書信　謝冰瑩著
㉘冰瑩遊記　謝冰瑩著
㉙冰瑩憶往　謝冰瑩著
㉚冰瑩懷舊　謝冰瑩著
㉛與世界文壇對話　鄭樹森著
㉜捉狂下的興嘆　南方朔著
㉝猶記風吹水上鱗　・錢穆與現代中國學術　余英時著
㉞形象與言語　・西方現代藝術評論文集　李明明著
㉟紅學論集　潘重規著
㊱憂鬱與狂熱　孫瑋芒著
㊲黃昏過客　沙究著
㊳帶詩蹺課去　徐望雲著
㊴走出銅像國　龔鵬程著
㊵伴我半世紀的那把琴　鄧昌國著
㊶深層思考與思考深層　・轉型期國際政治的觀察　劉必榮著
㊷瞬間　周志文著
㊸兩岸迷宮遊戲　楊渡著
㊹德國問題與歐洲秩序　彭滂沱著
㊺文學關懷　李瑞騰著
㊻未能忘情　劉紹銘著

㊼發展路上艱難多　孫　震著
㊽胡適叢論　周質平著
㊾水與水神　王孝廉著
　・中國的民俗與人文
㊿由英雄的人到人的泯滅　金恆杰著
　・法國當代文學論集
51重商主義的窘境　賴建誠著
52中國文化與現代變遷　余英時著
53橡溪雜拾　思　果著
54統一後的德國　郭恆鈺主編
55愛廬談文學　黃永武著
56南十字星座　呂大明著
57重疊的足跡　韓　秀著
58書鄉長短調　黃碧端著
59愛情・仇恨・政治　朱立民著
　・漢姆雷特專論及其他

60蝴蝶球傳奇　顏匯增著
　・真實與虛構
61文化啓示錄　南方朔著
62日本這個國家　章　陸著
63在沉寂與鼎沸之間　黃碧端著
64民主與兩岸動向　余英時著
65靈魂的按摩　劉紹銘著
66迎向眾聲　向　陽著
　・八〇年代臺灣文化情境觀察
67蛻變中的臺灣經濟　于宗先著
68從現代到當代　鄭樹森著
69嚴肅的遊戲　楊錦郁著
　・當代文藝訪談錄
70甜鹹酸梅　向　明著
71楓香　黃國彬著
72日本深層　齊　濤著

(73)美麗的負荷

封德屏 著

本書是作者從事寫作的文字總集。有少女時代所寫，如詩如歌的雋永小品；更有以求眞存眞的態度詳實記錄而成的報導文字，對象涵蓋作家、影劇圈、藝術家等文藝工作者的訪談記錄。値得有心人一起駐足品賞。

(74)現代文明的隱者

周陽山 著

生爲現代人，身處文明世界，又何能自隱於現代文明？本書內容包括散文、報導文學、音樂、影評、書評等，作者中西學養兼富，體驗靈敏，以悲憫之心關懷社會，以詳瞻分析品評文藝，是學術研究外，結合專業知識與文學筆調的另一種嘗試。

(75)煙火與噴泉

白靈 著

本書詳盡的評析了新詩的源起及演變、臺灣詩壇的今與昔，除介紹鄭愁予、葉維廉、羅青等當代名家的詩作及創作理念外，並給予初習新詩者的入門指引，値得想一探新詩領域的您細細研讀。

(76)七十浮跡

・生活體驗與思考

項退結 著

本書是作者一生所思所悟與生活體驗。從青年時米蘭求學，到「哲學之遺忘」的西德八年，再到主持《現代學苑》實踐對文化與思想的關懷，最後從事教學與學術研究的漫長人生歷程。雖是略帶有自傳性質，卻也反映了一個哲學人所代表的時代徵兆。

(77)永恆的彩虹

小民 著

問世間情是何物，怎教人如此感念！環遶家園周遭的倫理親情、憶往懷舊的大陸鄉情、恆久不渝的溫馨友情……，是多麼的令人難以忘懷。本書作者以平和的語氣、平實的筆調，娓娓道出人世間的種種至情，讀來無限思情襲上心頭。

(78)情繫一環

梁錫華 著

寫作是件動腦動筆的事，使人保持身心熱切，而創造性的熱切是有助健康和留住青春的。本書作者以其悲天憫人的襟懷，寓理於文，冀望讀者會心處，除了青春、健康外，另有所得。

(79)遠山一抹

思果 著

本書是作者近二十年來有關文藝批評、中英文文學、語文、寫作研究的精心之作。作者學貫中西，探究深微，以精純的文字、獨到的見解，寫出篇篇字斟句酌、妙筆生花的佳作，令人百讀不厭。

(80)尋找希望的星空

呂大明 著

在人生的旅途中，處處是絕望的陷阱，但晚星的光芒是黎明的導航員，雨後的彩虹也會在遠方出現，絕望銜接著希望，超越絕望，希望的星空就呈現在眼前，願這本小書帶給您一片希望的星空……

(81) 領養一株雲杉

黃文範 著

有人說，散文是作家的身分證，對譯人何嘗不是如此。本書是作者治譯之餘，跑出自囿於譯室門外自遣的心血結晶，涉獵範圍廣泛，文字洗練而富感情，展現作者另一種風貌，帶給讀者一份驚喜。

(82) 浮世情懷

劉安諾 著

本書是作者以其所思、所感、所見、所聞，發而為文的結集。作者才思敏捷，信手拈來，或詼諧、或雋永，皆屬上乘。在這匆遽忙碌的時代，不妨暫停一下，此書當能博君一粲。

(83) 天涯長青

趙淑俠 著

文藝創作者身處他鄉異國，該如何面對因文化差異所帶來的困擾？本書所描寫的，是作者旅居異域多年的感觸、收穫和挫折。其中亦有生活上的小點滴，時而凝重、時而幽默，清晰的呈現出東西文化的異同風貌，讓讀者享受一場世界文化的大河之旅。

(84) 文學札記

黃國彬 著

作者放眼不同的時空，深入淺出地探討文學的現象、趨勢，以至個別作家的風格，舉凡詩、散文、小說、文學評論等，都能道人所未道，言人所未言，把學問、識見、趣味共冶於一爐，堪稱文學評論集的佳作。

⑧⑤訪草（第一卷）

陳冠學 著

本書是作者於田園生活中所見所感之作，內有田園畫，有家居圖，有專寫田園聲光、哲理的卷軸。喜愛大自然田園清新景象的讀者，將可從中獲得一份未曾預期的驚喜與滿足；另有一小部分有關人性與人生哲理的文字，則會句句印入您的心底。

⑧⑥藍色的斷想

・孤獨者隨想錄

A・B・C全卷

陳冠學 著

本書是作者暫離大自然和田園，帶著深沉的憂鬱面對人世之作。一路上你將有許多領略與感觸，時或有天光爆破的驚喜；但多數時候，你的心頭將披著一襲輕愁，甚或覆著一領悲情。這是悲觀哲學，卻是被熱情、關心與希望融化了的悲觀哲學。

⑧⑦追不回的永恆

彭歌 著

本書是《聯合報》副刊上「三三草」專欄的結集。作者以其犀利的筆鋒，對種種社會現象痛下針砭，冀望這些警世的短文，能如暮鼓晨鐘般，在這變亂紛乘的時代，起著振聾發聵的作用。

⑧⑧紫水晶戒指

小民 著

俗世間的珍寶，有謂璀燦的鑽石碧玉，有謂顯榮的列鼎封侯。其實生活就是人生最美的寶物，不假外求。非常喜愛紫色的小民女士，以她一貫親切、自然的文筆，輯選出這本小品，好比美麗的紫色禮物，要獻給愛好文學也愛好生活的您。

⑧⑨心路的嬉逐

劉延湘 著

本書筆調清新幽默，論理深刻而又能落實於生活踐履。走一趟作者精心安排的「心路」之旅，您將莞爾一笑，心情頓時開朗。而您也將發現，原以為只是一條山間小路，結果卻是風景優美，鳥語花香的舒坦大道。

⑨⓪情書外一章

韓 秀 著

情與愛是人類謳歌不盡的永恆主題，它為空虛貧乏的現代生活加添了無數的色彩。本書記錄下了作者在日常生活中感受到的親情、愛情、友情及故園情，在書中點滴的情感交流裏，在這些溫馨的文字中，我們是否也能試著尋回一些早已失去的東西。

⑨①情到深處

簡 宛 著

本書是作者旅美二十五年後的第二十五本結集。身為一個教育家，作者以其溫婉親切的筆調，寫出篇篇充滿溫情的佳構，不惟感動人心，亦復激勵人性。將愛、生活與學習確實的體驗，眞正感受到人生的有情，生命也因此生意盎然。

⑨②父女對話

陳冠學 著

一位老父與五歲幼女徜徉在山林之間，山林蓊鬱，山泉甘冽，這裏自有一份孤獨的甘美。本書是記述作者父女在人世僻靜的一個角落，過著遺世獨立生活的文字畫。舉世滔滔，這應是一面明鏡，堪供讀者對照。

⑨③陳冲前傳

嚴歌苓 著

在好萊塢市場，多少人一夜成名直步青雲，又有多少人一朝雲中跌落從此絕跡銀海。身爲一個中國人，陳冲是經過多少的奮鬪與波折，身爲一個聰慧多感的女子，她又是經過多少的心路激盪，才能處於這洶湧波滔中。本書將爲您娓娓道出陳冲的故事。

⑨④面壁笑人類

祖 慰 著

本書是有「怪味小說派」之稱的大陸作家祖慰，在巴黎面壁五年悟得的佳構。他的散文神遊八荒，情貫萬里，將理性的思惟和非理性的激情雜揉一起。讀其作品既能吸收大量的科普知識，又可汲取其飄逸文風的美感享受。

⑨⑤不老的詩心

夏鐵肩 著

夏先生一生從事文化工作，大半心力都用在鼓勵培植有潛能的青年人，助他們走上文學貢獻之路。而他本身亦創作出不少的長短佳文。本書收錄計有：詩詞小品、散文、方塊評論等。作者一顆不老的詩心，洋溢在篇篇佳構中。

⑨⑥雲霧之國

合山 究 著

使中國風土之特殊性獨具一格的，與其說是天地的廣大，不如說是因塵埃、雲煙等而爲之朦朦朧朧的自然空間吧！精氣、神仙、老莊、龍、山水畫、奇書等，其產生是有如何玄妙的根源啊！就以「雲霧」爲起點，讓我們一起走進這美麗幻夢般的世界。

⑰北京城不是一天造成的

喜樂 著

打從距今七百五十多年前開始，北京城走進歷史的繁華紛亂。現在，且輕輕走進史册中尋常百姓的那頁，一盞清茶、幾盤小點，看純中國的挿畫、尋純中國的足跡。由博學多聞的喜樂先生做嚮導，就讓你我在古意盎然中，細聆歲月的故事。

⑱兩城憶往

楊孔鑫 著

霧裡的倫敦、浪漫的巴黎，除此之外，這兩城你可還留有其他印象。本書是作者派駐歐洲新聞工作二十多年的記錄。透過作者敏銳的筆觸，且讓讀者徜徉在花都、霧城的政經社會、文化藝術、風土人情以及歷史背景中。

⑲吹不散的人影

高大鵬 著

時代替換的快速，不知替換了多少人生舞臺上出現刹那的面孔；而人類，偏又是最健忘的族群。本書中所收錄的文章，均是作者用客觀的筆，爲曾替人類社會或文化默默辛勤耕耘的「園丁」們，做最眞實的文字記錄。

⑳桑樹下

繆天華 著

本書是作者在斗室外桑樹蔭的綠窗下寫就的小品散文。作者試圖在記憶的深處，尋回那些感人甚深的、發人深省的，或者趣味濃郁的人文逸事，不惟激勵讀者高遠的志趣，亦能遠離消沉、絕望的深淵。

國立中央圖書館出版品預行編目資料

追不同的永恆／彭歌著.--初版.--臺
北市：三民，民83
面；　公分.--（三民叢刊；87）
ISBN 957-14-2101-4（平裝）

855　　83008315

ⓒ追不同的永恆

著作人　彭　歌
發行人　劉振强
著作財產權人　三民書局股份有限公司
臺北市復興北路三八六號
發行所　三民書局股份有限公司
地　址／臺北市復興北路三八六號
郵　撥／〇〇〇九九九八一五號
印刷所　三民書局股份有限公司
門市部　復北店／臺北市復興北路三八六號
重南店／臺北市重慶南路一段六十一號
初　版　中華民國八十三年十月
編　號　S 85274
基本定價　肆元捌角玖分
行政院新聞局登記證局版臺業字第〇二〇〇號

ISBN 957-14-2101-4（平裝）